KB269251

대성
臺城

강 위에 비 흩뿌리고 강가의 풀은 가지런한데
육조의 영화는 꿈과 같고 새만 부질없이 울고 있다
무정한 것은 궁성에 늘어진 버드나무이건만
변함없이 연기처럼 십리 께방을 감싸고 있다

江雨霏霏江草齊
六朝如夢鳥空啼
無情最是臺城柳
依舊煙籠十里堤

숲을,
프로이드에
가다

소림, 프라이드에 가다 4
강백, 서하 퓨전 신무협 소설

초판 1쇄 찍은 날 § 2006년 4월 26일
초판 1쇄 펴낸 날 § 2006년 4월 29일

지은이 § 강백, 서하
펴낸이 § 서경석

편집장 § 문혜영
편집책임 § 심재영
편집 § 유경화

펴낸곳 § 도서출판 청어람
등록번호 § 제1081-1-89호
등록일자 § 1999. 5. 31
어람번호 § 제2-0890호

주소 § 경기도 부천시 원미구 심곡1동 350-1 남성B/D 3F (우) 420-011
전화 § 032-656-4452 팩스 § 032-656-4453
http://www.chungeoram.com
E-mail § eoram99@chollian.net

ⓒ 강백, 서하, 2006

ISBN 89-251-0082-7 04810
ISBN 89-5831-943-7 (세트)

소믈, ④ 프라이드에 가다
Fusion Fantastic Story
강백&서하 공저 퓨전 신무협 소설
도서출판 천람

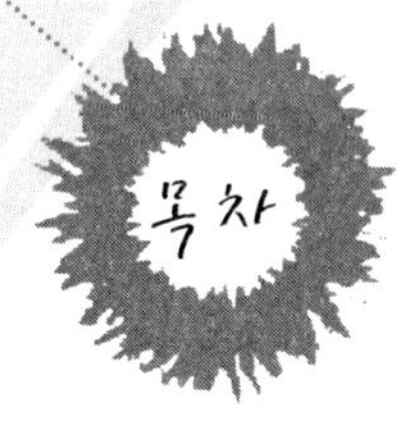

목 차

제1장
아, 이 죽일 놈의 인기

아, 이 죽일 놈의 인기

"오빠, 보고 싶어요."

정겨운 소나무가 정원을 지키는 작은 뜰이 있는 집. 용마루 처마에 햇살이 부서지는 토요일 오후다.

월차를 낸 나오미가 모처럼 맞는 토요일. 갑자기 한가해진 기분 탓일까. 어젯밤부터 무혁 생각에서 헤어나지 못한 그녀. 결국 참다 참다 전화를 걸었다.

"나는 오빠가 보고 싶은데 오빠는 연락도 뜸하고. 자꾸 이러면 오빠도 괴로울까 봐 전화 안 하려 했는데… 흑."

사실이었다. 그리고 또 한 가지의 사실은 전화 통화를 하고 나면 더욱 그리워 일이 손에 잡히지 않았다. 따라서 매일 애타하면서도 가까스로 참아냈던 것이다.

"혹시 다른 여자 생긴 건가요? 그럼 그렇다고 말해주세요. 용서해

드릴게요. 나오미는 오빠의 행복만을 비는 가련한 소녀인걸요. 꺼흐흑."

가관이다. 말은 멀쩡한 듯했지만 그 뜻은 히스테리 왕창 상태다. 나오미도 기어이 맛탱이가 가는 모양이다.

[…….]

한데 상대방한테는 아무런 소리도 들리지 않는다.

"뭐라고 말씀 좀 해주세요. 이제 말도 하기 싫을 정도로 내가 귀찮아졌나요?"

[…….]

역시 대답이 없다.

답답하다 못해 화가 솟다가, 다시 절망감이 밀려왔다.

'오빠가 변했구나. 이젠 말도 하기 싫은가 봐. 흑흑.'

귀에 들리는 거라고는 MP3에서 나오는 절절한 CF 음악 소리뿐.

마더 오브 마인~ 유 게이브 투 미, 올 오브 마이 라이프~

국제전화 광고에 조인성이 고릴라랑 함께 출연했을 때 나온 배경 음악이다. 곡명은 리틀 지미 오스몬드의 마더 오브 마인(Mother of Mine).

이미 음악 분위기에 푹 젖은 나오미. 슬픔이 밀려왔다.

결국 나오미는 결단을 내렸다. 생각만으로도 사슴같이 큰 눈망울에서 보석 같은 눈물이 뚝뚝 떨어질 태세다.

"오빠, 그럼 안녕히 계시고요, 잘 지내세요. 거기가 그렇게 좋으면 이쪽으로 넘어오지 마세요. 다시는 마주치지 않기로 해요. 길을 걷다 오빠가 어느 날 문득 눈에 보인다면 나오미는 눈물이 주르륵 흘러내릴 거예요. 오미는 그러기 싫어요. 지금도 힘든걸요. 부디 행복하세요, 오빠.”

혹시 이거, 저주 아닐까? 그 험하고 살벌한 칼날이 난무하는 곳에서 맨땅에 헤딩 맨 무혁이에게 아주 살란다.

나오미. 비록 말은 그렇게 했지만 부정해 주길 간절히 빌었다. 침묵을 깬 무혁의 낭랑한 목소리가 곧이라도 들리기 바라며 귀를 쫑긋 세운 채. 그러나 한편으로는 지금 한 말들이 후회스럽기도 했다.

그때였다. 전혀 낯선 음성이 들렸다.

[삼촌이다.]

흑, 이게 뭐야?

당혹스러웠다. 사랑 고백 다 하고 이별 선언까지 했는데 상대가 낯선 사람이라니…….

이게 무슨 개망신이람.

한데 나오미는 차라리 그 목소리라도 반가웠다. 그것은 일단 이별이 유보된 것에서 오는 기쁨이었다.

“누, 누구세요?”

산적같이 꺼실꺼실한 음색에 나오미는 당황했다. 혹시 오빠가 비명횡사해서 전화를 받을 수가 없었던 것일까? 다시 걱정이 밀려왔다.

[니가 무혁이 깔다구니? 나 무혁이 삼촌 원만이야. 근데 너, 참 가관이다. 으히히.]

깬다.

좀 전까지의 둔탁한 목소리와 다르게 자지러지는 웃음소리가 이어졌다. 원만의 트레이드마크인 간질웃음이다.

“사, 삼촌께서 왜 오빠 핸드폰을…….”

치부를 들킨 듯 부끄러워 화끈 달아오른 나오미.

[으응, 내 핸드폰을 팔공 대사님께 줬거든. 무혁이 놈이 위성 DMB폰 새 거 사준다고 했는데 믿을 수가 있어야지. 그래서 일단 내가 압수 중이야. 나, 잘했지? 히히히.]

나오미의 심각한 마음 따윈 안중에도 없는, 초지일관한 원만의 모습. 존경스러울 따름이다.

"아, 예."

무혁에게 듣던 대로 철딱서니없어 보인다. 하는 짓을 봐선 팔공 대사님께 까불다가 그 벌로 핸드폰을 빼앗긴 게 분명하다.

한데도 원만의 주책은 계속됐다.

[야, 오미야. 너, 무혁이랑 어디까지 진도 나갔니? 뽀뽀는 해봤을 테고, 가슴? 배? 아님 허벅다리? 그것도 아니라면 배꼽?]

"눼? 저, 저기요."

순진한 나오미에겐 난감한 질문이었다.

[너, 말 더듬는 거 보니까 볼짱 다 봤나 보구나?]

"아, 아니요. 그게 아니라……."

[뭐라고?! 벌써 애기가 들어섰다구?]

가관이었다. 정말 삼촌이 맞을까 의심이 들 정도다.

부글부글 끓어오르는 나오미. 하지만 정인의 삼촌이라는데 험한 말을 할 수도 없구.

"저기요, 저 아직 처녀거든요."

아차 싶었다. 순간, 나오미의 얼굴이 화끈 달아올랐다. 순진하고 너무 솔직한 게 죄다.

[뭐? 천연기념물이라고? 야, 너 되게 늦구나? 아유, 구려. 이게 다 삼

촌이 못난 탓이다.]

갑자기 자기 탓이라니.

[그놈, 아직 멀었네. 하지만 걱정 마라. 내가 단단히 가르쳐 놓을 테니까. 그리고 내가 오미 양한테 부탁이 하나 있어.]

"부탁이요? 무슨……."

이어진 원만의 거침없는 말.

[요즘은 애 먼저 낳고 결혼을 하는 추세니까 일단 힘 닿는 데까지 씀풍씀풍 수원 백씨의 자손을 번성시키도록 해봐. 때와 장소 가리지 말구.]

"예?!"

아니, 이 양반이 누굴 동네 가축 보듯 하나.

너무나 충격적이라서 나오미는 원만이 짓궂은 농담을 잘하는 사람인가 보다 하고 생각했다.

"삼촌께선 농담도 잘하시네요."

[농담 아니다. 그리고 거사를 치를 때마다 나한테 일일이 보고해라. 다른 뜻이 있는 게 아니고 수원 백씨의 후손 문제라 일일이 달력에 체크해야겠어.]

과연 이 양반이 제정신일까?

화끈거리는 당혹감을 넘어 나오미는 속이 부글부글 끓어올랐다. 그래도 어쩌지는 못했다. 집안의 어른이라는데, 난감할 뿐이다.

[왜 대답이 없어?]

"저, 저기요. 여보세요. 잘 안 들리거든요? 여보세요?"

[난 잘 들려.]

흑! 에라, 모르겠다!

뚝.

핸드폰을 끊고 나오미는 얼굴이 화끈 달아오르는 게 정신이 확 깼다.

무혁이는 좋아하는 사람이니 용납이 되지만 집안 어른이라는 삼촌까지 이렇다니. 대체 어떤 피가 흐르는 집안이기에.

음악은 주책없이 반복 모드에 있었다.

마더 오브 마 라이프~

"시끄러!! 가뜩이나 심란해 죽겠는데 음악 너까지! 우이씨!"

뚝.

나오미는 MP3도 꺼버렸다.

그때였다.

날 좀 보소~ 날 좀 보소~

핸드폰이 요란을 떨었다. 싫다는 데도 무혁이가 굳이 선물해 준 음악이다.

액정에 '내 짐승' 이라고 떴다. 무혁의 핸드폰 번호다.

그걸 보자 나오미의 안색이 창백하게 굳었다. 삼촌이란 사람이 분명하다.

"아휴, 이를 어째."

질기게 질척거리는 것도 집안 내력인 모양이다.

'아, 너무 괴로워.'

나오미는 결국 핸드폰 배터리를 뽑아버렸다.

원만은 원만대로 말 나온 김에 오늘 자손 문제를 끝장낼 생각이었다.

"일본에 있는 동안 니들 문제는 깔끔하게 처리해 놓으리라. 기다려라, 나오미. 한 살이라도 더 먹기 전에 애 낳는 게 너한테도 좋을 거야!"

전화기를 들고 있던 원만의 눈알이 어느새 벌겋게 충혈되어 있었다. 원만의 일생일대 좌우명. 일단 사고는 치고 보자!!

월차까지 내고 모처럼 맞은 나른한 토요일 오후.

"휴우~ 이게 모야!"

나오미는 참담한 얼굴로 한숨을 내쉬며 고개를 떨궜다.

살금살금 발소리를 죽이고 나오미에게 다가서는 검은 그림자.

그녀의 어깨에 손이 올려졌다. 화들짝 놀란 나오미가 돌아보자 무혁이 그 앞에 서 있었다.

"안녕."

너무나 그리웠던 사람이 연락도 없이 눈앞에 서 있자 나오미는 꿈을 꾸고 있다고 생각했다.

볼을 꼬집었다. 그래도 깨지 않는 꿈이다. 그래서 책상 위에 놓여 있는 책으로 머리를 몇 대 쳐보았다.

빡빡―

아프다. 아, 정말 이 사람이 내 앞에 와 있단 말인가.

벌떡 일어나 무혁의 품에 날아올랐다.

"오빠아!"

만나면 해야 할 말이 많다고 생각했는데. 아직 못다 한 얘기가 많은데 뒤엉킨 실타래처럼 무슨 말을 해야 할지 생각이 나지 않았다. 그냥 머릿속만 허옇게 변했고, 큼직한 눈에선 눈물이 수도꼭지 튼 것처럼 펑 펑 쏟아졌다.

"으아앙!"

눈물을 감추려 나오미는 더욱 세게 무혁을 끌어안았다.

쿡쿡.

무혁은 가슴이 아팠다.

'아, 누군가를 사랑한다는 것이 이렇게 가슴 아프게 아려오는 일이구나.'

사실은 우람하고 단단한 나오미의 가슴 끝이 콕콕 찌르고 있었다. 한데 그 원인도 모르고 무혁은 제 스스로의 가슴이 아려오는 줄 착각했다.

하지만 온몸이 에로 병기인 무혁이다. 자기도 모르게 손이 반응하고 있었다.

스윽. 슬쩍.

나오미는 반가워서 울고불고 하는데, 무혁의 두 눈도 그런 그녀를 보며 애처롭고 미안한데, 손은 은근히 가슴을 더듬고 있다니, 과연 에로 초절정의 오토 핸드였다.

하지만 그녀의 가슴이 보통 크기던가. 한 손에 잡히지 않자 감질난 손이 꽉꽉 주물러 크기를 작게 만들려고 애를 썼다. 가슴은 줄어들었다가도 다시 부풀어 오르며 손가락 사이를 삐져 나왔다. 결국 손바닥을 좌우로 번갈아 돌리며 삐져 나온 가슴살을 가려주었다. 어떻게 보면 비비고 있었다.

슥슥— 몰캉몰캉.

투득—

한데 이건 정말 손이 한 짓이 아니었다. 어느새 가슴이 저절로 반응하더니 확 부풀어 오르며 블라우스 단추가 떨어져 튀었다.

쫘악―

가슴팍을 파고드는 해방감에 나오미는 그때서야 변화를 감지했다.

다행인 것은 나오미가 그걸 알기도 전에 무혁이 먼저 봤다는 것이다.

'이런, 혼나겠다. 이런 멋진 재회의 장면에서 내 손은 왜 이런다니?

가슴이 풀어헤쳐진 걸 감추려 무혁이 두 손으로 오미의 등을 감싸 안았다.

위기를 모면하기 위해 뒤이어진 초절정의 멘트.

"울지 말아요, 여보. 내가 앞으로 잘할게."

급한 김에 나와서 뭔 말인지 모르겠다.

한데 감격이라도 먹은 걸까. 평소라면 끔찍해서 비명을 질렀을 법한데.

가슴팍에서 고개를 빼꼼히 쳐든 나오미의 젖은 눈망울이 무혁이 얼굴을 한 번 더 보고는 울음을 터뜨리며 가슴팍을 다시 파고들었다.

"으아앙!"

너무나 절절한 울음이었다.

'휴우~ 이래서 넘기나?

다행이었다.

무혁은 미안스러워 등에 감은 두 손으로 그녀의 등을 쓸어줬다.

"울지 마, 나오미."

한데 그러지 말았어야 했다. 문제가 생겼다. 급격히 늘어난 공력을 지니고 돌아온 무혁이다.

찌익찌익― 쫙―

살살한다고 했는데 그만 나오미의 하얀 실크 블라우스가 물에 젖은 크리넥스 티슈처럼 갈기갈기 찢어져 하염없이 나부꼈다.

'어? 뭐가 이렇게 맹맹하지?'

뜻하지 않은 속살 감촉이 의아하고 생소해 무혁은 좀 더 힘을 줘서 잡아당겨 봤다.

뚝―

아, 이 소린?

급기야는 결국 하얀 브래지어까지 끊어지고 말았다. 그것도 스포츠용 굵은 브라였는데.

툭. 쫙.

"……!!"

나오미의 얼굴이 뻥해졌다.

정말 그것까진 예기치 못했던 일이다. 사고를 친 무혁의 얼굴이 창백해졌다.

나오미도 뭔가 시원하긴 했지만 대체 무슨 일이 벌어진 걸까 의아한 얼굴이었다.

이때였다. 손녀딸의 울음소리를 듣고 할아버지가 문을 열었다. 부모 없이 자라 항상 애틋한 손녀딸이 오늘은 뭔가 심상치가 않았다.

손녀딸의 등판이 보였다. 뭐지? 침침한 자신의 눈조리개를 가까스로 조절하며 초점을 맞춘 나오미 할아버지. 급기야…….

"으허헉!"

"으허헉!"

눈이 마주친 두 사람. 할아버지와 무혁은 동시에 허파가 마비를 일으키는 소리를 냈다.

"네, 네 이놈!! 무슨 짓을 하려는 게야!"

갈기갈기 걸레가 된 손녀딸의 옷. 그리고 브래지어. 이건 아무리 봐도 성폭행 중이다.

"아니, 그게 아니고요. 저기, 제 얘기 좀 들어보세요."

변명을 하고 싶었다. 한데 괴력 얘길 누가 믿어줄 것인가. 그리고 무엇보다 무혁에겐 그걸 변명할 시간이 없었다.

"당장 떨어지래두!!"

노발대발 붉게 상기된 얼굴의 나오미 할아버지. 손녀딸이 추행을 당했다 생각하자 혈압이 솟구쳐 뒷골이 당겼다.

영문을 모르는 나오미는 두 눈을 꿈벅거리고.

"악! 이놈이 불한당이었어! 으으—"

할아버지는 뒷골을 잡고 신음하면서 추상발 같은 눈을 부라렸다.

"네, 떨어지라시면 떨어질게요. 자요."

그러자 커다란 앞가리개가 무게를 못 이기곤 해진 블라우스를 벗기며 앞으로 떨어졌다.

툭.

그게 뭔가 하고 잠시 내려다보던 나오미.

그와 동시에 두 가슴을 내려다보고 있는 겁없는 무혁의 두 눈.

"까약!! 이 짐승!"

퍽퍽!

그제야 사태를 알게 된 나오미. 한 손으로 젖가슴을 가리고 다른 한 손에 무혁의 아구창이 날아갔다. 그와 동시에 할아버지 손에 들린 구두주걱이 융단폭격을 시작했다.

예상했던 일이다.

비록 쌍코피는 터졌지만 볼 건 다 봐서 그렇게 억울하진 않았다. 그래도 이대로 있다간 송장 돼서 나갈지도 몰랐다. 그래서 소리쳤다.

에라이, 이판사판이다.

"책임질게요! 결혼시켜 주세요!! 결혼하겠다구요!"

"뭐라고, 이놈아!!"

매를 벌어요, 매를.

그날 무혁은 해가 지고 부엉이가 나올 때까지 맞았다.

무릎 꿇고 앉아 있는 그의 퀭해진 얼굴. 무혁의 얼굴 전체가 쌍코피 범벅이 되었다.

'아흐흑! 이놈의 손모가지, 잘라 버리고 싶다.'

현세의 복귀 신고치고는 호된 신고식이었다.

"멋진 모습 보여주고 싶었는데……. 훌쩍."

인간계의 파수꾼 백사마 돌아오다. 닛간 스포츠.

CF계에 다시 싹쓸이 돌풍 예견되다. 윤사마 배 곯을까 봐 긴장. 요미우리 자이언츠.

무혁이 조용히 입국했음에도 기자들은 그 사실을 놓치지 않았다.

비밀리에 공항을 빠져나가는 모습을 담은 스냅 사진엔 원만이 크게 V자를 그리고 씨익 쪼개고 있었다.

신문들은 원만을 두고 심상치 않은 기사를 올렸다.

백무혁, 비밀 트레이너 영입설.

백무혁, 새로운 매니저 교체? 연봉 문제 불협화음일 듯.

무혁은 그 기사를 보고 어이가 없었다. 아무리 이슈 기사를 내야 한다지만 제멋대로 지껄여 대는 건 화가 나는 일이다. 더구나 천하의 골칫덩이 삼촌을 두고 그따위 환상을 가진다는 건 더 더욱 기가 찼다.

하지만 원만은 신이 났다. 이번 기회에 연예 매니지먼트 회사를 차려 한몫 잡고 싶다고 생떼를 쓰는 지경에 이르렀다.

"삼촌, 자꾸 이러면 수면제 먹여서 한국으로 돌려보낼 거예요."

"아니, 내가 뭘 어쨌다구 이런다니? 난 아무 말 안 했다. 히히."

원만은 얼른 자리를 떴다. 일단 피하고 나중을 기약할 생각이다.

하지만 그런 기사들도 나중에 본 기사에 비하면 약과였다. 삼류 주간지엔 이런 기사가 났다.

백무혁, 웬 남자와 동거 중. 장래를 약속한 절친한 사이인 듯.

커헉!

삼촌과 조카를 두고 근친상간에 남색까지.

부글부글.

"이런 본태 쪽발이 새끼들! 맨날 생각하는 게 그 정도밖에 안 되냐!"

북북—

주간지를 찢어 휴지통에 처넣었다.

"하하하! 무혁이가 돌아온 게 이제야 실감이 나는구먼."

유중광은 대수롭지 않은 듯 여겼다. 사실 이 바닥에 루머가 한두 가지더냐. 일일이 신경 쓰다간 노이로제 걸릴 판이다.

"신경 쓰지 마라. 원래 이런 일이 있으면 대박나는 게 이 바닥이다."

"스포츠에서 대박날 게 뭐가 있어요? 나는 오로지 마인들 생각밖에 없어요."

"너야 그렇지. 하지만 이렇게 떠들어줘야 입장료를 올려 받을 게 아니냐. 아마도 어마어마하게 올릴 거다."

그러고 보니 사실 그랬다. 아마도 이런 호들갑은 프라이드에서도 원하는 바였을 것이다. 상품 가치가 있다면 제값을 한껏 올리고 싶은 게 사업가들 생각 아닌가.

바로 지금 무혁의 가치는 초절정에 이르렀던 것이다. 그걸 그냥 놓칠 리가 없지.

앞으론 더욱 구미를 당기게 하는 기사들이 쏟아질 것이다.

가령,

백무혁, 이기면 마인을 몸종으로 쓰기로 결정.

승자가 패자에게 해 질 때까지 똥침 놓기 내기.

백무혁, 마인에게 지면 일 년 동안 등 밀어주기로 약조.

등등, 추정 기사를 교묘히 엮어 글을 쓸 것이다.

"그나저나 이번 제 상대가 누구라고 했죠?"

"네덜란드의 루드 반 라파엘이라고 화란 무술이 주 무인 놈이다."

"어떤 놈인가요?"

"자세한 건 링에서 네가 직접 부딪쳐 봐라."

헛, 중광 형님이 어찌 이런 무책임한 말씀을 다 하신데.

결국 그것은 유중광 역시 마인들의 존재 파악이 제대로 되지 않았다는 말이다.

"뭘 본 게 있어야 말하지. 괜히 잘못된 분석으로 낭패를 당하느니

직접 겪어보고 방법을 찾아라."

위대한 무한 맷집 백무혁. 즉, 몸빵하면서 방법을 찾으란 말.

하지만 아무리 그래도 이건 너무하잖아.

그래도 별수있겠어? 방법이 없다는데. 끙.

"하긴 제가 좀 몸빵으로 투로를 찾는 스타일이니. 그래도 왠지 눈물이 핑 도는군요. *끄흑*."

하긴 데드매치에 관한 정보가 외부에 누출되었을 리 없다. 더구나 충분한 시합도 없이 링을 장악한 탓에 실전을 볼 기회도 드물었던 탓이고, 시합이 있더라도 녀석들의 실력을 제대로 확인할 시간도 없이 승패가 결정났던 것이다.

그 말은 상대가 이제껏 본 적이 없는 전무후무한 실력자들이었다는 뜻.

무혁은 긴장했다.

"대체 어떤 놈들이기에!"

하지만 곧이어 무혁은 서서히 강한 호승심에 불타올랐다.

쿠오오오―

어디 이놈들, 두고 보자.

"때리다가 지치게 만들어주마."

그러자,

옆에 있던 오츠카가 거들고 나섰다.

"그렇지, 바로 그거야. 너의 트레이드마크!! 홧팅! 야야야!"

아유~ 오츠카 형, 가만히 좀 계시지.

하지만 오츠카는 거기서 멈추지 않았다.

"무혁아, 나를 믿어라! 한국산 안티프라민과 붕대는 충분히 준비해 두마.”

오츠카가 무혁의 손을 꼭 잡아왔다.

“컥!”

왈칵 눈물이 날 지경이다.

“짜식, 그런 거 가지고 눈물은…….”

일본 혼슈(本州) 사이타마(埼玉) 수퍼 아레나 경기장.

“와아아아—”

무혁의 등장으로 객석은 들끓어오르고 있었다.

돌아왔다.

링에 오르고 나서야 모든 게 현실로 느껴지기 시작했다.

관객들의 뭉친 호흡이 우퍼스피커처럼 피부를 쿵쿵 자극하고 있었다. 그건 일종의 전율 같았다.

오랫 동안 잊고 있던 기억 같은 것이 이제야 모두 생생해지고 있었다.

이래서 선수들은 팬들의 열화 같은 환호를 링을 떠나서도 그리워하나 보다.

하지만 언젠가는 자신도 이 화려함과 이별을 할 때가 올 것이다.

‘그러니까 너무 흥분하지 말자.’

무혁은 마음을 다독였다. 그건 허탈감이나 허무감 따위가 아니었다. 단지 진한 생과 사의 경계를 겪어본 자에게서 느껴지는 무게감이었다.

지금 무혁은 자신이 해야 할 일이 있었다. 은퇴는 링의 도를 바로 세우고 난 후에 생각할 문제였다.

불끈.

무혁은 파란 오픈핑거 글러브를 꽉 쥐었다.

투드득— 펑!

헛! 이게 뭐야?

무혁의 악력에 그만 장갑의 손등 부분이 터져서 너덜너덜해졌다.

"오츠카 형, 삭은 글러브를 주면 어떡해요?"

무혁이 투덜거렸다.

"이상하다. 그거 어제저녁에 구해놓은 건데. 그럼 이거 해라."

오츠카가 괴이쩍은 듯이 고개를 갸웃거리며 새 장갑을 건넸다.

"어디 보자. 이건 좀 나은가?"

두 팔을 앞으로 내밀어 두 주먹을 쥐었다.

그것도 나을 리가 있겠는가.

뿌드드득—

펑! 펑!

두 번 쥐어다 폈다를 반복하기도 전에 경쾌한 파공음을 내며 오픈핑거 글러브가 풍선같이 터지며 휴지 조각처럼 나풀거렸다.

"우우우우—"

관객들은 턱이 빠진 듯이 경탄성을 내질렀다.

"괴력이다!!"

"백무혁이 이긴다!!"

"아니다! 불량품이다!"

"맞다! 이참에 글러브 회사를 바꿔야 해!"

무혁이 덕분에 멀쩡한 글러브 회사가 문을 닫게 생겼다.

관객은 어느새 두 패로 나뉘어서 공방을 벌였다.

그러든지 말든지.

무혁은 계속 새 글러브로 갈아 끼고 있었다.

"야, 이 시방새야! 그만 좀 해라! 더는 장갑도 없다!"

오츠카가 구시렁거렸다.

그제야 무혁은 자신의 변화를 또 한 번 실감했다.

'아씨, 나의 힘은 대체 어느 정도야? 시간이 지날수록 세지니 가늠을 못하겠네.'

사실이었다. 분명히 어제 껴봤을 땐 문제가 없었던 장갑들이다.

무혁이 난감해하고 있을 때였다.

"뭐라고, 이 자식아! 같은 말을 해도 그따위로 해!!"

"뭐, 이 자식아! 이상한 글러브 회사 바꾸라는데 그게 그렇게 꼽나!"

우당탕탕!

무혁의 괴력 때문이라는 사람들과 글러브가 불량품이라는 사람들.

급기야 두 패로 나눠진 객석에서 의자가 날아다니며 공방이 벌어졌다.

TV 중계를 하던 카메라가 천장 위의 샹들리에를 비추고 진행과 해설을 맡았던 벤또와 쓰메끼리는 입을 떡 벌리고 마른침만 꼴딱꼴딱 삼켰다.

"아, 저러면 안 되는 거죠."

"진행 요원들이 신속히 진정시켜야 할 듯하군요."

경기장 안이 미친 듯이 들끓어오르고 있었다.

그러자 옆에 있던 진행 위원석에서 테이블 밑의 벨을 눌러 진행 요원들을 신속히 투입했다.

와락—

경기장 문이 세차게 열렸다. 경기 진행 요원이란 지금과 같은 소동을 진압하기 위해 있는 사람들이었기에 제법 덩치가 크고 힘센 자들이다.

"이봐, 자리에 앉아! 떡대들 들어올 차례야!"

진압대가 나올 문이 열리자 눈치 빠른 관객 몇은 얼른 자리에 앉았다. 자칫하면 경기도 못 보고 쫓겨날 판이니까.

경기를 관람 못한다는 말에 관객들은 차츰 가라앉기 시작했다.

물론 아직도 경기고 나발이고 분을 못 삭인 사람들도 있긴 했다. 그래도 진행 요원한테 끌려 나가 경기 방해죄로 비공식적으로 두들겨 맞느니 얌전한 척 있는 게 나았다.

조용—

진압대가 들어올 문이 열렸음에도 아무도 보이지 않았다. 열린 문으로 검은 동공만이 보였다.

"무슨 일이지?"

으레 예상하고 있었던 일이 일어나지 않자 객석은 궁금증과 함께 묘한 공포감에 휩싸였다.

잠시 후,

실내가 조용해지자 문밖 어두운 복도에서 뭔가 두런거리는 소리가 낮게 울렸다.

"야, 이 자식아! 무혁 상이 힘이 세서 그런 거야!!"

"웃기지 마라! 장갑 회사가 후져서 그런 거라니까!"

와르르르—

이번엔 두 패로 갈린 경기 진행 요원들이 서로 멱살을 잡고 경기장 안으로 쏟아졌다.

"까악! 아니, 저 친구들! 경기 진행 요원들 맞아요?!"

"그런 듯한데, 저도 잘 모르겠네요."

쓰메끼리의 경악한 질문에 벤또가 궁색한 얼굴로 답했다.

"아마도 이번 시합을 끝으로 퇴사할 생각인 모양이군요."

"그러게요. 진행 요원들, 옮길 직장은 구했나 모르겠네요."

다시 객석은 팝콘과 음료수 캔, 급기야 속옷까지 날아다니며 아수라장으로 변해갔다.

"더러운 새끼, 좀 빨아 입어라!"

"니가 빨아주라!"

"니 마누라도 아닌데 내가 왜 빨아주냐!!"

갈수록 점입가경이었다.

장갑 하나로 인해 생긴 프라이드 역사상 유래가 없었던 이 초유의 사태.

프라이드 측은 급히 입단속을 했고, 방송국은 편집 화면으로 은폐하였다.

그러나 며칠 후, 일부 관객들이 찍은 도촬 카메라로 인해 네티즌들에게 알려지면서 급기야 장갑 회사 사장이 무릎을 꿇고 진실을 규명하게 해달라고 눈물로 호소하는 지경에까지 이르렀다.

물론 무혁의 시합이 끝나고 한참 후의 얘기였다.

어쨌든 지금 무혁은 링 위에 있었다. 개중에 덜 찢어진 글러브를 심판 입회하에 붕대로 감고.

붕대를 다 감고 나서도 상대방의 코너는 텅 비어 있었다.

"뭐 하는 놈인데 아직도 안 나오는 거야?"

오츠카가 퉁명스럽게 불만을 토했다.

하긴, 아직 장내 아나운서의 멘트도 시작되지 않았으니 크게 문제될 것은 없었다.

마따구라 심판은 시계를 보다가 링 아나운서 오오구찌(大口)와 눈짓을 교환했다. 일단 그냥 진행하자는 것이다.

아직도 소란이 난무한 장내.

경력이 많은 링 아나운서는 대수롭지 않은 듯 서서히 장내로 들어섰다.

히쭉.

짓궂은 얼굴로 주변을 훑어보더니 마이크의 볼륨을 최고로 올렸다. 그리곤 주위를 아우르는 사자후를 토해냈다.

"무엇이 그대들을 미치게 하는가!!"

예고없이 터진 소리에 기가 죽은 관객들이 뻥한 얼굴로 쳐다봤다.

"오늘 이 자리, 그대들이 진정으로 원하는 것은 무엇인가?! 우리는 왜 이곳에 서 있는가?! 잊었는가, 우리가 그리워하던 사람을?!"

그리워한다는 말은 시도 때도 없이 뭔가를 숙연하게 만든다. 베테랑 아나운서의 말 한마디에 장내는 금방 촉촉한 감성에 젖어들었다.

링 아나운서 오오구찌는 일부러 뒷말을 잇지 않고 뜸을 들였다.

서서히 장내에서 그 틈을 비집고 작은 읊조림이 들렸다.

"백무혁……."

"백. 무. 혁."

"백!무!혁!"

"백!!무!!혁!!"

“백무혁!!”

일렁임은 점점 커다란 함성으로 돌변했다.

엄청난 목청을 가진 오오구찌는 그 틈을 놓치지 않고 거침없는 언변을 토해냈다.

“여러분이 그리워하던 오랜 친구, 사랑을 한 몸에 받았던 전사, 오랫동안 기다려 온 프라이드의 자존심~”

아니, 이건 어디서 들어본 멘트 아닌가.

바로 오츠카의 데뷔전 때 나왔던 어구다.

오츠카는 어처구니가 없다는 듯이 얼굴을 붉히며 고개를 저었다.

그걸 보자 무혁의 속도 안 좋았다.

“아니, 저 짝퉁새끼, 차라리 하지 말던가.”

그래도 오오구찌는 뻔뻔했다.

“전 일본인의 자랑이었다가 사라졌던…….”

어쭈, 저게 죽을려고 스텝을 밟네? 이 쪽발이 쉐리들은 좋은 것만 있으면 다 자기네 거라고 우기더니 국적도 바꿔놓네.

“야, 아나운서! 말 똑바로 해! 나는 한국인 백무혁이야!!”

무혁이 못 참고 버럭 소리치며 자리를 박차고 일어섰다.

핏발 선 눈이 마주치자 기차 화통을 삶아 먹은 것같이 목청 좋던 오오구찌는 그대로 쫄아버렸다.

지금의 실제 상황은 목소리가 큰 게 다가 아니었다.

“말 똑바로 해, 너!”

오오구찌는 얼른 마이크의 전원을 끄고 대답했다.

“아, 네. 하이. 알겠스므니다.”

이 자식, 또 언제 한국 말 배워놓은 거야.

오오구찌 놈이 더듬거리는 말로 대충 얼버무렸다.

"에… 또… 거, 뭐냐… 암튼… 인간계의 자존심!! 사라졌던 격투 머신!! 그가 돌아왔다!! 우와와왓!!"

사실 뒤의 후렴구는 관객들의 몫이었건만 당황한 오오구찌는 스스로 함성을 유도해 냈다. 나름대로 무혁에게 잘 보이려는 오버 액션이었다.

오오구찌가 이성을 잃고 고함을 질러대자 관객의 반응은 오히려 냉담해져 갔다.

썰렁.

페이스를 잃은 오오구찌의 얼굴에 당혹감이 가득 찼다. 그랬더라도 그는 거기서 소개를 마쳤어야 했다. 자신이 궁지에 몰리자 해선 안 될 멘트를 날렸다.

"여러분, 백무혁을 다 좋아하시죠? 헤헤, 여기 있는 분이 바로 그분입니다!"

관객들은 한동안 어처구니가 없었고, 결국 측은해하는 표정까지 지었다. 그러더니 급기야 짜증을 내기 시작했다.

"집어치워라, 이 붕신아!"

"저놈 저거, 목소리만 컸잖아! 찌질이 자식!"

"니 목소리에 속은 게 원통하다!"

"내려와!!"

오오구찌의 말을 관객은 더는 들으려 하지 않았다. 링 위로 팝콘과 속옷, 찌든 양말이 다시 난무했다.

"이러지 마세요오~"

오오구찌는 곱게 목소리를 단장하여 야들야들하게 말했다. 그러면

웃어줄 거라 생각한 것이다. 웃다 보면 용서하겠지 하고 생각한 그의
착각.

"이익, 더 이상 못 참겠다!"

결국 끝내 꼭지가 완전히 돌아버린 관객들이 다시 링을 들추고 아나
운서를 들어내려고 난입을 시도했다.

"안 돼! 못 가!!"

진행 요원들이 결사적으로 그들을 막아섰다. 아무래도 아까의 일이
걸려 더 열심히 막아야 했던 것이다.

"밥줄 안 끊어지려면 이거라도 막아야 해! 결사적으로 막아야 한
다!"

정신이 없었다. 정말 말도 안 되는 일이 벌어지고 있었다.

무혁이 한숨을 내쉬며 나지막이 말했다.

"나, 생각보다 정서적인 사람인데… 좀 조용히들 하지."

아주 작고 낮은 혼잣말이었다.

개가 웃을 일이다.

한데 혼란스런 와중에 주파수가 남달랐던 것일까. 무혁의 뒤에 몰려
있던 관중 중에서 그 말을 들은 자가 있었다.

"무혁 상이 조용히들 하래! 지금 집중이 안 되신대!"

"뭐야? 그럼 안 되지."

"무혁 선수가 집중이 안 돼서 지면 대체 우리가 여기 왜 온 거야?"

"그러게. 다들 자리로 돌아가자."

"그래!!"

썰물이 빠지듯이 링 주변이 순식간에 한가해졌다.

대체 이게 뭔 일인가. 말 한마디에 놀랍게도 관중은 스스로 자중하

는 능력을 보여주고 있었다.

무혁의 인기는 그 정도였다. 욘사마의 인기를 밀어낸 무혁이 것이라면 땀방울 하나라도 두 손으로 받아 고이 간직할 사람들이었다.

그들이 원하는 건 오직 하나. 인간의 순수한 열정. 바로 스포츠 정신을 사수해 달라는 염원 하나였던 것이다.

쿵— 쿵— 쿵—

"이게 웬 북소리지?"

"경기장 주변에서 공사 중인 모양인데?"

오츠카가 아는 척을 했다.

그랬다.

경기장 안이 조용해지자 링 사이드를 둘러싸고 밀려드는 요동이 느껴졌다.

흔들림은 점점 강해져서 로프가 덜덜 떨고 있었다. 기둥도 덩달아서 흔들리고 링 전체에 파동이 일었다.

뭔가가 다가오고 있었다.

"누가 굴착기를 몰고 오나? 내가 삽질을 잘해서 아는데 이건 분명 땅 파는 소리야."

이제껏 간질거리는 입을 다물고 있던 남덕이 끼어들었다.

"경기장에 굴착기가 왜 들어와?"

"이건 분명 공사장에서 쓰는 중장비 소리 같애. 아니면 불도저일 거야."

남덕이 어울리지도 않게 형사 콜롬보 목소리를 흉내 내며 진중한 표정을 지었다.

“아니, 남덕 형. 그게 여길 왜 들어오냐구요.”

“글쎄, 공사할 게 있나 보지. 헤헤.”

미지의 소리에 의해 장내는 적막에 빠져 버렸다. 그리고 잠시 후 두 런거리는 웅성임이 작게 술렁거렸다.

“왔다.”

“그래, 그놈이야.”

관객들은 알고 있었다, 그게 무엇인지를.

둥― 뚝.

마지막 타공음을 끝으로 갑자기 요동이 멈췄다.

관객이 가득 찬 장내는 곧 숨 막힐 듯한 단절감에 휩싸였다.

“놈이 왔군.”

그제야 오츠카가 긴장한 얼굴로 말했다.

‘오츠카 형이 긴장을 다 하다니.’

오츠카는 알고 있는 모양이었다.

놈은 출입문 하나를 사이에 두고 있었다. 커다란 사무라이 그림이 새 겨진 거대한 문밖에서 놈이 이마를 붙이고 안의 반응을 느끼고 있었다.

실내가 공포와 적막에 휩싸이자 그는 괴괴한 웃음을 흘렸다. 몹시 맘에 들어하고 있었다.

녀석이 문고리를 움켜쥐고 이마로 문을 들이박기 시작하면서 실내 는 다시 북소리에 휩싸였다.

쿵― 쿵― 쿵―

“후쿠시 가오리를 죽인 놈이야!!”

“뭐라고? 저놈이 그 시방새야?”

“저놈은 시합 전에 문에다가 저렇게 머리를 박는다더군. 어쩔 땐 피를 흘리며 링에 나타나기도 한대."

"미친 본태새끼군."

발끈.

무혁의 글러브가 다시 터질 듯이 부풀어 올랐다.

오츠카는 뭔가 할 말이 있는 듯 무혁을 쳐다보더니 고개를 돌렸다.

"형, 하고 싶은 말 있으면 지금 해."

"아냐. 그냥 조심하라구."

사실 오츠카는 놈이 생각보다 극악하고 무섭다는 얘기를 해주고 싶었다. 하지만 그런 말을 해서 초반부터 부담을 주긴 싫었다.

"하하, 걱정 마. 저 자식, 오늘부로 얼굴 안 보게 해줄 테니까."

무혁은 녀석이 문 앞에 서 있다고 생각하니까 속이 부글부글 끓어오르면서 전의가 불타올랐다.

쿠오오—

'궤새끼, 후쿠시 가오리는 내 몫이었다구! 어디서 마인이 끼어들어!!'

도저히 용서할 수 없었다.

루드 반 라파엘(Lud Van Raphael).

"놈의 별명은 천사를 부르는 제사장(祭司長)이야."

"제사장? 마인 녀석이 왜 하필 그런 성스런 이름을……."

하지만 이름을 해석해 보면 그 이유가 나왔다.

대천사 라파엘. 성서와 코란에 이르길 라파엘은 인간의 영을 가진 천사라 했고, 더럽힌 땅을 깨끗이 하는 자라고 했다. 루드는 제사를 의미했고, 반은 선도자, 앞에서 이끄는 자를 의미했다.

즉, 녀석의 이름은 라파엘을 부르는 사제(司祭)란 뜻이었다. 물론 여기서 말하는 제사란 대천사를 부르기 위해 고대로부터 짐승의 피를 바치는 희생제의였다.

"어딘지 암울한 이교도의 냄새가 나네?"

무혁은 본능적으로 역겹고 묘한 냄새를 맡았다. 이건 필시 앙코르와트의 동혈에서 느끼던 기분과 같았다. 물이 썩을 때 내는 퀴퀴함 같은 거 말이다.

"크크크크, 오늘은 또 어떤 놈일까."

녀석에게 있어서 프라이드는 항상 인간의 원초적 야성 속에 피가 끓이지 않는 곳이었고, 공공연한 살인이 일어나도 스포츠란 이름 속에 숨을 수 있는 최적의 장소였다.

"어둠의 라파엘이여, 속히 오소서! 속히 이 더러워진 세상을 바꾸소서!"

놈이 주문을 외우듯이 반복적으로 중얼거렸다.

어둠의 라파엘? 그건 바로 악마를 부르는 말이었다. 하지만 녀석에겐 새로운 희망을 몰고 올 천사이기도 했던 것이다.

"크흐흐! 카카카!"

녀석은 피를 흘리며 상대가 숨을 거둘 생각에 차 기괴한 환희에 들떠 있었다.

쿵― 쿵―

머리를 박을 때마다 입 안 가득 고인 침이 문에 질펀하게 튀어 질질 흘렀다.

하지만 무혁은 그런 사실을 알 수도 없었고, 알아야 할 이유도 없었다. 그저 닥치는 대로 때려잡을 생각뿐이었다.

"시방새, 시끄러우니까 그만 자학하고 얼렁 들어와라!! 대가리는 내가 깨줄게!'

정신을 못 차리고 있는 오오구찌에게 심판이 다가가서 꼬집었다.

"이보라구, 정신 차려. 말을 해, 말을. 당신도 밥숟가락 놓고 싶어?"

"아하, 그렇지."

그제야 링 아나운서가 마이크를 올렸다. 그의 목소린 그때까지도 어눌했다.

"여기 인간에 의해 더러워진 땅을 깨끗하게 쓸어버리겠다는 전사가 와 있다. 그는 대천사 라파엘의 대변자이며 선도자이며 제사장이기도 하다. 이제 그에 의해 새롭게 쓰여지는 프라이드의 신화가 시작됐다."

뭔 사설이 참 길기도 하다. 예전 같으면 그의 너스레를 다 들어주었을 것이다. 하지만 지금은 오오구찌의 이미지가 실추돼 땅바닥을 파는 시점.

"야, 지겹다! 그런 뻥도! 그냥 소개나 하고 일루 와서 시합이나 보자!"

보다 못한 관객석에서 불평을 터뜨렸다.

아무래도 오오구찌는 이번 시합을 끝으로 은퇴를 해야 하나 보다.

하지만 쇼맨쉽이 있지 않고는 서지 못할 자리가 바로 프라이드 링 아나운서였다.

"그자 앞에서도 우리가 떠들어댈 수 있을까요, 과연?"

평정을 찾은 오오구찌는 좀 전에 불평을 터뜨린 자를 보며 질펀한 웃음을 흘렸다.

그러자 관객들은 급속히 움츠러들었다. 행여 불행이 자신에게 올까 봐 두려워하고 있었다. 그건 공포감이었다.

관중석은 일시에 숨소리조차 내지 못하고 침묵 속에 빠져들었다.

꿀꺽─

누군가 긴장한 듯 굵은 침을 삼켰다. 그자에게 시선이 몰렸다. 불똥이 자신에게 튈까 봐 겁이 난 그는 입을 막고 연신 사과를 하고 있었다.

과연 베테랑 아나운서다운 경기 운용이었다. 자신의 의도대로 먹혀들자 회심의 미소를 지은 오오구찌는 그 찬스를 놓치지 않았다.

잠시 뜸을 들인 그가 서서히 마이크를 들어올렸다. 그리고 터져 나오는 기차 화통 소리.

"피를 뿌려 잠든 대천사를 깨우러 나온 자!! 그 이름, 루드드드드 반라파엘엘엘엘엘!!"

그의 목소리에 맞춰 멈췄던 음악이 폭발했다. 부서지는 드럼 소리와 거친 야수와 같은 롭 좀비의 목소리. 목청이 터져라 절규하는 데스메탈이었다.

경기장 내의 모든 등이 깜빡이며 사이키델리처럼 분주했다. 그 사이로 시퍼렇게 푸른 조명이 어둠을 무섭게 난도질했다.

"아유, 정신 사나워. 눈 아파 죽겠네, 시봉."

"야, 무혁아. 근데 왜 니 노래 김치송은 안 나오는 거냐? 난 그게 정말 좋던데."

남덕이 뜬금없이 물었다.

그리고 보니 김치송을 못 들었다.

"이것들이 정신을 어디다 팔고 내 노래를 까까 사 먹은거?"

무혁은 기분이 불쾌했다. 독도는 우리 땅에 필적할 노래를 까먹어 버리다니.

"너무 화내지 마라. 나중에 운영자에게 가서 항의해 줄 테니까."

오츠카가 시합을 앞두고 이성을 잃을까 봐 걱정이 돼서 무혁을 달랬다.

"나중이 어딨어, 남덕 형!"

무혁이 열이 뻗쳐 고함을 질렀다.

"살살 불러. 고막 터지겠다. 나, 옆에 있잖아."

"지금 가서 항의 좀 하고 시합 끝나면 두 배로 볼륨 올려서 두 번 틀라고 해!"

"그래, 알았어! 내가 지금 가서 항의하고 올게!"

남덕도 식식거리며 운영 본부 부스를 향했다.

"짜식들, 잊어먹을 게 따로 있지! 위대한 김치송을!"

"짜식, 성질머리하고는."

매니저 대기석에 있던 유중광이 걸어와 피식 웃으며 무혁의 어깨를 쳤다.

"너무 예민하게 그러지 말아라."

유중광의 굵은 목소리는 믿음이 간다. 덕분에 무혁은 마음의 평정을 찾고 있었다.

"무혁아, 근데 나오미는 안 왔어?"

"그러게요. 온다고는 했는데 안 보이네요."

"아마 걱정이 돼서 차마 못 보겠나 보지."

"그렇겠죠?"

대충 대답은 했지만 무혁은 찔리는 구석이 있었다. 옷을 다 발기발기 찢어놨으니 아직도 화가 안 풀렸을 것이다. 그렇다고 자신이 성폭행 미수범으로 몰렸다고 말하기도 쑥스러웠다.

무혁은 그냥 시치미를 뚝 뗐다. 험험.

"그럼 시합 잘 치르거라. 네가 그간 어떻게 지냈는지 기대하마."

"중광 형님, 걱정 마시고 시합 끝나면 김치 삼겹살이나 쏘세요."

"하하, 녀석. 알았다. 오랜만에 삼겹살에 소주 한잔 하자꾸나."

"헤헤."

꿀꺽.

침이 주책없이 고였다.

김치 삼겹살 생각에 무혁은 모든 걱정과 시름이 다 없어졌다.

역시 무혁은 넉살 좋고 참 단순하다.

유중광은 무혁을 격려하곤 Vip석에 있는 황약 노사 옆으로 갔다.

"노사님, 오래 기다리셨죠?"

"허허, 아니오. 오늘 백 선수 컨디션은 어떻소?"

"김치송 안 틀어줬다고 화가 난 거 외엔 괜찮은 거 같습니다."

"허허허, 선수의 테마 곡을 안 틀어줬다니 이거 화날 법도 하겠군요."

황약 노사는 이제 대수롭지 않은 일에도 무혁의 편을 들어주었다.

"한데 백 선수가 어딜 다녀왔다구요?"

황약 노사는 중원에서의 일을 얼핏 듣고 뭔가 잘못 들은 게 아닌가 했다.

"700년 전의 중원을 다녀왔습니다."

"허어, 이런 일이."

황약 노사는 믿을 수 없다는 표정을 지었다.

"그곳에서 소도회 사람들을 만나고 왔다더군요."

"소도회? 그들은 우리의 선조님들이오. 그들은 나라의 흥망을 걱정하는 의기 단체였지요."

“네, 그랬다고 하더군요. 무혁이가 갔을 때는 몽고에 대항하기 위해 결사들이 모였다고 하더군요.”

“허허, 백 선수가 지금 우리의 팔백룡회가 하는 일을 선조님께 말하진 않았나 걱정되는구려. 그분들에게 부끄러운 후배들이 되었소이다.”

황약 노사는 부끄러운 표정을 지었다. 그도 호기롭던 젊은 시절을 지나 살아온 때를 돌아보아야 하는 황혼 앞에 선 노인네였던 것이다.

황약 노사는 두 눈을 지그시 감았다. 부끄러움에 심사가 어지러운 탓이었다.

“말하지 않았다더군요. 걱정하지 않으셔도 될 듯합니다.”

“허허, 다행이오.”

하면서도 그는 눈을 떼지 않았다. 스스로가 부끄러웠나 보다.

“유중광 사장.”

낮게 그가 말했다.

“네, 말씀하시지요.”

“젊은 날엔 야망이 있어 실수도 하고, 그때는 갈 길이 멀고 험했으니 그 실수를 묵과도 할 수 있는 것이오. 한데 나이가 드니 이젠 가야 할 길보다 지나온 길이 눈에 밟히게 되는구려. 허허.”

“왜 갑자기 그런 말씀을…….”

“늙어서 그렇지요. 허허허.”

황약 노사의 웃음이 공허하기만 하다.

중광은 무슨 뜻이 있을 듯해서 선뜻 응하지 않고 기다렸다.

“중광 사장도 뜻이 있을 것이오. 하나 급히 길을 가려 소인배들이 가는 길을 가지 마시오. 인생의 길은 길게 두고 보는 것이기에 눈앞의 겉만을 쫓다 보면 왜곡되어진 것도 모른 채 엉뚱한 곳에 서 있게 되더군요. 허허.”

뭔가 인생 선배로서의 귀중한 말을 하고 있었다.

그건 바로 중광의 현실을 꿰뚫는 말이기도 했다.

“네, 노사님. 서두르지 않겠습니다.”

유중광은 공손히 인사를 했다.

“중광만은 부디 의기를 잃지 마시길. 언젠가 돌아볼 때 부끄럽지 않
으시길 바라오.”

황약 노사는 중광을 지그시 바라보며 웃었다. 그건 바로 중광에 대
한 신의와 애정의 표현이었다. 진정으로 중광만은 자신이 갔던 전철를
밟지 않았으면 하는 간절함이었다.

“인생은 길다 말하지만 막상 가보면 짧더구려. 의기를 지키며 한 인
생을 보내기엔 짧으니 의로운 길을 너무 지루하다 생각지 마시오. 허
허허.”

지나고 나면 짧은 인생, 긴 후회가 남지 않길 바란다는 말이었다.

중광은 묵묵히 황약 노사의 말을 듣고만 있었다. 황약 노사가 말을
마치자 둘 사이엔 묵직한 침묵이 흘렀다.

중광이 고개를 들었을 때 황약 노사는 빙긋이 웃고 있었다.

중광도 쑥스러운 듯 겸연쩍은 웃음을 지었다.

둘 사이에 흐르는 웃음. 그건 바로 심심상인(心心相印)으로 통하는
남자들만의 향기였다.

데엥—

둘 사이로 종이 울렸다. 그건 마치 산사에서 깨달음을 알리는 범종
소리처럼 우렁찼다.

제2장
주먹이 운다

주먹이 운다

드디어 시합이 시작되고 있었다.

제사장 루드 반 라파엘.

무혁은 놈의 등장에서부터 놀라고 있었다.

링 위에 올라와 있는 자신과 맞먹는 링 아래에서의 키. 무려 235㎝
란다. 발바닥은 42.5㎝. 이건 최홍만보다도 4.5㎝나 크다. 주먹은 직
경 30㎝. 그렇다면 열나게 피해도 맞는다.

무엇보다 놀라운 건 얼굴 길이가 50센티란 것이다.

링 아래서 기웃거리는 게 꼭 석상이 움직이는 듯 보였다.

"깔깔깔깔깔!"

무혁은 그만 웃음을 터뜨리고 말았다.

마따구라 심판이 점잖게 다가왔다. 그러더니 품 안에서 카드 한 장
을 꺼내 들더니 자상하게 보여주었다.

"옐로우 카드."

"아니, 왜 반칙을 주는 거요?"

오츠카가 어이없는 사태에 강력히 항의했다.

"상대 선수의 외모를 보고 모욕하면 반칙인 거야."

"언제 모욕을 했다는 거요?"

심판 마따구라는 눈을 지그시 감고는 준엄한 얼굴로 말했다.

"이봐, 오츠카. 사실은 나도 웃긴데, 웃겨서 웃은 거 맞잖아."

"그, 그렇긴 하오만……."

"그럼 모욕 행위인 거야."

'크큭.'

놀라서 턱이 빠져도 시원찮을 판에 무혁은 실소가 계속 나왔다. 물론 너무 황당해서 그런 것이었다. 이런 경험은 처음이었다.

어쨌든 시합도 하기 전에 옐로우 카드를 받았다는 건 불쾌한 일이었다. 오츠카도 어이없어하면서 불평을 털어놨다.

"저게 얼굴이냐, 바위지. 투덜투덜……."

녀석의 머리가 꿈틀거리면서 링을 올라서고 있었다.

정말 놀라울 따름이었다. 계단을 한참 올라온 것 같은데 아직 배도 안 보이다니…….

라파엘이 완전히 링에 모습을 드러내자 무혁과 오츠카의 코너에 그림자가 졌다.

어슬렁어슬렁. 기웃기웃.

녀석이 주변을 두리번거렸다. 얼굴이 돌아가면 몸도 따라 돌아갔다.

반짝, 어둑. 반짝, 어둑.

라파엘이 옆으로 돌아서면 무혁의 얼굴이 밝아졌다가 제대로 서면 조명을 가려 다시 그림자가 졌다.

"아니, 그런데 저런 체구로 어떻게 남제 미들급에 출전할 수가 있었다는 거야? 한눈에 봐도 체중이 200킬로가 넘겠는데."

오츠카가 물었지만 그건 무혁의 궁금증이기도 했다.

그랬다. 미들급은 93킬로 이하인 경우다. 키는 상관이 없다지만 체중은 달랐다.

이게 대체 어떻게 된 일일까.

도무지 이해할 수가 없었는지 오츠카가 심판 마따구라에게 다가갔다.

"요즘 프라이드 체중계는 고장났답니까?"

"몸무게 때문에 그런 모양이군."

마따구라는 당연하다는 듯이 알아들었다.

"정확히 55킬로라네."

"뭐, 뭐라구요?! 그게 말이 된다고 생각하십니까?"

얼굴만 떼어내서 재도 그것보단 더 나올 텐데.

오츠카는 믿을 수가 없었다.

"그걸 저보고 믿으란 소리입니까?"

"우리도 그게 의문이긴 하네만, 체중계 세 개를 갈아가며 쟀는데도 몸무게엔 변화가 없었어."

하긴 프라이드에서 그런 걸 실수할 리가 없다. 황당한 얼굴을 감추지 못하고 오츠카가 코너로 돌아왔다.

"무혁아, 저놈 몸무게가 55킬로란다. 너, 그게 말이 된다고 생각하나?"

"에일리언이 저 새끼 몸속에 빨대를 꽂아 엑기스를 쪽쪽 빨아 먹었대?"

그렇지 않고서야…….

그때 무혁의 머릿속을 퍼뜩 스치고 지나가는 생각이 있었다.

'그렇지. 저놈들은 마인들이지.'

자신도 천근추를 이용해 실제 몸무게보다 더 나가게 해본 적이 있지 않았는가. 그렇다면 그 반대로도 얼마든지 가능한 일이었다.

필시 마공으로 체중계 위에서 실제 체중을 감해냈을 것이다.

"심판이 그렇다면 그런 거겠지."

무혁은 곧 평정을 되찾고 대수롭지 않게 여겼다. 녀석이 마인이란 생각을 다시 하게 되자 심상치 않은 긴장감에 다시 또 젖어들었다.

사실 무혁은 녀석의 얼굴 크기에 관심을 갖기 전까지는 무척 긴장했었다.

엔터테인먼트적인 것이겠지만 제사장 라파엘의 등장은 무혁에게만은 유독 더 큰 충격이었다.

어두운 경기장 안에 모든 불이 꺼지고 파란 조명만이 비쳤을 때였다.

버럭 문이 열리고 녀석이 나타났다. 눈동자가 허옇게 뒤집힌 녀석은 기괴한 밀랍 인형처럼 한참을 움직이지 않고 있었다. 잠시 후 백태만 가득한 눈으로 관객들을 돌아봤다.

"……!!"

영혼이 없는 듯한 모습에 관객 모두가 숨을 멈췄다.

하얀 도포에 황금 수를 놓은 화려한 레이스, 붉은 만(卍) 자가 새겨진 황금 관.

갑자기 코로 퀴퀴한 마교 동혈의 냄새가 물씬 풍겨왔다. 아니, 정확히 말하자면 기억이 난 것이다.

"헉!"

무혁은 뒷 머리털이 삐죽 솟아올라 빳빳해졌다.

"어떻게 저 복장이!!"

사람들은 그걸 엔터테인먼트라 생각하겠지만,

무혁에게 있어서 그 놀라움은 남달랐다.

그건 바로 나마일천이 했던 그 복장이었던 것이다.

'이놈 이거, 마니교도 놈들하고 관련이 있군.'

적막과 침묵을 깨뜨린 건 오오구찌였다.

"순결한 어둠으로 빛의 혼란을 정화하러 나타난 제사장! 그가 오늘 피의 번제를 시작하러 이곳에 왔다! 그 이름 라파엘엘엘!!"

기다렸다는 듯이 놈이 고개를 갸웃거리며 목을 뻐근하게 움직였다.

목뼈가 으득거렸다.

으드드득.

번쩍 하고 놈의 눈빛이 돌아왔다. 조명은 그 모습을 놓치지 않았다.

"우!"

"무섭다!"

곳곳에서 반응이 일었다.

차라리 녀석이 움직이기 시작하자 관객들이 안도하는 분위기였다. 시체나 좀비 같은 엽기적인 모습을 보고 있기가 불편했던 것이다.

"야, 이거 대박인데!! 멋지다!! 오늘 백무혁, 뒈지겠다!!"

"맞다!! 강자만이 살아남아야 해!!"

한구석에서 누군가가 떠들자 동조하는 자들이 속속 목소리를 높였다.

마인계를 옹호하는 관객들이었다.

인간계 관계자들의 불알이 쪼그라들자 이제껏 잠잠했던 마인계가

득세를 시작한 것이다.

"라파엘!! 나는 네 팬이야!! 이번 기회에 너의 진면목을 보여주라고!!"

"맞아! 20문 킥으로 백무혁을 밟아버려!"

"맨날 CF에서 얼굴 보고 있자면 짜증나더라고! 아주 지겨웠어!"

어떤 관객은 노골적으로 무혁을 비하했다.

"나는 조센징이 싫어!!"

"조센징이 언제부터 우상이 됐어!! 여긴 일본이야!! 쪽발이가 최고야!!"

'어떤 새끼야?!'

찌릿!

무혁은 속에서 부아가 돋았다. 마지막 막말을 한 놈과 눈이 마주치자 놈이 눈을 살짝 돌리며 딴짓을 했다.

무혁이 모른 척 고개를 돌리자 녀석이 비열하게 히죽 웃었다. 메롱~

'새끼, 내가 넌 줄 모를까 봐?'

종이와 볼펜을 가지고 오라고 한 무혁이 메모를 했다.

너, 이따가 남아라! 도망가면 집까지 쫓아간다.

남덕에게 전해주며 시합 끝나면 놈에게 전해주라고 손가락질로 가리켰다.

"알았어. 내가 꼭 전해줄게."

무혁의 손짓과 남덕의 고갯짓이 자신을 향하고 있자 녀석의 얼굴이 새파랗게 질렸다.

남덕이 태연한 척 웃어줬다. 하지만 알다시피 남덕이 한인상 하지 않던가.

"커헉! 덜덜덜."

놈은 완전히 사색이 되어 발을 벌리고 의자에서 허리를 내려 최대한 몸을 감췄다.

심판의 손짓에 의해 가운데에서 만난 두 사람. 키 185센티의 무혁이 앙증맞아 보였다.

"가까이서 얼굴 좀 보자!"

무혁의 목이 뒤로 꺾이며 폐에서 허파꽈리가 일그러지는 소리가 터졌다. 트림 소리 같았다고 할까.

꺼어억!

한참 위에 있는 라파엘은 그 소리에도 태연했다.

오히려 심판이 코를 움켜쥐고 무혁을 째려봤다.

"김치찌개 먹은 게 이제 내려가네!"

코를 잡은 손을 풀지 않고 심기 불편한 얼굴로 심판이 말했다.

"부탁인데, 제발 깨물지 마라."

그 소리에 라파엘이 누런 이를 드러내고 히죽거렸다. 놈이 숨을 내쉴 때마다 이빨 썩는 냄새가 진동했다.

'저거에 물리면 썩겠군.'

하얀 와이셔츠가 누렇게 변색되고 있자 심판은 얼른 시합을 붙이고 옆으로 비켜났다.

"렛츠 겟 잇 온(Let's Get It On)!"

렛츠 겟 잇 온은 UFC 심판인 존 메카시가 특허 등록을 한 문구다.

옷이 썩어 들어가자 흥분하고 급해진 마따구라가 해선 안 되는 멘트
를 날린 것이다. 훗날 심판 마따구라는 이 일로 인해 저작권 소송에 휘
말리게 된다.

어쨌든,

데엥~

종이 울렸다.

둘만이 남았다. 놈이 다가오고 있었다. 너무 가까워지면 고개를 쳐
들어야 하기에 다가오기 전에 물었다.

"야, 너 앙코르와트 아냐?"

놈이 무혁을 보며 갸우뚱거렸다.

'모르나?'

무혁이 물은 것은 녀석이 이렇게 큰 것에 대한 의문이었다. 아무래
도 정상으로 보이지 않았기 때문.

녀석이 대수롭지 않게 씩 웃었다.

"모르면 모른다고 하지, 자식 웃기는. 적어도 나 정도는 되어야 살인
미소란다."

씨익.

"죽이지 않냐?"

괜히 물어봤단 생각에 쑥스러워 무혁도 따라 웃었다.

"클클클, 앙코르와트를 박살 낸 놈이 너였구나."

"……!!"

밑져야 본전이란 생각으로 물은 건데 의외의 수확이었다. 제대로 맞
아떨어진 것이다.

하면 이 녀석도 마니교도들의 단약에 의해 마인으로 연성됐단 말인 가?

장동건의 말이 정말이었단 말인가.

하지만 이건 말도 안 되는 일이었다. 어떻게 700년을 준비한 놈들이 실제로 나타날 수가 있느냔 말이다.

"애고, 골치야."

다만 다른 것이 있다면 라파엘은 남덕이 부숴놓은 현세의 앙코르와 트 사건을 말하고 있었다. 하지만 무혁은 중원에서의 사건을 말하고 있었던 것이다.

무혁은 머릿속이 혼란스러웠다.

"받아랏!! 카우!"

갑자기 라파엘이 등을 돌렸다. 그 순간 가려진 몸통이 회전하며 주 먹 쥔 손등이 휘어져 들어오는 게 보였다.

백 스핀 블로(Back Spin Blow)다. 몸을 완전히 한 바퀴 돌려서 손등, 너클 파트로 상대를 가격하는 펀치. 기습용으로 자주 쓰이는 공격. 남 태평양의 흑표범 레이세포가 애용하는 변칙 기술이었다.

"어림!!"

무혁이 녀석의 주먹 크기를 가늠하여 두 손을 겹쳐 막아냈다. 한 손 으로 막았을 시에 놈이 거대한 주먹을 비튼다면 수비하는 주먹을 기어 넘어 안면에 꽂힐 것이다.

파팡!!

글러브끼리 부딪치며 요란한 소리가 들렸다.

무혁의 얼굴 가까이에서 터진 소리라 귀청이 얼얼했다.

"귀 터지겠다, 임마."

"터지라고 그런 걸 가지고 엄살은."

그랬다. 녀석은 음공(音功)이 가지는 파괴력을 알고 있었다.

무혁은 귀로 스며든 파공음에 세반고리관에 데미지를 입었다. 세반고리관은 회전 감각을 담당하는 주요 기관. 그곳이 다치면 어지럼증이 생긴다.

비틀 휘청거리던 무혁이 중심을 잡았다.

"어디서 요상한 것을 배운 놈이군."

다행히 큰 타격은 없었다.

"클클클, 무공을 배우면 그 정도는 기본이다, 꼬마야."

"꼬, 꼬마?"

하긴 녀석이 내려다보기엔 무혁이 까마득하게 보이리라.

무혁은 심한 모욕감에 주먹에 힘을 불어넣었다가 무슨 생각에선지 주먹을 뻗지 않고 생각에 잠겼다.

'이 녀석을 작살내는 건 그다지 어려워 보이지 않는데 문제는 이놈들이 단약을 복용한 놈들이라면 700년이 지난 지금은 어느 정도일까?'

그렇다. 무혁이 궁금해하는 것은 그것이었다. 혹시 자신보다 더 높아진 공력을 주입받은 것은 아닐까 하는 걱정. 단약이 개발되고 700년이 지났으니 얼마든지 가능한 일이었다.

"쳐라!! 나를 매우 쳐라!!"

그렇다면 문제는 또 달라진다. 녀석들이 단약으로 연성된 무공을 가지고 있다면 그 깊이는 어느 정도일까?

뜻하지 않은 무혁의 주문에 라파엘이 또 갸우뚱거렸다.

"밥 먹고 똥을 안 쌌니? 똥독이 몸에 침투해 아주 맛이 간 거니?"

라파엘이 불쌍한 표정을 지었다.

"잔말 말고 치라니까, 이 시방아!"

일단 이놈들의 공력을 테스트해 볼 필요가 있었다. 결국 무혁은 몸빵을 자초했다. 맞으면서 힘의 깊이를 알아내고자 했던 것.

"아주 매를 버는 놈이구나. 너 혹시 맞아야 전의가 생기는 놈……?"

쉐에엑—

팡!

전광석화 같은 파공음이 말을 끝내기도 전에 라파엘의 얼굴에 작렬했다.

얼얼.

라파엘의 얼굴에 벌건 손자국이 선연하게 찍혔다. 점프를 하며 어깨 위로 뻗쳐 올린 무혁의 주먹 때문이었다.

"잔말 말고 치라니까, 씨방아!!"

놈이 말만 하고 주먹을 안 뻗자 답답해진 무혁이 놈을 꾸짖었다.

"끄흑, 아프다. 이놈이?!"

"꼬마한테 맞으니까 기분 더럽지? 헤헤."

무혁이 라파엘을 약 올렸다. 빨리 덤비라는 소리다.

사실 라파엘이 맞을 짓을 하긴 했다. 맞아주겠다는데 뭔 인터벌이 그렇게 길다냐.

"식식!"

점점 라파엘의 숨소리가 거칠어지고 있었다. 그의 팔이 고릴라처럼 길게 늘어졌다.

"때리라면 못 때릴 줄 알고!"

페에엑—

늘어뜨린 팔이 곡선을 그리며 위로 솟더니 다시 아래로 향했다. 변칙 곡선 타격법. 바로 플리커 잽(Flicker Jab)이었다.

곡선 궤도를 그리며 날아오는 잽. 지금처럼 리치가 긴 복서들이 애용하는 테크닉. 잽을 내는 손을 복부로 늘어뜨린 자세에서 휘어져 들어옴으로 방어하기가 까다롭다.

무혁이 눈을 질끈 감았다. 어차피 맞을 거 주먹이 곡선을 그리며 날아오는 걸 일일이 다 보고 싶지가 않았다.

퍼억!!

라파엘의 주먹은 정통으로 무혁의 관자놀이에 꽂혔다.

부— 우웅.

버티려고 했지만 천근추를 가동시키기도 전에 몸이 허공으로 떠올라서 옆 로프를 향해 날아가고 있었다. 체중만으론 라파엘의 상대가 될 수 없었다.

무혁이 무릎을 꿇고 링 로프 바깥으로 고개를 내밀고 있었다.

"끄흑! 울컥!"

입 안이 터져서 피가 쏟아졌다.

"아, 백무혁 선수! 다운이에요, 다운!!"

벤또가 목소리를 높였다.

"플리커 잽에 관자놀이를 맞았어요! 아, 백무혁 선수! 힘들겠는데요!"

쓰메끼리가 그 말을 받았다.

"한국 속담에 되로 주고 말로 받는다는 말이 있다는데 지금 백무혁 선수가 그 꼴이네요."

"아마 지금쯤 백무혁 선수도 괜히 때렸다고 후회하고 있겠는데요.

심판이 카운터에 들어갔습니다. 어? 아, 백무혁 선수! 일어나고 있네요!"

"아, 그렇군요. 백무혁 선수 하면 무한 맷집이라 불리지 않습니까?"

"맞습니다. 저는 백무혁 선수가 노년에 펀치드렁크 증후군에 침 흘리고 살까 걱정됩니다."

"아, 쓰메끼리 상은 백무혁 선수를 정말 사랑하시는군요."

"같이 프라이드에 몸을 담고 있는 이상 동업자 정신이라고나 할까요? 하하하!"

"아, 말씀드리는 이때 백무혁 선수, 가드를 올리고 심판과 눈을 마주치고 있습니다."

저벅저벅.

녀석의 왕발에 의해 걸어올 때마다 링 바닥이 울리며 로프가 출렁거렸다.

무혁이 넘어졌음에도 라파엘은 서두르지 않았다.

한데 그게 무혁에겐 불만이었다.

"야, 너, 스템핑킥 같은 거 할 줄 모르니? 넘어졌으면 달려와서 밟아야지 그래 가지고 날 이기겠냐?"

"클클, 꼬마야. 아직도 입이 살아 있었느냐."

"야, 이 거인병 걸린 놈아! 너 같은 놈에게 당할 내가 아니야!"

거인병이란 말에 라파엘의 얼굴이 검붉게 달아올랐다. 마인 동료들 사이에서 그를 낮춰 부를 때 자주 쓰는 말이었던 것.

"너, 너, 내 별명, 어떻게 알았어?"

"한눈에 거인병 걸려 보이는데 너만 모르는 거야, 찐따야."

"이, 이익! 난 그 말이 제일 싫단 말야, 개째꺄!"

무혁이 씨익 웃었다. 그리곤 두 눈을 지그시 감으며 말했다.

"그래, 패라. 옳지."

무혁이 천근추를 가동했다. 두 번 다시는 날아가지 않고 주먹을 맛보리라. 이왕이면 연타로 때려다오.

퍼―억!

세 번에 걸친 연타에도 무혁이 넘어지지 않자 놈이 신경질적으로 하늘로 쳐든 주먹을 묵직하게 내리꽂았다.

무혁은 주먹을 꽉 쥐고 있었다. 으흑, 주먹이 운다.

'참자, 참아! 아직은 아니야. 끄흑! 그래도 좀 아프다.'

하지만 말은,

"야, 이 거인족 놈아! 그것밖에 안 되는구나? 좀 더 세게 해봐!! 헤헤!"

무혁은 좌우로 흔들리는 몸을 가까스로 버티고 있었다.

"아주 이놈이 미쳤네!"

"자, 이번엔 드러누워 줄게 밟아봐!"

어차피 기울고 있던 몸. 무혁은 좀 쉴 겸 벌렁 드러누웠다.

"라파엘 선수 기회예요! 얼른 마운트를 점령해야겠죠?"

벤또에 말에 이어진 쓰메끼리의 말,

"아마도 올라탈 필요도 없이 그냥 허리만 낮춰서 패도 되겠는데요? 라파엘 선수가 워낙 커서 말이죠."

"아하, 그런 방법이 있었군요?"

패에에엑―

"네놈 말대로 스템핑킥을 보여주마! 카악!!"

라파엘이 괴성을 내질렀다. 무서운 소리를 내며 발바닥이 무혁의 면상을 향해 쏟아졌다.

무혁이 가만히 그걸 보고 있자니 맞으면 안 되겠단 생각이 퍼뜩 들었다. 맞아주기로 했지만 발로 얼굴을 밟힌다는 건 정말 모욕적이었다.

사실 놈의 주먹도 이 정도면 맞을 만큼 맞았고, 녀석의 공력도 알 만큼 알았다. 이놈은 분명 마인 중에서도 하수다.

'그렇다면 더는 질질 끌 필요 없지.'

놈이 235센티라는 키에 어울리지 않게 쏜살같이 허공으로 도약했다. 무려 일 장 높이는 족히 되어 보였다.

"우와와아!!"

거대한 놈은 어두운 밤하늘로부터 강림하는 마인의 모습이었다.

관객들은 그 모습에 혀를 빼물었다.

일족압살(一足壓殺). 놈도 이참에 시합을 끝낼 생각이었다. 아니, 그 정도가 아니라 무혁을 죽여 버릴 참이었다. 자신들의 성지인 마교 동혈을 파괴한 놈이 아니던가.

'이번 기회에 마니교주한테 칭찬받아야지. 킬킬킬.'

라파엘이 환희에 들떠 자신의 속 계산을 마치고 발에 힘을 배가시켰다.

"잘 가라, 꼬마야!"

"그건 안 되지, 이눔아!"

무혁이 바닥에 닿은 어깨를 빙글 돌리며 바닥을 차고 두 다리를 솟구쳐 올렸다.

툭!

왼발로 녀석의 떨어지는 오른발을 쳐서 허공에 세워두곤 오른발로는 녀석의 복부를 향해 뻗어 넣었다.

"무영각(無影脚)!!"

그림자 없는 발차기로 예비 동작 없이 구사할 수 있는 절기였다.

퍼—억!

무혁의 발이 떨어지는 놈의 복부에 꽂히며 물 풍선이 터지는 소리가 장쾌하게 울렸다.

부—웅—!

라파엘이 이륙을 시작하고 잠시 후,

벌렁—

허공을 날아가는 라파엘의 몸이 광풍에 휩싸인 종이 연처럼 발라당 뒤집어졌다.

괴력 무혁. 무혁은 볼 때마다 스스로도 놀라고 있었다.

'우째 자꾸 이런 일이. 헤헤.'

놈은 허공에서 뒤집혀서 그대로 7미터의 링을 날아갔다. 그것도 아주 로프를 한참 아래에 두고 말이다.

부우웅.

아주 잘 날아갔다.

그때 고막이 찢어질 듯한 소리가 들렸다. 오츠카의 음성이었다.

"무혁아, 안 돼!! 링 밖으로 던지면 반칙패야!!"

잉? 그런 것도 있었나?

오츠카의 외침에 바닥을 박차고 일어난 무혁이 쏜살같이 뛰어 로프를 밟고 올라갔다.

이미 라파엘은 링 밖으로 궤도 이탈 중이었다.

무혁의 이마에서 식은땀이 삐질 흘렀다.

다행히도 놈은 아직도 허공에 있었다.

"일루 와아아!!"

로프를 뛰어오르며 무혁이 번개같이 녀석의 손을 잡아챘다.

"끼라찻!!"

손을 잡아채 링 안으로 끌어들여선 패대기를 쳤다.

쿵!

"꼬마라 부르지 말랬지, 이 시방새야!!"

등이 링 바닥에 튕긴 놈의 몸이 공중으로 잠시 떠올랐다.

"끝내자!"

무혁이 로프를 내달려 두 무릎을 낮추고 뛰어들었다. 어느새 왼쪽
겨드랑이로 놈의 목이 끼어들었다.

곧바로 팔을 휘감았다.

"아, 백무혁 선수! 길로틴 초크예요!!"

"하지만 저대로라면 라파엘의 체중에 깔릴 판인데요. 백무혁 선수,
화를 자초하네요."

벤또에 뒤이은 쓰메끼리의 목소리였다.

'흐흐, 쓰메끼리 아저씨. 끝까지 다 보고 말씀하시죠. 저는 생각보
다 단순하거든요.'

"가라, 마인!! 금강복마권(金剛伏魔拳)!!"

뻐―어억!

오른쪽 주먹이 루드 반 라파엘의 머리통에 작렬했다.

쭈―우욱!

녀석의 몸이 허공에서 빳빳하게 퍼지더니 그대로 굳어갔다.

아직 심판은 놈이 혼절했는지를 모르는 상태. 무혁이 심판을 보고

물었다.

"쓰러진 놈을 패대기치면 또 반칙이라죠?"

"그럼!!"

마따구라는 단호했다. 의식을 잃은 상대를 내던지면 비신사적인 행위에 해당했다.

"네, 그럼 살짝 내려놓죠."

무혁이 놈을 든 채로 천근퇴를 이용해 허공을 박차고 올랐다. 그리곤 그대로 몸을 뒤집어 녀석의 등 위에 물구나무서기 자세로 올라탔다.

'이러면 패대기친 게 아니잖여?

콰앙!!

배와 얼굴을 바닥에 깔고 떨어진 라파엘은 그걸로 끝이었다. 대 자로 뻗은 사지 중 오른쪽 다리에서만 경련이 일며 돌 맞은 개구리처럼 바르르 떨었다.

"이봐, 이봐!"

심판이 녀석의 의식을 확인하려고 몸을 뒤집으려 했지만 꿈쩍도 하지 않았다. 의식을 잃으면서 본래의 제 몸무게가 돌아온 때문이었다.

땡, 땡, 땡, 땡, 땡—

심판이 두 손을 마구 흔들어대며 들것을 가리켰다.

심판이 무혁의 손을 올려줬다.

"니가 이겼다!"

"고맙수. 꺼어억!"

농염하게 익은 김치 냄새가 입을 벌리고 있는 심판의 목젖을 향했다.

"커헉!!"

마따구라의 얼굴이 호흡 곤란으로 붉게 물들었다.

"헤헤, 부끄러워하시긴. 제가 그렇게 좋아요?"

심판 마따구라의 볼에 입맞춤까지 마치고 무혁은 김치찌개 냄새를 흘리며 아수라장의 링을 빠져나가고 있었다.

"이봐, 백무혁! 한마디 하고 가야지!"

링 아나운서 오오구찌가 무혁에게 소리쳤다.

무혁이 반쯤 고개를 돌리고 입을 이죽거렸다.

"꺼어억! 소화가 안 돼서, 그럼 이만."

쉰 트림을 날리곤 무혁이 히죽 웃으며 관객들 사이를 지나갔다.

바로 그때를 맞춰서 김치송이 웅장하게 울려 퍼졌다.

만약에 김치가 없었더라면~ 무슨 맛으로 밥을 먹을까~ 쿵쿵따! 쿵쿵따!

무혁이 두 손을 머리 위에 올려 관객의 박수를 선도했다.

"김치 없인 못살아~ 정말 못살아~"

어느새 김치송은 수퍼 아레나 경기장 지붕을 들썩거리게 만들며 울려 퍼지고 있었다.

"진수성찬, 산해진미 날 유혹해도 김치 없으면 정말 허전해~ 헤이~ 헤이~ 헤이~"

아레나 경기장의 전 관객은 어느새 너 나 할 것 없이 김치송을 따라 부르며 축제 분위기에 젖어들었다.

"멋지다!! 백무혁!!"

"역시 마인게 킬러는 백무혁이야!!"

"우와와와!!"

"백무혁!! 백무혁!!"

무혁을 향한 관객의 연호가 김치송과 함께 어우러졌다.

관객의 환호와 링의 화려함을 등지고 가는 무혁의 얼굴은 역광으로 인한 그림자 속에 모두 감춰지고 오로지 쫘악 찢어진 주둥이만 희번덕거렸다.

'다음은 브라질의 삼바호빙요! 오거라! 패주마!'

모두가 결승전에 대한 기대에 한껏 부풀어 있었다. 한데 갑자기 슈퍼 아레나 경기장이 정전으로 칠흑 같은 어둠에 휩싸여 버렸다.

"뭐야! 왜 이렇게 껌껌한 거야?!"

관객들이 곳곳에서 불만을 토해냈다.

"불 켜, 이 새끼들아!"

"아악! 어떤 새끼가 내 궁둥이를 만지는 거야?!"

불안해진 경기장 안은 금세 아수라장으로 돌변했다.

이때 오오구찌의 목소리가 어둠 속에서 들렸다. 마이크 전원까지 나간 상태에서도 울려 나오는 그의 목소리는 모두를 압도할 정도로 정말 컸다.

"여러분!! 부득이한 사태로 일주일 뒤로 시합이 연기됐습니다! 바닥에 켜진 비상등을 따라 조용히 나가주십시오! 모든 입장권은 유효합니다! 그날 보입시더~ 헤헤헤~"

"웃어? 지금 웃음이 나와?!"

피이익—

퍼—억!

"어쿠쿠!"

오오구찌가 눈두덩을 부여잡고 비명을 질렀다.

투두두둑! 툭툭!

패트 병 떨어지는 소리가 연이어졌다. 개중엔 좀 전에 오오구찌가 맞은 것처럼 물이 가득 찬 것도 있었다. 링 위로 물병이 끊임없이 날아왔다.

"시끄러, 새꺄! 에이, 짜증나!"

"니놈이 교통비 줄 거냐!! 뭔데 오라 가라 니 맘대로야."

이에 흥분한 오오구찌.

"니들 다 고발해 버릴 테야!!"

오오구찌가 악에 받쳐 고함을 질렀다.

"고발해라, 이 새끼야!"

콰―쾅―

이번엔 철제 의자 수십 개가 링 위로 날아갔다.

어차피 아무것도 보이지 않는 어둠 속에서의 일이었다.

"아악! 자가발전기 켜봐라! 저놈 잡아서 깽 값 받아야겠어!"

"자가발전기도 고장입니다!"

누군가가 소리쳤다.

"뭐라고? 이익!! 이럴 수가! 그럼 모두 나가지 못하게 해라! 나 쌍코피 터졌다!"

그때 진행 요원 중에서 누군가가 말했다.

"오오구찌 님, 막다가 깔려 죽습니다. 미치셨습니까? 그리고 쌍코피 터진 게 자랑도 아닌데 그만 닥치셨으면 하는 바람이……."

"쿵! 어, 어떤 쉐리가 지금 나한테 그따위 말투로 대꾸하는 거야!"

오오구찌가 코를 막는 코피를 풀어내며 물었다.

"알면 니가 지금 어쩌시겠습니까? 곤봉으로 맞기 전에 그냥 찌그러지시죠."

"대체 어떤 놈이 나한테 자꾸 이따위 소리를 해?! 너 누구야?!"

그때였다.

"너 좀 조용히 하라고 그랬지?!"

쉐에엑—

쾅!!

관객 중 누군가가 던진 철제 의자가 이번엔 너무도 정확히 오오구찌 뒤통수를 덮치면서 링 위는 순식간에 정적에 휩싸였다.

"으, 으, 대체 어떤 시발 놈이…… 이익!"

철제 의자에 깔려 머리통이 깨진 채로 바닥에 쌍코피를 흘리던 오오구찌의 얼굴이 파르르 떨리더니 픽 고꾸라져 의식을 잃었다.

관객들은 그런 오오구찌를 뇌두고 총총히 경기장을 빠져나갔다.

"어떻게 슈퍼 아레나 경기장 같은 곳의 자가발전기마저 동시에 고장이 날 수가 있단 말야?"

오츠카가 불평을 터뜨렸다.

오츠카뿐만이 아니라 일행의 누가 봐도 뭔가 석연치 않은 일이었다.

제발 그것이 음모가 아니길 빌 뿐이었다.

"스승님, 깨끗하게 한판하고 왔어요."

락커에 돌아오자마자 무혁은 바로 스승 팔공에게 전화를 넣었다. 시대와 거리를 초월해서 통화를 할 수 있다는 것은 참 매력적이다.

[이겼느냐?]

“아유, 그럼요. 제가 누굽니까? 팔공 맹주님의 일등 내세제자 아닙니까.”

[기쁘냐?]

“아유, 기쁘다마다요.”

[허허, 녀석. 그래, 축하한다. 하지만 나는 승패에 연연하는 네가 아니길 바랄 뿐이다. 승보다는 무공 연마에 관심을 두라는 말, 명심하거라.]

승에만 연연하여 자칫 수련에는 등한시할까 봐 염려해서 이르는 말씀.

“네에. 한데 순간순간에 몰입하다 보면 가끔 까먹게 되더라고요.”

[그래, 맞다. 마음에 여유가 없고 경험이 적어서 그런 것이니라. 그러기에 틈날 때마다 정진하고 심신 수련을 해야 한다. 따라서 네가 이긴 것을 즐거워하기보다는 다음 상대를 염두에 두고 심신 수련을 하여 마음을 다잡길 바라마.]

마음속을 겸허이 하고 상대에 대한 대비를 하여 학습의 계기로 삼으라는 말. 역시 스승님다운 말씀이다.

“스승님, 그곳의 사정은 어떻습니까? 가사도는 잡혔나요?”

[가사도는 병사했다는 소문이 있다. 이곳의 전황은 잠시 휴전 상태다. 다만 이런 한가함이 폭풍을 몰고 올 것 같구나. 아무래도 원의 대대적인 공격이 있을 모양이다.]

간신 가사도가 병사했다는 것은 역사책에도 나와 있다.

[무림맹도 대공세를 염려하여 의병을 양성 중이란다. 담화운과 주단정이 애쓰고 있다.]

두 사람의 이름을 접하자 갑자기 그리움이 느껴졌다. 살아서 다시 만날 수 있을까?

"두 사람은 잘 있나요? 보고 싶군요."

[혼사가 오가고 있단다. 선남선녀들 아니더냐.]

"아하, 정말 잘됐군요. 결혼할 때 저한테도 초청장 보내달라고 해주세요. 겸사겸사 중원무림에도 다시 가고 스승님도 찾아뵐게요."

[뭐라?! 인석아, 겸사겸사 나를 만난다고? 내가 덤이냐? 허허, 서럽다. 제자고 뭐고 다 필요없구나.]

말을 해놓고 보니 그 꼴이 우습다.

"앗! 이거 말하다 보니 어찌 모양새가 이상하게 됐네요. 제자의 실수를 용서하세요. 스승님도 제 맘 아시면서."

[모른다.]

팔공은 딱 잡아뗐다.

"정말 모르신다면 이 제자, 섭섭하네요. 무슨 스승님이 제자한테 이리 무심하십니까?"

[허허, 이놈아. 적반하장도 유분수지, 당장 튀어 오거라. 선장 좀 맞아야겠다.]

"못 가옵니다. 아직 해야 할 일도 있고."

[참, 용광검은 알아보았느냐?]

"백제 왕족이었다는 나오미에게 부탁을 해뒀는데 아직은 이렇다 할 소식이 없네요."

[오호라, 나오미 양이 백제 왕족의 후손이었지? 옳거니, 잘된 일이다.]

"지금은 힘도 못 쓰는 왕족인걸요."

[아니다. 분명 나오미 양은 뭔가를 알아낼지도 모른다. 그녀 집안은 용사궁이 그려진 현광법사의 법화경 원문도 지니고 있지 않았더냐.]

“하지만 그것과 검이 무슨 관련이 있을까요?”

[물론 그렇긴 하다. 하지만 전설에 따르면 용광검은 동이의 검이라 했다. 더구나 부여국의 검이었다.]

“하지만 부여는 부여고 백제는 백제인 거죠.”

무혁이 이 무식한 놈, 공부를 안 한 게 이렇게 티가 팍팍 난다. 부여의 유민이 고구려와 백제를 세운 것을 모른단 말인가?

[물론 그렇긴 하다만 용광검에 얽힌 내력을 보면 어느 왕족인가에 전해지고 있을 것이다.]

“그건 또 무슨 말씀인지?”

[자고로 용광검은 세상을 평화롭게 하기 위한 검이라 했다. 하나 검만 있다고 세상일이 쉽게 풀릴 것이더냐. 그 일을 행할 자가 있어야 하는 것이지.]

즉, 검의 권능을 세상에 행할 대변자가 필요하단 말씀.

[따라서 검을 가진 자는 세상을 다스릴 권력이 뒤따르게 된다. 물론 그것은 왕권에만 국한된 것이 아니다.]

“왕권만이 아니라면 용광검을 가진 이가 더 다양해지잖아요. 그럼 골치 아픈데.”

스승님의 말대로라면 사실 나오미가 왕족이라서 은근히 쉽게 찾을지도 모른다고 기대했던 무혁이다. 한데 그 바람이 와장창 무너졌다.

[세상의 모든 왕이 세상을 평화롭게 하진 않는 것이다. 의로운 마음과 세상을 평화롭게 하고픈 협을 가진 자는 누구나 용광검의 주인이 될 수가 있었다고 한다. 즉, 용광검은 왕권을 위한 검이 아니라 백성을 위한 검이었기 때문이다.]

하면 용광검은 마음이 맑고 밝은 자라면 그자에게 힘을 실어주는 영

검이란 말이다. 타고난 태생과 권력과 재산, 학식 유무에 상관없이.

"탐나는군요."

[탐나냐? 그럼 너는 검의 주인에서 일단 제외다.]

"네에?! 왜 저는 안 된다는 말씀인가요?"

아직 찾지도 않은 검의 유무를 떠나서 제외라는 말을 듣자 발끈한 무혁.

[사욕을 가진 자에겐 검은 무용지물이며, 나타나지도 않을 것이다. 다시 말하지만 검은 사사로운 것에 그 힘을 드러내지 않는다. 항상 백성을 염려하는 검이기 때문이지.]

"큼."

무혁의 코에서 실망의 콧바람이 쏟아졌다.

[검을 가지고 사리사욕을 채우려는 자에겐 검은 힘을 드러내지 않는다. 겸허한 마음을 가지고 사람을 염려하는 자에게 그 힘이 있으리라.]

팔공이 비장함에 젖어 말끝이 살짝 떨렸다.

한데,

"에이, 그럼 줘도 안 가질래요. 저는 꼭 빵집을 차려야 하거든요. 제가 욕심이 많다고 해도 할 수 없어요. 만약 빵집과 용광검 중 하나를 포기하라 한다면 저는 검을 포기하렵니다."

이런 꼴통새끼.

. [야, 인석아! 세상이 위기에 빠졌다는데도 네놈은 빵집을 고집할 테냐?!]

스승님의 준엄한 꾸지람이었다.

한데 무혁은,

"네, 저는 빵집이 중요합니다. 저는 배운 것도 없구 맛있는 빵 만들어서 사람들을 행복하게 해주렵니다. 검요? 줘도 안 갖습니다."

[허허, 참 가관이로세. 용광검을 빵과 바꾸려는 놈이 여기 있었구나. 껄껄껄껄.]

이상하게 팔공의 목소리가 유쾌하게 들린다.

"왜 그렇게 웃으시는지요?"

[몰라도 된다, 이 빵집에 환장한 놈아! 껄껄껄!]

팔공은 전화기를 들고 생각했다.

'무즉유(無卽有)로구나. 나무관세음보살.'

[어쨌든 왕족 계보에서부터 검의 행방을 찾아보거라. 2,000년 전엔 왕보다 더한 권력자는 없었을 테니.]

"2,000년 전이요?"

[너희 내세력(來歲歷)으로 검이 세상에 알려진 것은 그때였느니라. 처음엔 하늘에서 전령으로 내려온 자가 지녔다고 했다.]

하늘에서 온 전령? 그렇다면 그자는 처음부터 왕이 아니었을 수도 있었다. 그런데 스승님의 말을 유추해 보면 결국엔 왕위에 올랐단 말이다. 정말 용광검은 그만한 힘을 가진 것일까?

나오미는 무척 혼란스러워하고 있었다.

시조 단군 해모수—임술 원년(BC.239).

단제께서는 자태가 용맹하게 빛나시니, 신과 같은 눈빛은 사람을 꿰뚫어 그를 바라보면 과연 천왕랑(天王郎)이라 할 만하였다.

23세에 하늘에서 내려오시니, 까마귀 깃털로 만든 모자를 쓰시고,
용광(龍光)의 칼을 차시며 오룡(五龍)의 수레를 타셨다.

고도(故都)에 천제(天帝)의 아들 해모수(解慕漱)가 오룡차(五龍車)를 타고, 종자 백여 명은 흰 고니[白鳥]를 타고 웅심산(雄心山)에 내려왔다.

채운(彩雲)이 머리 위에 뜨고 음악이 구름 속에서 울리기를 10여 일 만에 해모수가 산 아래로 내려오니,

새 깃의 관을 쓰고 용광(龍光)의 칼을 차고,

아침에는 정사(政事)를 듣고 저녁에는 하늘로 올라가므로 세상 사람들이 천제의 아들이라 일컬었다고 하였다.

―조선 상고사 단재 신채호.

무혁에게 의뢰를 받고 용광검 조사를 맡은 나오미.

며칠째 통 정신이 없었고 자신이 무얼 하고 있는지조차 헷갈릴 때도 있었다. 어찌 생각하면 뜬구름을 잡는 것 같기도 하고 발끝이 닿지 않는 물 위를 걷고 있는 것 같기도 했다.

어디서부터 어떻게 시작해야 문제의 실마리가 풀릴까? 원래부터 답이 없었던 걸 무모하게 시간만 보내고 있는 건 아닐까. 그들이 무엇인가 착각하고 있는 것이 아닐까.

그게 정말로 있었을까. 2,000년 전에……. 의문이었다.

"아유, 머리 아포. 오빠는 맨날 엉뚱하다니까. 하긴, 그게 매력인 사람이긴 하지. 히히."

머리 아프고 힘들어 죽겠다던 좀 전과 다르게 무혁이 생각만 해도 웃음이 나왔다.

'겉으론 틱틱거리지만 그게 다 좋아서 그런 거지. 으히히.'

"그래도 이번 일은 너무 황당하고 자료도 너무 많이 조사해야 해. 투덜투덜."

나오미는 다시 또 구시렁거리기 시작하며 일본 황실의 궁중 서고를 뒤지고 있었다.

한데 나오미는 왜 일본 궁중 서고를 뒤지고 있는 것일까.

"오미야, 한국 역사에 관련된 건데 국회도서관이나 서울대 도서관에 가봐야 하는 거 아냐? 왜 맨날 궁중 서고를 돌아다니는 고야?"

한번은 무혁도 알 수 없다는 듯 답답한 마음에 물었다.

"한국의 역사라면 한국에 자료가 가장 많다고 생각하겠지요? 하지만 NO예요. 일본 사람들은 한국을 식민지로 만들고 그때의 자료를 모두 이곳으로 옮겨다 놓고 나머지는 모두 태워 버렸다고요."

"뭐라고?! 분서갱유를 했단 말야?"

진시황의 분서갱유(焚書坑儒). 진시황이 황제에 오르자 문서란 문서는 모두 불태워 버렸다는 사건이다.

"분서갱유도 분서갱유지만 지금의 자료는 한국에도 없는 것들이에요. 특히 재야사(在野史) 비서(秘書)들은 더욱 그렇죠."

"아니, 일본 놈들이 대체 우리나라 역사 자료들은 왜 모았다는 거야?"

"그게 일본의 치밀한 점이에요. 일본 역사 학자들이 한국 역사를 왜곡하는 게 아무것도 모르면서 그럴 거라고 생각하나요? 사실 그들은 한국의 역사에 대해 누구보다 많이 알고 있어요."

사실 그랬다. 현대에 배우게 된 우리 역사책은 식민지 시절 일본 학자들의 학설을 그대로 답습했다. 그건 그만큼 그들이 우리 역사에 박식했다는 소리이다.

"나오미는 어떻게 그런 자료를 맘대로 볼 수가 있어?"

"다 조상님 덕이죠."

나오미가 한국에서 온 기자라면 분명 출입을 허락하지 않았을 것이다. 다행히 나오미의 집안은 고대 백제의 후손으로 일본 황실과도 관련이 있는 집안이었다. 현 황실과 멀기는 했지만 친척 뻘인 그녀이기에 가능한 일이었다.

어쨌든 나오미는 시간나는 대로 그곳에 처박혀서 책 먼지와 씨름하고 있었다.

그러던 어느 순간, 나오미의 눈이 번쩍 하고 불꽃이 튀었다.

"어? 이, 이건?"

뭔가 눈길을 붙잡는 문구를 발견했던 것이다.

제3장
용광검이 오고 있다

용광검이 오고 있다

"무혁아, 이제 남제 결승이 남았다. 내가 없어도 잘할 수 있을 거다."

느닷없는 유중광의 말에 무혁은 의아해서 되물었다.

"어디 깜빵이라도 가슈?"

"하하, 녀석 말하는 거 하곤. 이번에 미국 UFC 측에서 연락이 왔다. 물론 사업상이지."

갑작스럽게 연락이라니…….

"데드매치에 대한 경각심이 극에 달해 있는 미국 이종격투기계에서 이번 네 활약을 보고 만나자는 연락이 왔다. 같이 마인계에 맞설 방법을 찾아보잔 거겠지."

미국에서의 연락이라……. 어쨌든 사업적으로 보아도 일본보다 시장이 더 큰 곳이기도 하다. 사업가인 유중광이 마다할 이유가 없었다.

"언제 가는데요?"

"곧 나가야 한다. 체류 기간도 좀 길어질 것 같다. 오래전에 헤어졌던 친구들도 만나봐야겠고."

오래전에 헤어졌던 친구? 그 대목에서 유중광은 깊은 감회에 젖는지 잠시 생각에 잠겼다가 빙긋이 웃었다.

누굴까, 감정 표현에 대해선 돌 같은 남자 유중광의 얼굴에 미소를 머물게 하는 사람들이.

"무척 친했던 사람들인가 보네요. 중광 형님 얼굴이 하회탈처럼 변한 걸 보니. *크크크*."

"내가? 정말 그래 보여? 하하, 이거 그만 들켰군. 모두 잘살고 있는지 모르겠구먼. 벌써 20년이 됐군."

유중광은 다시 빙긋이 웃음을 흘렸다.

확실히 유중광은 기대에 들떠 있었다.

그러고 보니 유중광의 주변에서 격의없는 우정을 나누는 친구들을 본 기억이 없는 것 같다. 모두가 사업상의 파트너들이었을 뿐이다. 파트너란 언제든지 자신들의 이익을 위해 등을 돌릴 수 있는 관계이다.

그렇기에 20년 만의 친구를 만날 기대에 당연히 들뜰 수밖에 없었던 유중광이다.

"형님, 걱정 마쇼. 이번 참에도 잘해놓을 테니 푹 다녀오시오. 아, 그리고 뭔 일 있으면 바로 연락하시오. 내가 달려가렵니다. 하하!"

무혁이 너스레를 떨었다.

"녀석, 기특하긴. 하지만 그럴 일은 없을 테니까 걱정 푹 놓아라."

유중광은 느긋한 마음이었다.

사실 그가 만나러 가는 친구 중의 한 명이 샌프란시스코 갱단의 절대 보스 강산이었던 것이다. 강산(姜山). 그는 미국 한인 사회에선 물론이고 뉴욕 마피아에서도 한 수 접고 대하는 인물이었다.

그런 보스의 절친한 친구를 과연 누가 해코지할 수 있을까. 목숨이 열 개라면 모르지만.

나오미는 머리가 지끈지끈거렸다.

"애고고, 죽겠네. 벌써 삼 일째 책만 봤더니 옷에서 군내가 다 나네."

나오미는 느닷없는 문구를 발견하고부터 거의 날밤을 새다시피 하며 단서를 찾아내고 있었다. 찾아낸 문구들이 그 빛을 잃기 전에 얼른 줄거리를 이었다.

그 얘긴 무역왕 장보고에서부터 시작되었다.

"그러니까 1,200년 전쯤에 신비한 힘을 가진 물건이 한반도로 들어왔다. 그리고 그걸 지닌 자는 신비한 능력에 의해 큰 힘을 얻게 될 것이라는 내용이지?"

무혁은 스승 팔공의 얘기가 맞아떨어진다는 생각이 들었다. 검을 가진 자는 분명 힘을 얻는다고 했다.

"그 인물이 바로 828년 청해진을 거점으로 국제적인 해상을 지배하던 해상왕(海上王) 장보고였다 이거지?"

"지략과 무력을 겸비한 그는 어릴 적 당나라에 가서 공을 세움으로써 신분이 상승된 후 통일신라로 돌아와 당나라와 일본의 해상 무역을 장악하고는 막강한 호족 세력에서 정치 세력으로까지 성장하였죠."

"하지만 그도 노후에는 누명을 쓰고 비참한 최후를 맞이하며 역사

속으로 사라져 가지 않았나."

"그렇죠. 그런데 흥미로운 건 장보고의 경호를 맡았던 도연(刀蓮)이라는 무사가 신라 왕족의 사주를 받아 어느 폭풍이 치던 밤 검을 탈취해서 달아나 버렸다고 하는 거예요. 그런데 우연의 일치인지는 몰라도 그 직후 장보고는 피살되어 버리죠."

"설마 그게 검을 잃고 생겨난 불행이었을까?"

"얘길 더 들어보세요. 그 보물이 담겨 있는 검궤를 탈취한 경호무사가 청해진이 있던 완도를 벗어났을 때 장보고의 피살 소식을 듣고는 자신도 죽임을 당할까 봐 지리산으로 숨어들었대요. 마지막에 그가 도착한 곳은 자신의 고향인 송악산 근처였다는 거예요. 도연은 송악의 호족에게 그걸 바치고는 자신의 목숨을 보장받게 되죠."

"신라의 살해 위협을 피할 정도라면 신라에 맞설 만한 막강한 호족이었겠군?"

"네. 그 후 성궤를 가진 송악의 호족 중에서 나라를 세우는 이가 나왔죠. 그가 바로 왕건이었어요."

"……."

이런 제기랄, 그럼 왕건이 고려를 세울 수 있었던 게 용광검 덕이란 소린가? 아무래도 믿을 수가 없었다.

한데도 나오미의 얘기는 계속됐다.

"하지만 고려는 또 한 번 격동을 겪죠. 1170년 고려에는 정중부의 무신정변이 일어났고, 그 전란 중에 검의 주인이 또 바뀌게 되죠. 정중부가 검을 차지하며 잠시 권력을 장악하지만……."

"잠시라고?"

"정중부는 그 검을 자신의 집 은밀한 곳에 감춰뒀죠. 한데 그 당시

고려는 그 변화를 겪게 되죠. 무신정변으로 인하여 무인들이 강압적으로 정권을 잡게 되자 이번엔 사회 여러 계층에서 반발이 생기며 많은 난들이 일어나게 된대요. 노비와 천민들까지 신분 해방을 요구하며 들고 일어나게 되죠."

이제는 무혁도 골치가 지끈거리기 시작했다.

"그러니까 쉽게 요즘 말로 군사 쿠데타에 반발하며 소외된 계층의 의식이 살아났다 이런 말인가? 그런 건 나중에 듣기로 하고, 그럼 검은 어디 간 거야?"

나오미가 말 안 해도 이번에도 검은 또 변화를 겪었을 터다.

"정중부 부인의 몸종으로 있던 여종이 검을 빼낸 후, 자신의 오빠 망이라는 자에게 넘겨주었고, 얼마 후 공주 명학소에서 천민 계급이던 망이, 망소이의 천민의 난이 일어났대요."

"정말 미치겠군."

어떻게 검이 지나간 곳은 이렇듯 큰 변화를 일으킨단 말인가.

"그 당시가 계급 사회였던 걸 생각하면 천민의 난은 정말 대단한 거였겠죠."

"그러면 지금까지는 왕족이나 무신 등 권력의 상층부에서 일어난 일이니까 검의 추적이 용이했겠지만 그 이후에는 자료의 기록이 부족해지지 않았을까?"

아무리 역사 시간에 공부를 안 하고 땡땡이만 친 무혁이지만 천민이 나라를 세웠다는 말은 들어보지 못했다.

나오미가 음료수를 한 모금 들이킨 후 말을 받아 계속했다.

"맞아요. 처음 성궤를 탈취했던 경호무사 도연의 자손이 최씨 무신 정권 집권 후에 다시 등용되어 잃어버린 검을 찾으려고 비밀리에 추적

조사를 하고 있었죠. 망이, 망소이의 난을 일으킨 후 자신을 노리는 비밀무사들이 점점 다가오기 시작하자 망이는 공주 인근 청봉사(靑鳳寺)라는 절의 6층 석탑 안에 검을 숨기게 되죠."

겁을 먹은 망이가 검을 숨겼다? 하면 고고학의 도움을 받아서 청봉사 절터를 찾으면 되겠군.

하지만 나오미의 얘기는 거기서 끝나지 않았다.

"하지만 나중에 무사들이 그곳에 도착했을 때에는 이미 누군가가 그 검을 가져간 후였다는군요."

"또 사라졌어? 그럼 망이는?"

"처형당했죠. 만약에 정말로 검이 신비한 힘을 가지고 있었다면 망이가 검을 감춘 것은 결정적인 실수였을지도 몰라요. 차라리 계속 지니고 있었다면 프랑스 혁명보다도 먼저 백성의 나라가 섰을지도 모르죠."

나오미는 의미심장한 웃음을 지어 보였다.

"망이는 자신이 천민이었다는 자격지심에 스스로 위축됐던 모양이에요. 자신을 막아줄 세력이 없었던 탓이죠."

그럴 만도 했다. 천민 망이는 잘났을지 모르나 그걸 지속할 만한 세력이 안 따라줬다면 오래가지 못했을 터다.

"아무튼 도연의 후손들은 계속해서 검의 행방을 찾았대요."

"진돗개처럼 집요한 자들이었네. 한번 물면 침 범벅이 되도 안 놓는구면. 아주 대대로 가문의 업으로 삼은 모양이네."

"하지만 검을 못 찾게 되자 도연의 후손들도 차츰 그 말을 전해 내려오는 전설로만 생각하게 되었대요. 그래서 기록으로만 남겨두고 검 찾는 일을 포기하게 되었죠."

“하긴, 수백 년이 지나면서 후손 중에서도 의심이 들었겠지.”

한데 나오미는 방금 기록으로 남겨뒀다고 했다. 그래, 그럼 책을 보면 되겠군. 이제야말로 보물찾기의 모험이 시작되겠군. 기대 만발.

무혁은 강한 호기심에 군침부터 뚝뚝 흘렸다.

“우헤헤, 이제 찾았겠군. 그래, 책엔 뭐라고 기록되어 있어?”

“당시 일본에서 닌자(忍子)들을 시켜 검을 찾은 후…….”

“뭐라고?! 검을 일본 애들이 찾았다고?”

순간 불쾌하고 불안한 생각부터 들었다.

“하지만 그렇게 민감해할 필요 없어요. 왜냐하면 군산항에서 일본을 오가던 무역선에 선착되어진 후 일본으로 밀수되던 중 갑자기 몰아친 폭풍에 전남 무안 근처 앞바다에 침몰된 후 수장되어 버렸다는 거예요.”

“크크크크, 그럼 그렇지. 이놈들이 가져갔으면 또 자기네 거라고 우겼을 거야. 왕우김증 환자들.”

그럼 검은 바다속에 깊숙이 묻혔단 소리다. 이 긴 얘기도 그럼 이제 여기서 끝이군. 클클.

한데 문득 무혁의 머릿속을 파고드는 생각.

“잉? 그럼 검을 못 찾는 거 아냐? 어, 그럼 안 되는데? 스승님이 꼭 찾으라고 하셨는데 어쩌지?”

무혁의 실실 웃던 얼굴이 금방 심란해졌다.

“아이씨, 나보고 바다속에 들어가란 소린가? 거긴 요즘 백상어 출몰 지역이라던데. 덜덜덜.”

한쪽 다리를 베어 물리고 목발을 짚고 빵을 구울 생각을 하자 괜스레 슬퍼지려 했다.

"깔깔깔깔!"

무혁이 이빨을 심하게 떨자 나오미가 심하게 웃었다.

"왜 웃어? 나는 한쪽 다리 떨어질 생각에 슬픈데."

"그럴 일은 없을 듯하니 너무 슬퍼하지 마요. 오빠같이 무대뽀가 그런 귀여운 모습을 보일 때가 있네? 깔깔깔!"

나오미는 한참을 웃었다.

"웃지 마! 이씨!"

오미는 한참을 웃고 나서야 간신히 참으며 말을 하기 시작했다.

"검이 수장되고 얼마 후, 우리나라를 침범한 몽고에 대항하기 위해 조직된 삼별초에 의해 건져진 후 어딘가로 다시 숨겨졌대요. 호호."

"삼별초라고?"

삼별초라면 몽고 침략시에 맹위를 떨쳤던 특수 정예 부대원들 아닌가.

원래 삼별초는 야별초라 불렀었다. 황실 경비를 전문적으로 맡기 위해 만들어진 호위부대였다. 그 후 최씨 무신정권 중에 좌별초, 우별초를 합쳐서 삼별초라고 불렀다.

"그들은 최씨 정권의 은밀한 지시를 받아 검을 찾아 나섰대요. 그 당시 쿠빌라이가 전 세계를 피로 물들이던 때였는데, 나라의 국운을 위기에서 지켜내려던 절실한 상태였겠죠."

"쿠빌라이?!"

아니, 그렇다면 팔공과 무림맹이 있는 남송 말이 아니던가.

"당시 쿠빌라이는 남송을 비롯해 동남아까지 정복하고 유일하게 남은 고려를 침략하려고 혈안이 되어 있는 시기였어요. 주변의 모든 나라를 정복했는데 유독 고려만은 거센 항쟁을 해대니 자존심이 무척 상해 있는 상태였죠."

아, 대단하신 조상님들. 갑자기 무혁은 뿌듯한 기분이 들었다. 지난 날 양주로 가기 위해 해문(海門)을 통과하며 안부 인사까지 드렸던 분들이기에 느낌도 남달랐다.

"그들이 바다에 수장되었던 성궤를 꺼냈다?"

"네."

나오미의 짧은 대답이 비장하게까지 느껴졌다.

"대단한 분들이네. 배가 침몰할 정도면 분명히 깊고 거친 바다속이었을 텐데……. 하지만 안타깝게도 제주도까지 옮겨가며 한동안 맹위를 떨치다가 나중에 가선 삼별초도 허무하게 토벌되어 버렸잖아."

무혁은 역사 시간에 비록 잠은 잤지만 겉귀로 들은 애기가 있는 듯 아는 체를 했다.

"삼별초의 위세는 대단했었다고 해요. 몽고군들은 아예 바다로 침입하는 걸 포기할 지경이었대요. 오랫동안 임금이 피신 간 강화가 함락이 안 된 건 해상로를 차단한 삼별초 때문이었다고도 해요."

목이 타는지 나오미는 다시 음료수를 한 모금 마셨다.

"끝부터 애길 하자면 그 성궤는 서해안 어느 알려지지 않은 섬에 숨겨졌다는 거예요. 나라의 앞날을 걱정하면서."

"엥? 그건 또 왜지? 검을 가졌다면 권력이 저절로 뒤따른다면서?"

무혁이가 엉뚱한 기분에 반문했다. 검이 있었는데 삼별초는 왜 무너졌단 말인가.

"몽고가 전란에 지친 조정에 부마의 예를 맺자고 해왔어요."

부마의 예란 부마도위(駙馬都尉). 혼인을 하여 사위를 삼는다는 뜻이다.

고려 말, 쿠빌라이가 고려 충렬왕을 사위로 맞이하며 고려는 몽고의 부마국이 되었다. 더 이상의 전쟁은 없었지만 이로써 몽고의 지배를 받는 계기가 되었다.

"하면 삼별초는 어떻게 됐어?"

"그들은 끝까지 항쟁했죠. 하지만 왕의 명을 따르지 않자 반역 죄인으로 몰렸고, 회유와 협박이 있었죠. 삼별초는 마지막 선택을 하고는 끝내 모두 전사했죠."

"이런, 원통할!!"

무혁은 분한 생각에 주먹을 불끈 쥐었다.

"근데 오미야, 마지막 선택이라는 게 뭐야?"

궁금증이 가득 찬 무혁의 눈을 나오미가 들여다보며 방긋 웃었다.

"검이 몽고의 손에 들어갈 것을 염려한 그들은 매향비 속에 그걸 감춰 버렸대요."

"대단한 분들이군. 자신들의 목숨을 버리면서까지 검을 지키려 했다니."

그런데 검을 넣었다는 매향비는 또 뭐야? 궁금증이 일었다.

한데 나오미가 그 대목에서 울먹댄다.

"영험한 힘이 있는 검을 넘겨주느니 차라리 한반도 어딘가에 숨겨두고 언제일지 모르지만 미래의 후손에게 맡겼다 그 얘긴가?"

"지금으로선 그렇게 생각돼요. 훌쩍. 검을 감춘 후 그들의 항쟁도 힘을 잃고 끝이 났더군요. 훌쩍훌쩍."

끝내 나오미가 눈물을 보였다.

"여기까지가 바로 황실 서고에서 알아낸 기록이에요."

나오미는 긴 얘기를 해놓고는 지친다는 표정으로 고개를 내둘렀다.

자료를 찾느라 그동안 너무 힘들었던 탓이다.

그녀에겐 아직도 다 지우지 못한 눈물 자국이 남아 있었다.

"수석기자라더니 이제 보니 정말 대단한 오미야. 와, 내 뽀뽀 받아라! 공짜다! 쪽쪽쪽!"

무혁은 괜히 핑계를 대며 나오미의 입술을 노렸다. 사실 우는 게 안쓰럽기도 했고.

"뭘요."

나오미가 겸연쩍어했다. 무혁이 좋아하는 걸 보니 그동안의 고생이 한순간에 날아간 듯싶었다. 나오미의 눈물도 어느덧 말라갔다.

한데,

"오빠!! 뽀뽀만 하지 입술은 왜 열어요!! 이거 뭐야, 물컹한 거? 꽉!"

갑자기 기겁하는 나오미.

"으아아악! 억억!"

물린 무혁이 발버둥을 쳤다.

"밍앙해, 밍앙해."

물린 상태로 혀가 제대로 안 돌아가니 뭔 말인지 모르겠다.

살짝 놔주면 안 되겠니?

눈물이 찔끔 돌아 촉촉한 눈이 나오미에게 호소하고 있었다.

얼얼, 화끈화끈.

눈물, 콧물 다 흘리고서야 가까스로 풀려난 무혁이 중얼거렸다.

"외공이 강해지는데 왜 혀는 안 강해지는 거야? 으헝헝!"

"어떻게 생긴 검이래?"

"무슨 커다란 용 문양 같은 게 있었다고 한대요."

“용 문양?”

호기심이 다시 의문의 꼬리를 무는데 그때 나오미가 뒤늦게 생각이 난 듯 입을 열었다.

“기록엔 용이 비틀리는 날, 엄청난 하늘의 힘이 쏟아져 내린다고 했어요.”

“용이 비틀린다면 문양 속의 용이 살아 움직이기라도 한다는 건가?”

“글쎄요…….”

나오미는 말끝을 길게 늘였다. 뭔가 아직 말할 게 남은 모양이다.

“오미야, 뭐 할 말 남았어?”

나오미가 결심을 한 듯 조심스레 입을 열었다.

“저, 실은 우리가 찾고 있던 그와 유사한 문구를 찾아내긴 했는데요. 그게 좀…….”

무혁이 어눌하게 눈치를 보며 입을 열었다.

“하하, 귀여운 나오미. 뭔데 그렇게 부끄러운 얼굴이야?”

“삼국유사를 뒤적이다 보니 고구려 요동성 육왕탑(育王塔)에 관한 내용에 있던대요.”

삼국유사라면 고려 충렬왕 때 승려 일연이 지은 역사서이다.

“근데?”

충렬왕이라면 쿠빌라이의 사위가 된 왕을 말하는 것이다. 무혁은 직감적으로 뭔가 연관이 있을 듯싶었다.

“여기 적어왔는데요, 그 내용은 이래요.”

나오미가 쪽지를 펼치며 읽기 시작했다.

옛날 노인들이 말하길, 희한하게 생긴 탑을 고구려 성왕(聖王)이 국경

지방을 지나가던 길에 요동성에 이르러 발견했다. 세 겹으로 된 흙으로 쌓은 탑이 위는 솥을 덮은 것 같으나 그것이 무엇인지는 알 수가 없었다. 그곳을 파보니 지팡이와 신이 나왔고, 더 파보니 범어(梵語:인도 산스크리스트어)가 있었다. 신하들은 그 글을 알아보고 불탑이라 했다.

"고구려 시대라고? 어디 봐."

무혁의 관심에 나오미는 쑥스러움을 잊고 흔쾌히 적어온 종이를 내밀었다.

"사실은 무척 재미있는 내용이에요. 내가 찾은 문헌 중엔 이것이 지팡이에 관한 최초의 기록이에요."

"고구려라……."

무혁은 검이 부여에 처음 모습을 드러냈다는 팔공 스승님의 말을 다시 한 번 떠올렸다.

"그럼 그걸 어디 가서 찾지?"

"좀 더 기다려 보세요. 아마 오래 걸리진 않을 거예요."

나오미가 뭔가 단서를 잡은 듯이 단정을 지었다.

나오미가 평소엔 어리바리해 보이긴 해도 함부로 말할 사람이 아니란 걸 잘 알고 있었다.

어쨌든 확실한 건,

용광검은 누군가에게 계속 전해지며 현대를 향해오고 있었던 것이다.

"기대되는군."

"야, 이 새끼야! 살살 좀 차라!!"

오츠카의 언성이 이번에도 여지없이 체육관을 울렸다.

벌써 다섯 번째 샌드백 교체다.

"뭔 놈의 발 힘이 그렇게 세졌냐!"

"아니, 나도 살살 차는 건데 이게 자꾸 이러네."

사실이었다. 정말로 쉐도우 복싱을 하듯이 폼만 잡고 있는 중이었다. 그래도 심심하다 싶어서 킥과 펀치의 강도를 올려보면 여지없이 샌드백에서 모래가 새어 나왔다.

"야, 안 되겠다. 이번 기회에 펀치 스피드나 올려봐라."

오츠카는 결국 샌드백을 자꾸 갈아치울 게 아니라 자꾸 터지는 걸 이용해서 무혁을 훈련시킬 방안을 생각해 냈다.

"뭔데, 오츠카 형?"

그 방도란,

"있는 힘껏 주먹으로 치면 당연히 구멍이 날 테지?"

"응."

"그럼 모래가 쏟아지겠지?"

"아마도."

"너, 떨어지는 모래알을 일일이 때릴 수 있겠어?"

"잉? 내가 무슨 수로 그런 뻘짓을."

"하면 너는 이제부터 모래알을 바닥에 한 알 떨어뜨릴 때마다 야구 방망이로 한 대씩 맞는다."

무혁은 갑자기 고등학교 시절로 돌아간 기분이 들었다.

"머, 머시라? 무슨 뼝 뜯는 것도 아니고 어린애들처럼 그게 무슨 말이유?"

"나는 니 트레이너야. 트레이너 말을 안 들으면 어떻게 되는지 알지?"

“어떻게 되는데?”

정말로 무혁이 궁금해서 되물었다.

“체육관 빨래, 네가 다 하는 거야.”

체육관은 요즘 초절정의 인기를 구가 중이었다. 무혁의 인기를 타고 관원이 평소보다 열 배나 늘어 있었다. 당연히 빨랫거리도 열 배로 늘어 있었다.

“아니, 내가 무슨 콩쥐도 아니고, 오백 명분의 빤스와 런닝을 무슨 수로 빨아!!”

무혁이 어이가 없고 같잖아서 목소리를 높였다.

“개기냐? 너, 인기 좀 탄다고 왕년의 대선배 이 오츠카를 씹냐? 너, 이런 식이면 각종 스포츠 신문에 투고해 버린다?”

“뭐라고 투고할 건데?”

“백무혁 대가리 엄청 크더니 말 안 듣다! 트레이너에게 대들고 체육관 탈출.”

“내가 동물이야? 탈출하게?”

“그러면 아마 각종 신문사에서 고생 않고 자란 놈이라서 눈에 뵈는 게 없어졌다고 막 떠들어댈 거다. 아마 우익 성향의 신문은 원래 조센징들은 망덕하다고 막 떠들어댈 거야.”

“모래알 땅에 떨어뜨렸다고, 빨래 오백 벌 안 빨았다고 그런 소릴 들어야 한단 말야?”

“원래 우리 일본 애들은 그런 걸 좋아하거든. 빌미만 주면 뭐든 물어뜯어. 약간 변태스럽긴 하지. 그러니까 임마, 괜한 소리 안 들으려면 모래 떨어뜨리지 마라!”

“아니, 터지는 샌드백에서 어떻게 모래를 안 흘려?”

“머리는 장식품이냐? 구멍에서 흘러나오는 모래가 바닥에 떨어지기 전에 다시 처넣으면 되잖아!”

“에잉?”

오츠카의 말인즉, 구멍난 샌드백을 계속 쳐서 한 톨의 모래도 떨어지지 않게 하면 된다는 것이다.

“아, 그런 방법이 있었구나?”

무혁이 해법을 찾은 듯이 반가워했다.

확실히 무혁은 머리가 아주 좋지는 않은 모양이었다.

다시 밀어 넣는다고 그게 그대로 들어가더냐. 그럼 그게 치질이지 모래냐.

어쨌든 무혁은 한번 결심하고 약속한 건 꼭 지켰다. 그게 목숨을 내놓는 일일지라도.

퍽!

좌르르르르―

이번에도 여지없이 모래가 얼굴을 날름거리며 구멍 안에서 모습을 드러냈다.

“어딜! 들어가, 이놈들아!!”

퍽퍽퍽퍽퍽!

급속히 쏟아지는 연타. 빨래 오백 벌이 걸려 있었으니 주먹이 보이지 않을 정도이다.

한 톨의 모래알도 바닥에 떨어지지 않자 무혁은 신이 났다.

“우하하하! 난 절대로 빨래를 할 수 없단 말야!!”

한데 너무 신이 났던 걸까. 힘 제어를 못하는 순간 샌드백에서 뜻하지 않은 소리가 들렸다.

푸욱!

무혁의 팔이 깊숙이 샌드백 속으로 들어가며 동시에 들린 소리.

뻥!!

샌드백에 맞창이 뚫려 버렸다.

어깨가 샌드백에 찰싹 붙은 채로 멈춰 있었다.

스르르르―

모래가 반대편으로 흘러내리고 있었다.

샌드백 반대편으로 꿰뚫고 나온 무혁의 손이 모래를 움켜쥐려 바쁘게 움직였다.

"아아, 안 돼!!"

하지만 팔목 안쪽에서 흐르는 것은 도저히 어쩔 수가 없다.

좌르르르―

모래는 무심하게 서서히 바닥에 쌓였다.

'아, 좆 됐다.'

빨래 오백 벌.

"끄흑!"

"무혁아, 너무 걱정 마라. 내가 스포츠 기자들 불러올게."

오츠카가 빙긋 웃으면서 전화기를 들었다.

"무, 무슨 짓을 하려고 그래? 날 개망신 주면 홍행에 참패할 거야!"

"아름다운 백무혁, 후배 관원들의 빨래를 손수 해주는 마음씨! 이게 타이틀이 될 거다!! 우하하하!"

오츠카가 통쾌하게 웃어 젖혔다.

약속은 약속이었다. 결국 무혁은 겸허히 승복하고 빨래를 시작했다. 이곳에선 빨래도 손수 해야 했다. 더구나 빨래도 정신 수련의 단계로 여겨 세탁기 같은 건 절대 없었다. 오로지 손세탁뿐이었다.

빡빡빡.

빨래방망이에 온갖 원망을 담아 패대기칠 때마다 땟국물이 철철 흘러나왔다.

"애고고, 죽겠다. 이제 이백 벌도 못 빨았는데 배도 고프고."

바로 그때였다.

어디선가 본 듯한 얼굴이 눈에 띄었다. 체육관 내에서 열심히 줄넘기를 하고 있는 아이.

"어, 저 자식은?"

무혁은 급속히 지난 기억을 떠올려 봤다. 그리곤 서서히 그가 누군지 기억해 냈다.

무혁의 얼굴에서 빙긋 웃음이 흘렀다.

"맞아, 저놈을 이용하면 되겠다."

한때는 자신을 영웅으로 받들겠다던 녀석. 그 애는 다름 아닌 락커 한 달 선배 그놈. 물 한 방울에 삼천 엔

"우와, 역시 죽으란 법은 없구나."

무혁이 환희에 들떴다. 이렇게 녀석이 반가울 줄은 몰랐다.

"야, 너! 일루 와봐!"

타타타닥. 탁탁.

그 녀석은 경쾌한 스텝에 맞춰 줄넘기에 여념이 없었다.

못 들었을까? 아님 못들은 척하는 걸까?

결국 무혁은 이름까지 지명해서 불렀다.

"야, 요시끼!! 요시끼, 일루 와봐."

타타타닥. 탁탁.

하지만 여전히 줄 넘는 소리에 못 들은 모양이었다.

“야!! 요시끼야!! 일루 안 와?!”

탁탁. 탁.

결국 무혁의 부름에 줄이 멈추고 녀석이 쳐다보았다. 약간 놀란 듯이 얼빵한 표정이었다.

“저, 저요?”

“그래, 너. 일루 와봐.”

“네에……. 근데 왜요?”

놈은 분명 빨래를 시킬까 봐 잔뜩 겁을 먹은 게 분명했다.

약간 불쌍하고 측은하긴 하지만 좀 써먹어야겠다.

“야아! 너, 오랜만이다. 그동안 잘 지냈냐? 내가 널 얼마나 보고 싶어했는지 아니?”

친근한 어투로 말을 건넸다. 정다워 보이면 더 좋고. 클클.

‘생각 같아선 한 대 패주고 싶지만 지금은 내가 궁하니 참는다.’

“너, 나를 잊었니? 혹시 내가 널 아는 척 안 하면 상처받을까 봐 그렇게 모른 척하는 거니?”

놈이 그런다고 그만둘 무혁이가 아니었다. 무혁은 계속 치근덕거렸다.

고개를 갸우뚱거리더니 녀석이 드디어 입을 열었다.

“저, 절 아세요?”

“에엥?”

아니, 이놈이 그동안 교통사고로 뇌를 다치기라도 했나. 자신을 우상으로 떠받들겠다던 놈이, 언젠가 자신처럼 맷집을 길러 프라이드 선수가 되겠다던 놈이 이렇게 오리발을 내밀다니.

'아무리 빨래를 시킬까 봐 겁먹고 있다지만…….'

갑자기 괘씸한 생각이 들었다.

"요시끼! 너 정말 이러기야?"

더 이상 빙빙 돌리지 않고 직접 화법으로 문초하기로 했다.

한데 녀석의 답변이 의외였다.

"저, 요시끼 아닌데요."

아니, 이놈이 그동안 개명이라도 했나.

"뭐라고? 너 정말 이러기야!!"

"우리 형 요시끼를 아세요? 아하, 우리가 쌍둥이라서 절 착각하신 모양이군요?"

가만, 말투를 들어보니 요시끼보단 좀 더 얌전한 말투를 쓰고 있다.

하지만 아직까지도 무혁에겐 약은 수를 쓰는 것처럼 보였다. 그러자 더욱더 괘씸한 생각이 들었다.

"그럼 넌 이름이 뭐냐?"

"저는 요시끼 동생 고시끼인데요."

"고, 고시끼……?"

아니, 이놈들은 무슨 이름들이 이 모양이람?

그런데 한번 말문이 열리자 녀석은 묻지도 않은 얘기들을 줄줄 늘어놓았다.

"사실은 우린 쌍둥이였어요. 근데 집안 형편이 가난해서 형이 제 대신 집안을 돕기 위해 취직을 하고 전 대학에 들어간 거예요. 형에게 신세를 진 거죠."

흠, 그랬군. 동생을 위해 자신은 대학을 포기했군. 그리고도 좌절하지 않고 돈을 벌어서 동생 뒷바라지를 했단 말인가?

갑자기 요시끼가 대견해 보였다.

"그럼 너는 대학생이란 말야? 그럼 공부나 하지 여긴 왜 와 있어?"

"백무혁 님처럼 되고 싶어서요."

"야, 인석아! 학생이 하라는 공부를 해서 성공할 생각을 해야지 왜 갑자기 격투가가 되겠다는 거야? 얼렁 집어치우고 집에 가!"

"사실, 정말로 우리 집은 가난해요. 저도 결국 휴학을 했어요. 다시 복학하려면 돈이 필요한데 지금은 그걸 벌고 있어요."

돈이 없어서 휴학을 했단 소리에 마음이 약간 짠해졌다.

"저도 프라이드 선수가 되면 돈 좀 많이 벌겠죠? 그럼 그때 다시 공부하려고요."

"야, 인석아! 그 몸으로 무슨 운동이야? 너는 한눈에 봐도 공부가 딱 어울리겠다."

정말이었다. 한눈에 보기에도 고시끼는 빼빼 말라 근력이라고는 없어 보였다.

한데 그 말이 상처를 준 걸까. 녀석의 얼굴에 그림자가 깊게 드리워졌다.

"제가 그렇게 약해 보이나요? 흑."

갑자기 눈물까지 보이려고 한다.

허헉! 이건 아니지. 사내 녀석이 눈물을 그리 쉽게 내보이려 하다니.

"아니, 그게 아니고… 사람은 말이다, 다 잘 맞는 게 있어. 빵을 잘 만들 놈은 빵을 만들고 공부할 놈은 공부를 하는 게 세상에 이로운 거란 말이지. 지금 네가 혹시 돈에 눈이 어두워져서 좋은 일을 못하고 살까 봐 염려돼서. 쩝."

당황한 무혁이 얼버무렸다.

"하지만 돈이 없는걸요. 훌쩍."

놈이 기어이 눈물을 흘렸다.

그러자 주변에서 웅성거림이 들렸다. 그건 무혁을 의심하는 소리였다.

"혹시 백무혁 선수가 착한 고시끼를 놀리고 있는 건 아닐까?"

"그러게. 가난하다고 돈 줄 테니 한번 달라고 하는 거 아닐까?"

"하긴 고시끼가 예쁘게 생기긴 했잖아?"

커헉! 가만히 돌아가는 판을 보니 딱 그 모양이다.

뭐야, 이거? 당황한 무혁. 친근함이 한껏 배인 목소리로 일부러 높여 말했다.

"하하하하! 고시끼라고 했니? 니 형 요시끼랑 친해서 그런 거야! 하하! 형은 잘 있지? 요즘 뭐 해? 하하!"

고시끼가 눈물을 닦으면서 대답했다.

"지금 동물원에 가 있어요."

"도, 동물원? 거긴 왜?"

"거기서 맷집을 기른다고요."

"아니, 거기서 무슨 맷집을 기른다는 거니?"

뭔가 갈수록 황당해진다.

"코끼리하고 곰 사육장을 청소하며 간간이 시간이 날 때마다 걔들하고 씨름도 하고 지낸대요."

"뭐라고?"

아니, 사람이 곰하고 씨름을 해서 어쩌겠다고.

"그놈, 타잔이었어?"

"백무혁 선수처럼 되려면 맷집이 최고라고, 맷집만 좋으면 인생 한 방이라고 하면서 직장을 옮겨 버렸어요."

그 자식이 결국 사람이 가선 안 될 길을 갔단 말인가.

"I'll be back. 자신은 꼭 돌아올 거래요."

"글쎄다. 그게 될지 모르겠다."

하긴 사람의 일은 모르는 거다. 자신도 제빵 배우러 왔다가 이렇게 됐으니, 그놈도 어느 날 프라이드의 강자가 돼서 나타날 수도 있는 일 아닌가. 아니면 서커스단 단장이라도.

문득 잊고 있던 생각이 떠올랐다. 그랬다. 자신이 지금 고시끼를 부른 이유를 잠시 까먹고 있었다.

"너희 집도 참 사연이 많구나. 우리, 세탁장에 가서 남은 얘기를 마저 하지 않으련?"

"그, 그럴까요? 헤헤."

고시끼는 확실히 요시끼보단 순해 보이고 순진했다. 눈물도 잘 흘리더니 금방 웃기까지 한다.

"너, 참 좋은 성격이구나. 앞으로 크게 되겠다. 일루 오렴."

"정말요? 정말 제가 크게 될 것 같아요?"

고시끼는 화색이 도는 얼굴로 무혁의 얼굴을 쳐다봤다. 다시 한 번 확인해 달라는 뜻.

"아, 그럼, 그럼!! 일단 들어와 봐. 일단 크게 되려면 나처럼 빨래 같은 것도 잘해야 해. 첨엔 잘 안 되겠지만 자꾸 하면 점점 나아지는 사람이 되는 거야. 어서 들어와."

결국 빨래를 시켜먹을 생각이었다.

무혁은 산더미처럼 쌓인 아직 빨지 않은 빨래를 한 움큼 들어 시범을 보였다.

"이렇게 물 바구니에 집어넣어 적시고 가루비누를 푹푹 넣는 거야. 해봐."

"이, 이렇게요?"

하지만 공부만 한 놈이라 힘이 없는지 영 어설프다. 팬티와 런닝이 땅바닥에 떨어졌다.

"그, 그래. 잘한다. 너, 소질있다."

"정말요? 헤헤."

뭐든 칭찬만 하면 좋아하는 녀석이다.

무혁은 속으로 쾌재를 불렀다. 앞으로도 칭찬만 해주면 잘할 것만 같았다.

하나 끝까지 두고 볼 일이다. 세상일이 뜻대로만 되는 거 본 적 있는가.

"자, 그 담엔 두 발로 들어가서 꾹꾹 밟아주는 거야. 이렇게."

무혁이 밟아대자 거품이 뽀끌뽀끌 올랐다.

"야아! 신기하다! 잘하시네요!"

고시끼는 초롱초롱한 눈으로 진짜 감탄을 늘어놓았다.

"하하, 내가 원래 이런 거 좀 하거든."

"와, 정말 백무혁 님은 대단하세요! 이런 것도 어쩜 이렇게 잘하세요?"

"내가 원래 궂은일을 마다하는 성격이 아니라서 그래."

"존경합니다, 백무혁 상."

일본 애들의 습성. 무엇이든 쉽게 감격하고 감격하면 행동을 아끼지 않는다. 갑자기 감탄한 고시끼가 절까지 하며 난리를 피웠다.

아니, 빨래나 하시지 무슨 절까지.

잠시 당혹스럽다. 어쨌든 무혁은 목적을 이뤄야 했다. 약간 무안하기도 하고.

“자, 그 담엔 빨래방망이를 든다. 실시!”

“어떻게요?”

“쿵.”

기가 막혔다.

빨래방망이 드는 것도 모르는 놈이 있단 말인가? 이놈은 대체 어느 정도의 범생이란 말인가.

“이 빨래방망이를 잡는 거 역시 법도가 있어. 이걸 잘하면 고수의 내공을 배우게 되는 거야.”

“아, 그렇군요. 생활 곳곳에 그런 이치가 숨어 있을 줄이야.”

항상 말하는 것을 복기하며 관심을 보이는 고시끼를 보며 무혁은 훌륭한 재목이 될 제자를 둔 기분이 들었다.

그래서 더욱 신이 나서 목소리를 돋웠다.

“빨래방망이를 잡고 이렇게 내려쳐 봐.”

휘익 하고 무혁이 방망이를 휘둘렀다.

“이렇게요?”

곧 고시끼가 따라 했다.

“그래, 그거야. 넌 역시 빨래에 소질이 있다. 그거면 다 된 거야.”

“아니, 이게 다란 말예요?”

고시끼가 의아해서 반문했다.

그 반문이 좀 당혹스럽긴 하지만 무혁이 또한 초절정의 입을 가지고 있지 않은가.

"그럼. 방망이란 원래 때리는 동작이 다인 거야."

이번에도 고시끼는 무혁이 말하는 건 하나도 놓치지 않으려고 귀를 기울였다.

"이 간단한 동작 하나도 못하면 방망이가 아닌 것이지."

"생각해 보니 그러네요."

"결국 가장 기본적인 동작인 때리는 것이 올바르게 형성되어야 방망이의 효용을 깨우칠 수가 있는 것이지."

점점 조바심이 난 고시끼가 안달이 난 목소리로 말했다.

"야단 맞아도 좋으니 얼른 가르쳐 주세요."

"그럼 방망이 든 팔을 일직선으로 들어올려 봐라."

고시끼는 무혁이 시키는 대로 따라 했다.

"이렇게요?"

"잘하는구나. 워낙 골격이 월등하여 자세가 참 좋군. 이것이 방망이 드는 기본이요, 궁극의 목적이란다. 고시끼는 이제 몽둥이의 무게를 느껴야 한단다."

고시끼는 대체 무슨 말인지 알아들어 처먹을 수가 없었다.

"몽둥이의 무게라니요?"

"몽둥이의 끝이 보이느냐?"

"예."

어느덧 둘 사이는 정 깊은 사부와 사제 같았다.

한데 이 말은 어디서 들은 말 같다? 바로 담화운이 무혁에게 화산검을 가르쳐 줄 때 했던 말이다.

당시엔 무혁도 서투르긴 마찬가지였다. 그땐 검이 살생 무기라는 부담감에 몸이 경직되어 있었다. 한데 지금은 마음의 부담이 적은, 그저 그런 막대기라는 홀가분한 기분 차이.

　무혁은 아직 그 뜻을 느껴보지 못했지만 화운이 했던 말은 그대로 암기하고 있었다.

　"몽둥이의 중심은 손잡이에 있는 게 아니라 몽둥이 끝에 있다는 뜻이다."

　"너무 어려워요. 알아듣지 못하겠어요."

　"지금 어디에 힘이 가장 많이 들어가 있느냐?"

　"손에요."

　"그럼 손잡이를 잡은 힘을 빼고 시선은 방망이 끝에 두거라."

　고시끼는 무혁이 말한 대로 손잡이의 힘을 빼고 방망이 끝을 뚫어지게 쳐다봤다.

　"시선이 고정됐으면 이제 서서히 그 끝에 힘을 몰아 넣어봐라."

　고시끼는 그대로 따라 했다. 하지만 아직 빨래 초보다. 끝에만 집중하고 있던 고시끼가 잡고 있던 몽둥이를 놓치며 몽둥이가 땅에 떨어졌다. 아직 힘의 적절한 배분이 안 된 탓이었다.

　빡― 우장창!

　몽둥이는 옆에 놓인 가루비누 통을 뒤엎어 버렸다.

　"잘 안 돼요. 훌쩍."

　고시끼가 울음을 머금었다.

　"무슨 남자가 그렇게 울음이 헤픈 거냐? 그래서 격투가가 되겠어?"

　보다 못한 무혁이 한 소리 했다. 꾸짖음이 아닌 정말 평범한 어투였다.

　한데 고시끼는 그걸 나무라는 소리로 알아들었는지 얼굴이 일그러졌다.

“그쵸? 저는 격투에 소질이 없나 봐요. 한데 왜 소질있다고 뻥을 치셨나요? 훌쩍.”

‘아이씨, 뭐 이런 놈이 다 있지? 완전 소심 A형의 초절정이네.’

“괜찮아. 울지 마. 자, 그럼 실전에 들어간다. 일단 다리를 쭉 벌리고 앉는 거야. 이렇게.”

무혁이 무릎을 벌리고 쭈그려 앉았다.

“그 다음엔 방망이를 높이 들어서 그 무게로 내려치는 거야. 이게 무사의 검이라 생각하고 그 무게를 느끼면서 말야. 이렇게. 흐얍!!”

빵—

경쾌한 소리가 세탁장을 쩌렁쩌렁 울렸다.

고시끼의 눈이 휘둥그레졌다.

소 뒷걸음치다가 쥐 잡는다고, 사실 무혁이가 생각하더라도 참 깊고 맑은 소리였다.

무혁은 비로소 화운이 했던 말을 깨닫고 있었다. 검이 주던 부담을 떨쳐 내고 일개 빨래방망이로 생각하는 순간부터 마음이 진정되었다. 비로소 무게감이 느껴지고 검극이 느껴지기 시작했던 것이다.

“와, 대단하시네요!”

고시끼는 금세 존경스런 얼굴을 했다. 시도 때도 없는 다양한 감정 표현, 정말 끝장이다.

“자자, 감탄은 이제 그만.”

괜스레 쑥스럽다. 이제 본론으로 들어가야지. 빨래하자.

“자, 너도 해봐라. 너는 분명히 잘할 거다!! 해봐라, 고시끼!! 너는 할 수 있어!! 아야얍!!”

일기가성까지 보태주며 무혁이 고시끼의 기를 한껏 북돋웠다.

이에 비장한 눈을 한 고시끼가 빨래방망이를 들어올렸다.

"내려쳐라!! 고시끼 넌 할 수 있어!! 아자~"

"고시끼는 할 수 있다! 흐얍!!"

기합까지 따라 하며 고시끼가 방망이를 높이 쳐들었다.

"내려쳐라, 고시끼! 무사의 칼날처럼 단칼에 빨래를 처단하라!!"

용기백배해진 고시끼가 힘차게 몽둥이를 내렸다.

한데 잠시 후 뭔가 허전하다 싶더니,

퍽!! 쨍그랑! 와장창창!!

"……!!"

"……!!"

둘은 동시에 뜨악한 표정을 지었다.

소리가 나는 곳을 향해 보니 유리창이 무너져 내리고 있었다.

체육관 아래를 지나가던 행인의 욕설이 들렸다.

"아이쿠! 어떤 십장생이 빨래방망이를 던진 거야!! 니미럴!"

용케 고시끼의 손을 빠져나간 방망이의 행로. 유리창을 향해 날아가더니 그 후엔 안 봐도 눈에 선했다.

겁먹은 고시끼가 울음부터 터뜨렸다.

"엉엉! 나는 역시 안 되나 봐요."

'아, 이 새끼. 은근히 꼴통이네.'

고시끼의 울음소리에 세탁장 문이 열리며 관원들이 의심의 눈초리로 안을 들여다봤다.

그렇다면 화를 내면 안 되지. 무혁은 가까스로 화를 참으며 어렵사리 웃음을 지었다.

"고시끼, 걱정 마. 치료비는 내가 물어줄 테니 너는 걱정 말아라."

"정말요? 아, 정말 백무혁 님 존경해요. 저도 나중에 꼭 백 선수같이 하렵니다."

"그래그래. 힘내라, 고시끼. 격투가의 길은 원래 쉬운 게 아니란다."

"네에."

무혁은 한발 더 나아가 고시끼 어깨를 감싸고 다독였다.

고시끼는 겨우 진정을 했다.

누군가 자신을 보며 웃고 있었다. 오츠카였다. 무혁을 잘 알고 있는 그는 안 봐도 무슨 일이 있었는지 훤히 예상하고 있었다.

"무혁이 너, 제자 키우는구나? 하하하하!"

"웃지 말고 저 밖에 행인, 대가리 깨진 모양인데 병원 좀 데려가 봐요. 치료비는 내가 낼 테니까."

"암, 그래야지. 그럼 계속해라. 하하하!"

오츠카는 세탁장 문을 닫고 나갔다.

아직도 문 앞엔 어슬렁거리는 관원들의 모습이 보였다.

그래도 웃어야지. 빨래를 마치기 위해선.

"자, 고시끼야. 그 담엔 이렇게 하는 거다."

"어떻게요?"

"이렇게!!"

"잘 안 되네요. 훌쩍."

"울지 마. 이렇게!!"

"와, 정말 잘하신다!"

두 시간이 지났을 때 무혁은 기진맥진해서 세탁장에 자빠져 있었다.

도움이 안 되는 고시끼를 앞에 두고 오백 벌을 다 빨아버린 것이다.

"존경스런 백무혁 님, 빨래, 좀 더 가져와 볼까요? 고시끼는 더 배우고 싶어요."

"아니, 이젠 그만 하자. 헥헥!"

"왜요?"

"솔직히 난 니가 무섭다. 헥헥!"

하루가 지나고 관원들이 마른빨래를 돌려받았을 때, 팬티와 런닝은 걸레가 되어 있었다. 힘 조절을 못하고 방망이를 내려친 탓에 구멍이 뚫려 있었던 것. 물론 약간은 울화가 치민 탓도 있었다.

더구나 무혁은 빨래방망이를 통해 느낀 극점을 잊지 않기 위해 검날처럼 휘둘렀다.

그건 예상 밖의 성과였다. 바로 무혁 스스로가 힘이 몰리는 극점을 찾아 효용을 깨우친 순간이었다.

"오빠, 찾았어요."

용광검의 행방을 쫓던 나오미의 연락이었다.

"그래? 그게 어디야?"

"일단 한국으로 가야겠어요."

제4장
매향비(埋香碑)를 찾아서

매향비(埋香碑)를 찾아서

매향비의 전설:향나무를 천 년 동안 바다 개펄에 묻어두어 강철보다 강한 침향(沈香)이 되면 용화 세상을 이끌 미륵이 향 내음을 맡고 찾아온다 하여 바닷가에 세워뒀다는 비문(근거 자료:세종실록 제15권).

"오미야, 침향이 뭐야?"

"용화 세상을 이끌 구세주 미륵이 오기를 기원하면서 세운 비문들이에요."

"그런 게 있었어?"

무혁은 처음 듣는 얘기였다.

하지만 한국 야사에 관한 자료라면 충분히 조사한 나오미였다.

"지금까지 발견되고 있는 장소는 모두 바닷가에 있는 곳이에요. 가령, 경남 사천군의 홍사리 매향비, 전남 해남군 마산면 맹진리 매향비,

전남 신안군 암태도 등등이죠."

실제로 존재하는 자료에 근거한 말이었다.

"항상 미륵 사상이 대두되는 때는 처한 환경이 어렵고 곤궁할 때였어요. 용화 세계를 꿈꾸는 미륵도들이 비밀 결사 의례처럼 비를 세우고 염원을 담고 있다고 하죠."

"정신적인 도피처였군."

"하나 그로 인해 핍박도 많이 받았어요. 왕의 입장에선 현재의 왕권을 부정하는 행위로 간주했던 거죠. 실제로 나주 팔흠도 글자바위엔 그곳에 있던 매향비가 보물과 함께 묻혀 있다는 전설이 전해지고 있어요."

"팔흠도가 대체 어디야?"

"지금의 신안 앞바다의 팔금도예요."

"그럼 바위에 새겨진 글자를 보면 되겠군. 일단 그곳으로 가보자."

"크게 기대는 하지 마세요. 왜냐하면 당시 나주 군수였다는 권극화란 사람이 매향비가 왕권을 인정하지 않는 행위로 보고 바위글자를 파괴했다고 하거든요."

"뭐야?! 글자바위가 파괴됐다고? 그럼 가나마나잖아."

금세 실망의 빛이 얼굴에 떠올랐다.

"그렇긴 하지만 한 가지 단서가 있긴 해요."

나오미는 뭔가 복잡한 생각을 하고 있었다. 그리곤 나름대로의 유추를 끝낸 후에 입을 열었다.

"바로 침향비에 관한 단서예요. 매향비는 침향이란 재질로 만들어졌거든요."

나오미의 눈이 평소답지 않게 또렷하게 변해 있었다. 수재라던 그녀의 본모습이 드러나고 있는 걸까?

"침향은 뭐야?"

"침향이란 향나무를 벌목해 이백 년 이상 바닷물이나 개펄에 담가두면 강철같이 단단해져 두드리면 쇳소리가 난다는 귀한 재목이에요. 주로 사찰에서 쓰였는데, 향불로 쓰면 그 향의 그윽함은 물론이고 그을음이 없어 경내를 더럽힐 염려가 없었다는 거예요. 워낙 귀하고 영험한 재질이라서 사리를 보관하는 사리함이나 불상을 만들 때 쓰였다고 해요."

"그런 게 있었어?"

처음 듣는 얘기였다. 하지만 관심이 생겼다.

"향나무가 완전한 침향이 되면 저절로 물 위에 떠오른대요. 그 기간은 이삼백 년에서 천 년까지 걸리기도 했대요."

나오미는 뭔가 경이감에 젖은 얼굴이었다.

"한데 침향이 무슨 상관이란 거지?"

"잘 생각해 보세요. 보물과 함께 묻은 매향비가 있는데, 그 재질은 수백 년 돼서 독특한 향을 가진 침향이란걸요."

"그게 뭐 어떻다구?"

아직까지도 시큰둥한 반응이다. 무혁은 단서가 될 듯했던 글자바위가 파괴됐다는 것에 크게 낙심했던 것이다.

"바위 글씨는 파괴됐지만 그 향기가 나는 곳을 찾으면 되는 거죠."

"엥? 침향의 향기를 찾잔 말이야?"

"네. 항상 미륵을 기다리던 곳은 주변에 소나무가 있다는 공통점이 있어요. 미륵이 송향(松香)을 맡고 찾아와 달란 기원인 거죠. 알다시피 소나무는 원래 독특한 향이 있잖아요."

그렇다!

'냄새를 쫓아 매향비를 찾으면 같이 묻힌 보물을 찾을 수가 있다?

그리고 그것이 용광검일 수 있단 말이었다.

그랬다. 나오미는 역시 똑똑했다.

미륵사상은 어떤 시대적 위기감이나 전환기에 처한 사람들의 심리적 불안감에서 비롯된 것이었다. 그렇다면 삼별초가 활동하던 때는 몽고에 의한 환란기가 아니었던가.

"오미야, 너, 약간 똑똑한걸? 일루 와봐."

예뻐 보이는 나오미. 이참이 또 한 번 입술을 뺏을 기회였다.

"또 옷 찢으려고?"

나오미가 기겁을 하고 달아났다.

"열중쉬어 자세로 할게 일루 와봐라. 예뻐서 그래."

"오빠, 나 원래 예뻐. 그러니까 그만 예뻐해 줘. 힝."

나오미가 바람을 일으키고 끝내 도주했다.

한국 신안 앞바다, 팔금도(八禽島).

섬의 모양이 나는 새와 같다고 해서 붙여진 이름이었다. 원래는 매도, 거문도, 거사도, 백계도, 원산도, 매실도, 일금도와 더불어 여덟 개의 섬이었다.

해가 저무는 서해를 바라보며 무혁과 나오미, 그리고 삽을 든 남덕이 서 있었다. 분명 남덕의 삽이 꼭 필요할 듯해서 데리고 온 것이다.

서해의 일몰은 아름답다. 드세고 거친 한낮의 열광을 마무리하고 조용히 떨어지는 퇴색된 태양. 묵묵한 그 은은함이 바닷물 위에 제 지나온 흔적을 스스로 갈무리하고 있었다.

동해 일출과 비견되는 고요한 경관이었다.

"서해 낙조라더니 정말 그렇군."

"무혁아, 나는 저걸 보니까 어릴 때 먹던 빵이 생각난다. 그거 먹다가 형한테 빼앗겼던 슬픈 기억이. 끄흑흑."

남덕이 이러는 데엔 더 이상 화도 안 났다. 그냥 포기했다.

"형, 그거 아니거든? 형은 그냥 저녁 맛있게 먹고 삽이나 잘 챙겨 둬."

"난 맛보다 양인데 어쩌지?"

위장이 남들보다 무려 세 배나 큰 남덕은 근심을 드러냈다.

"걱정 마. 원래 이쪽 지방은 음식 솜씨가 최고야. 그리고 인심이 후덕해서 충분히 줄 거야."

"정말이야? 이야호!!"

맛있는 밥에 충분한 양이 조달될 거라니 쾌재를 부르며 좋아했다.

"그러니까 형은 우리 짐 좀 숙소에 옮겨줘. 우린 힘이 약해서 들고 가려면 오래 걸리잖아. 그럼 형도 밥을 늦게 먹게 될 테고."

무혁은 많이 지친 듯 병색이 도는 표정까지 지었다.

"걱정 마. 다 줘, 일루."

흔쾌히 남덕이 서둘러 어깨에 멘 짐을 거둬가 둘러메곤 숙소를 향해 달렸다. 밥이 걸린 문제인데 재고 자시고 할 것도 없었다. 무조건 달렸다.

"형, 삽도 챙겨야지!"

"아, 내 정신 좀 봐! 밥 먹을 때만 되면 정신이 아득해지곤 한단 말야? 그럼 천천히 와! 먼저 가서 밥 먹고 있을게! 히히히!"

남덕이 삽을 가방 손잡이에 찔러놓고 쏜살같이 달려나갔다.

“오빠, 오늘은 늦었구, 내일 아침 일찍부터 배를 빌려서 나가보죠.”

새벽부터 서둘러 일본을 떠나 이제 막 도착했던 것이다.

“그래, 배는 내가 알아볼게.”

“으으으… 으아악! 으허허헉!!”

새벽 4시. 갑자기 나오미 방에서 비명 소리가 들렸다.

자동적으로 무혁의 눈이 떠짐과 동시에 몸을 퉁겨 허공을 날아 착지했다.

누가 침입이라도 했단 말인가. 생각이 거기에 이르자 무혁의 눈에서 맹렬한 불꽃이 타올랐다.

방문은 굳게 잠겨 있었다.

하지만 그런 것 따위는 문제가 안 되는 무혁이다.

우드득! 깡!

문고리에 힘을 주고 돌리자 잠금쇠가 부러지는 소리가 났다.

와드득! 쾅!!

문고리를 통째로 잡아 뽑으며 발로 문을 박찼다.

“어떤 새끼야!! 다 나와!! 엥?”

한데 컴컴한 방 안엔 오직 나오미 혼자뿐이었다.

“으으으… 아아아!”

나오미는 아직도 잠에서 깨지 못하고 두 발을 버둥거렸다. 악몽을 꾸고 있었다. 얼굴에선 비 오듯이 땀이 쏟아졌고, 온몸은 물에 빠진 듯이 흥건히 젖어 있었다. 이 정도의 땀을 흘렸다면 탈진이 일어날지도 몰랐다.

“오미야, 정신 차려! 오빠다!”

대체 무슨 무서운 꿈을 꾸고 있기에…….

할 수만 있다면 당장에 오미의 꿈속으로 뛰어들어 가 다 패버리고 싶은 심정이었다.

나오미의 꿈속은 실제로 너무 살벌했다.

검은 밤. 그래, 칠흑같이 검은 밤이었다. 나오미는 기괴한 형상의 바위 위에서 바다를 보고 있었다.

순간, 갑작스럽게 검은 구름이 몰려오더니 머리 위를 삽시간에 덮어버렸다.

그 먹구름은 바람을 타고 하늘 끝으로 밀려났다가 또다시 밀려오기를 몇 차례 반복하다가 급기야는 우르릉거리는 포효가 들렸다.

삽시간에 희한한 광경이 펼쳐졌다. 눈빛만 흉흉하게 빛나는 검은 용과 온몸에 피를 뒤집어쓴 채 여의주를 물고 있던 황금 용의 등장.

놀란 나오미의 눈이 휘둥그레졌다.

두 마리 용은 다투고 있었다. 서로 맹렬히 똬리를 틀어 서로의 몸을 휘감더니 무시무시한 발톱으로 서로의 몸에 처절한 상처를 파놓고 있었다. 섬광과 피 비가 내려 순식간에 온 바다를 뒤덮으며 천지를 울렸다.

회오리 폭풍과 해일이 끓어오르듯 일어나기 시작했다.

나오미는 공포와 광기에 휩싸인 채 피를 뒤집어쓰고 숨을 곳을 찾으려 했다. 하지만 몸이 바위에 박힌 듯 꼼짝도 안 했다.

쩌― 억―!

주변의 바위들이 점점 갈라졌다. 갈라진 그 틈으로 파도가 솟구쳐 올라 덮쳐 왔다.

“으악!”

너무 두려워 맥없이 주저앉고 말았다.

하얗게 질려 있는 그녀의 머리 위에서 두 마리 성난 용의 싸움은 인간이 감히 상상할 수도 없는 백중세였다.

무자비한 흑룡의 이빨이 황금 용의 숨통에 꽂히자 핏물이 터져 나오며 괴악한 신음이 천지를 뒤덮었다.

회오리 폭풍에 솟구쳐 오른 바닷물이 다시 핏물과 섞이더니 파도가 되어 나오미를 덮쳐 버렸다.

황룡이 사력을 다해 발악하며 흑룡의 목을 물어 등판 깊숙이 발톱을 쑤셔 박았다. 흑룡의 괴성에 바다가 갈라지더니 땅속의 불길이 악마의 혓바닥처럼 솟아 나왔다.

세상이 피와 불과 폭풍과 해일로 최초의 혼돈처럼 온통 뒤엉켜 버렸다.

피를 분수처럼 흘리며 두 마리의 용이 바다 너머로 떨어지고 있었다.

황룡과 흑룡은 몸이 으스러지는 와중에도 서로에게 감은 똬리를 풀지 않았다. 그러자 고통에 찬 괴성만이 피 비 속에 처절히 울리고 있었다.

“으아아악!!”

고막이 찢어질 듯 아파왔다. 온몸이 갈가리 찢어지는 것만 같았다. 나오미가 끔찍한 고통에 비명을 내질렀다.

용들이 바다속에 처박혀 버리자마자 풍랑이 하늘을 덮었다. 엄청난 빛과 어둠이 뒤엉켜 눈에 보이는 세상을 갈가리 찢어놓으며 나오미를 향해 밀려들었다.

"으아아악!"

기겁하는 와중에도 몸은 여전히 말을 듣지 않고 있었다.

─오미야.

누군가에 의해 잠이 깬 후에도 초점없는 눈과 온몸이 사시나무처럼 떨려 한참이 지나도 좀처럼 제지가 되지 않았다.

꿈인지 생시인지 분간이 되지 않은 채로 누군가의 익숙한 목소리가 계속 들렸다.

'오빠? 무혁 오빠?'

자신을 부르는 게 무혁이란 생각이 들자 안도감이 돌았다.

'역시 오빠구나.'

그러다가 문득 뭔가가 허전해진다 싶었다. 약간 시원하기도 하고.

가만 보니 오빠가 너무도 태연하게 옷고름 단추를 풀고 있었다.

"가만있어, 오미야. 이러다 감기 걸리겠다. 이런이런, 속옷도 다 젖었네. 갈아입혀 줄게."

'……!!'

"뭐 하는 거예요?"

"뭐 하긴, 옷 벗기는 중이지."

무혁은 단추를 다 풀더니 천연덕스럽게 옷을 나오미의 어깨에서 빼내고 있었다.

나오미는 뭔가에 홀린 듯 무혁이 하는 짓을 보고만 있었다.

그런데 기어이 브래지어 끈을 내리고 있지 않은가. 어라?

"오빠… 지금은 뭐 하는 거예요?"

"뭐 하긴, 가슴 닦아주려고 그러지. 수건이 없으니까 일단 손으로 해야겠어. 에구, 이 큰 가슴에 땀이 가득 찼네."

벌써 한쪽 가슴이 내려가고 있었다.

뽕긋!

'이런 엉큼한 오빠. 틈만 나면 이 짓이야.'

빡―

기어이 나오미의 롱 훅이 무혁의 면상에 작렬했다.

무혁의 눈에서 불꽃이 튀었다.

"오, 오해야. 나는 그냥 땀을 많이 흘려서 벗겨주고, 춥다 하면 안아 주려고까지 했는데. 그러니까 오빠 맘 알았으면 가만히 있어봐."

말이 채 끝나기도 전에 무혁의 두 손이 가슴을 향해 뻗어왔다.

"까아악!!"

퍼억!

더는 들을 것도 없었다. 롱 스윙으로 베개를 후려쳐 무혁의 입을 틀어막았다.

"오빠! 이 짐승아! 안 나가!"

"그럼 브래지어까지만 벗겨주고 나갈게. 정말 안타까워서 그래."

퍽! 퍽! 퍽!

나오미의 두 발이 연속으로 무혁의 턱에 작렬했다.

쾅―

"어째, 이 인간아? 틈만 나면 찝쩍거리니, 아주 지겹다, 지겨워!"

복도에 나동그라진 무혁의 몸뚱어리 위로 혐오와 분노에 가득 찬 나오미의 독설이 쏟아졌다.

"오미야, 오해야! 믿어줘, 나를!"

문밖에서 무혁이 발광을 떨어댔다.

무혁을 내쫓고 나서 나오미는 벽에 기대앉은 채 이불을 덮었다.

차츰 엷은 햇살이 창을 넘어 방 안으로 번져 오고 있었다.

생각만 해도 온몸에 다시 소름이 돋고 있었다. 다시 머리카락이 쭈뼛 서며 소름이 끼치더니 한기가 온몸을 감쌌다. 나오미는 겁에 질린 채로 주변을 두리번거렸다.

이제 막 해가 들어오기 시작하는 창가에서도 그 빛의 혜택을 받지 못하는 것처럼 떨려왔다. 양팔을 겹쳐 어깨를 감싸 안은 채 창문에 더 가까이 몸을 기댔다.

“휴우~ 꿈치고는 너무 생생해.”

공기를 환기시키려 창을 열자 시원한 바닷바람이 들어왔다. 그 뒤로 물새 소리가 들려오더니 멀리서 출항하는 배들의 뱃고동 소리가 큼직하게 들렸다.

“이제 아침이군. 다행이야.”

주변의 소란스러움 덕에 겨우 악몽의 기억에서 벗어나고 있었다.

결국 뜻하지 않게 새벽녘에 일어난 무혁은 배를 빌리러 나갔다. 발로 맞은 눈 주위가 벌게져 있었다.

겨울철이라 그런지 배는 쉽게 구할 수 있었다. 아침을 먹고 바로 출발하기로 약속을 하고 숙소로 돌아오자 아침 식사가 준비되어 있었다.

“배는 구했어요?”

“다행히 겨울철이라 별로 어렵지가 않던데?”

“다행이네요. 식사하세요.”

그녀가 밝게 웃으며 자리를 권했다.

악몽은 다 잊은 모양이군. 다행이었다.

선착장으로 나가자 장정 대여섯 명 정도 탈 수 있는 동력선이 준비되어 있었다. 배의 선실은 작았지만 모두 들어가 몸을 녹일 정도는 되었다.

"배멀미하는 사람은 없겠죠?"

선장님이라고 불러야 할지 아저씨라고 불러야 할지 구분 안 되는 이 배의 주인이 물었다.

"다행히도 없어요."

자신있게 대답들을 하자 배는 곧 출발했다.

끄릉! 끄릉! 끄르르르릉! 웅웅웅—

엔진에 가속이 더해지고 있었다.

기대감에 들떠 곧 원하는 걸 찾을 수 있을 것 같던 희망은 점심때가 되기도 전에 걱정으로 바뀌었다.

일행은 가까이 있는 무인도부터 배를 대고 올라 섬을 한 바퀴 돌아보고는 무인도가 왜 무인도인지 알게 됐다.

돌과 바위가 대부분인 섬들은 초겨울 추위에도 꽁꽁 얼어 있어 온몸이 떨려왔다. 그 위로 매서운 바닷바람이 불었으니 일행은 옷깃을 잡고 움츠러들기에 바빴다.

몇 군데 허탕을 친 일행은 다음 섬으로 향했다.

"이거 장난이 아닌데……."

"아무래도 돌아가야겠어요. 이대로 가다간 얼어 죽겠어요."

결국 첫 추위 속에 오돌오돌 떨다가 아무런 결과도 없이 숙소로 돌아온 이들은 한동안 이불을 뒤집어쓰고는 뜨끈한 아랫목을 찾아 헤매었다.

“오미야, 괜찮니?”

“괜찮아요.”

“남덕 형은?”

“묻지 마. 난 배고플 때 말 시키는 걸 제일 싫어해.”

무혁은 나오미가 괜찮다고 해서 많이 섭섭했다. 좀 춥다고 하면 안아주려고 했는데.

깍쟁이 지지배. 그래도 끝까지 밀어붙여 보자.

“오미야, 내가 안아줄까?”

그러자 잠시 후 나오미와 남덕이 말도 없이 무혁의 이불을 다 가져가 버렸다.

덜덜덜.

그렇게 며칠을 바닷가에서 보내게 되자 일행의 얼굴은 꺼칠해졌다. 옷도 있는 대로 껴입어서 이건 완전히 집 나온 노숙자처럼 변했다. 그래도 얼어 죽는 것보단 나았다.

선장 아저씨가 보기에 딱하다는 듯이 말했다.

“젊은 사람들이 대체 뭘 찾아쌌는가? 노다지라도 있는 것이랑가?”

어차피 얘기해 봤자 정신 나갔단 소리나 듣겠지. 일행은 서로를 보곤 그냥 피식 웃었다.

“무신 말을 해보드랑께. 그러여 뭘 도와주든지 할 것이 아니랑가.”

“아저씨, 이곳에 따뜻한 무인도는 없어요?”

“머시여? 무인도가 다 이렇지. 대체 추운데 무신 고생들이랑가. 혹시…….”

선장은 뭔가 말을 하려다 말았다.

때문에 되려 일행이 궁금해졌다.

"혹시 뭐요? 무슨 해주실 말씀이라도 있나요?"

"아니, 긍께, 혹시 말여. 헛된 꿈들 꾸고 있는 거 아녀?"

"헛된 꿈이라니요?"

불현듯 하는 선장 아저씨의 말에 그 영문을 알지 못하는 무혁이 되물었다.

"매향비(埋香碑)를 찾고 있는 게 아니냔 말여."

헉, 이 양반이 어찌 그걸? 속내를 들킨 기분이 들었다. 일단 잡아떼 보기로 했다.

"매향비라니요? 그게 뭐죠?"

"시침들 떼기는. 내 눈은 못 속여. 보아하니 뭇사람들에게 떠도는 매향비 전설을 쫓아 일확천금들을 노리고 있는 모양인디 정신들 차리라고. 멀쩡하게 젊은 사람들이."

일방적으로 꾸짖듯 말하는 음성이 제법 준엄했다.

무혁이 아무것도 모르는 듯 어리둥절 뻔뻔한 얼굴을 하고 있는 것에 비해 나오미의 얼굴은 사뭇 달랐다. 반가움이 그대로 묻어나고 있었다. 그래서 결국 들통이 났다.

"처자의 얼굴을 보니 그렇다고 써 있구먼."

"하면 아저씨, 뭐라도 알고 계시면 도움 좀 주시죠."

"내가 알면 벌써 찾아서 마누라 바꿨지. 얼른 꿈들 깨랑께. 젊은 사람들이 일해서 먹고살 생각은 안 하고 일확천금에 눈이 멀면 못 써."

으이씨, 괜히 본전도 못 찾고 면박만 당했다.

거의 일주일이 결과없이 지나가고 있었다.

그날도 허탕을 치고 선착장을 내려올 때였다. 먼저 정박해 있던 배에서 바다낚시를 마치고 돌아오는 사람들이 보였다.

한겨울에 무슨 낚시일까 했지만 그만큼 좋아하면 계절이 무슨 상관일까 싶은 생각이 들었다. 그럴 수도 있을 것 같았다.

무혁은 그리로 걸어가 낚시꾼 중의 한 사람에게 말을 붙여보았다.

"많이 잡으셨어요?"

그의 질문에 일상 으레적인 듯이 중년의 사내가 대답했다.

"영 재미 못 봤어요. 물고기도 날씨를 타는지 원."

말투로 보아 이곳 사람이 아닌 외지인인 모양이었다.

"며칠째 허탕만 치니 정말."

그때 그 옆의 남자가 한마디 거들었다.

"이래 가지곤 삼별초 섬이라도 가봐야 되려나."

"자네, 미쳤어? 이럴 때 들어갔다간 얼어 죽기 십상인 줄 알면서……."

"그래도 이렇게 재미없어서야 원. 까짓거, 죽기 아니면 까무라치기지."

"날이 추우니까 실성을 했나? 실없는 소리 하기는. 어여 가서 소주나 한잔하자고."

"내가 농담으로 한 거지 미쳤다고 거길 들어가겠누. 허허."

"예끼, 낚시하면 뻥만 는다더니 농담할 일이 따로 있지."

'삼별초 섬?!'

의외의 얘기에 귀가 솔깃해졌다.

"아저씨, 방금 전에 뭐라고 하셨어요?"

“뭐가?”

“혹시 삼별초라고 하셨어요?”

“그려. 왜, 총각도 바다낚시하려구? 내가 그냥 농으로 한 소리니까 행여 허튼생각하지 말라고. 허허허.”

“잠시만요. 그 섬에 대해 말씀 좀 해주실래요?”

“알려줘도 거긴 못 가. 물살이 세서.”

“그러지 마시고 아시는 대로 말씀해 주세요.”

“저기 매실도를 지나 10리 정도 가면 있는 무인도인데 우리 같은 꾼들도 물살 때문에 못 들어가. 하긴, 그러다 보니 물고기들이 많이 있다고는 하는데 물 회오리 때문에 들어갈 수가 있어야지.”

“물 회오리요?”

이건 또 무슨 말인가?

“섬 전체가 요상한 물 소용돌이에 휩싸여 빙빙 돌고 있어서 섬 근처에 접근할 수가 없어.”

“그래요? 그런데 왜 삼별초 섬이라고 하죠?”

“이곳 뱃사람들이 그냥 그렇게들 부르더군. 삼별초가 잠깐 살았었나?”

낚시꾼도 자세한 내막은 모른다고 했다.

“정말 그곳엔 들어갈 방법이 없나요?”

“언제 들으니까 날 좋으면 하루에 딱 한 번 들어갈 수 있다는 말이 있긴 한데 주변이 암초투성이라 영 위험하단 말야.”

“언제요?”

“하루 해가 떨어지기 직전 밀물 때 바닷물이 불어나면서 아주 잠깐 소용돌이가 멈출 때가 있다고 하더군. 워낙 짧은 순간이라 선장들은 배가 좌초될까 봐 안 들어가려고 해. 한데 날이 궂으면 그것도 안 열린다는 거야. 잘못하면 며칠이고 계속 갇혀 있어야 한다는데, 큰 봉변당할까 두려워서 함부로 못 들어가지.”

“이봐, 어여 가자니까!”

일행이 재촉하자 그도 장비를 챙겨 자리를 떴다.

흠, 그럼 사람들의 손때를 안 탔겠군.

한껏 의구심이 깃든 얼굴의 무혁이 일행이 있는 쪽으로 걸어왔다.

“뭔 일 있었어요?”

나오미가 추워서 발을 동동 구르고 있었다.

무혁은 하늘을 쳐다보곤 시계를 봤다.

“오늘은 너무 늦었네.”

“뭐가요?”

“들어가서 얘기할게.”

일단 몸이 꽁꽁 언 일행이다. 몸부터 녹이고 볼 일이었다.

다음날, 오전에 다른 무인도를 한 바퀴 돌며 무혁은 선장에게 삼별초 섬에 대해 물었다.

선장은 삼별초 섬 얘기를 듣자마자 손사래를 치며 만류부터 했다.

“거길 가보려고?! 아서!!”

“왜요?”

“거긴 원체 요상한 뎅게 생각조차 하지 말드라고.”

“그렇게 위험해요?”

“말두 말어. 물살도 세고 배가 소용돌이에 빨려 들어가면 나오지도 못한께로. 게다가 창날 같은 암초투성이라 잘못하면 배가 박살나부러.”

선장이 극구 만류를 하니 일단 약간 낭패스러웠다. 하지만 여기서 물러날 수는 없었다.

처음부터 쉽지 않을 것은 알고 있었다.

"들어가는 방법이 있다고들 하던데요."

"어느 놈이 그딴 소릴 하드랑가. 차라리 콱 죽어버리라 허지. 아예 생각도 말어."

"그래도 우린 거길 가봐야겠는데. 게다가 마침 오늘이 보름사리 때라 물도 제법 많이 들어오잖아요."

낚시꾼들이 이르길 보름사리 때는 달의 인력에 의해 한 달 중에 물 수위가 가장 높아지는 때라고 했다.

일행은 선장을 설득하기 시작했다. 아니, 사실은 화장실까지 따라다니며 귀찮게 만들었다. 남덕은 삽자루를 뱃전에 내려치며 침을 퉤퉤 뱉고 공포 분위기를 조성했다.

"허, 생송장 치르게 생겼구면."

"근게 거길 왜 삼별초 섬이라고 하죠?"

"나도 어릴 적에 들은 얘긴디… 때는 바야흐로 머시냐, 거 옛날, 몽고 놈들이 쳐들어왔을 땐디, 웬 군사들이 섬으로 들어갔다고 하드만. 거긴 말이여, 물때를 맞춰 들어가려 해도 소용돌이가 없는 곳은 한군데밖에 없어서 천혜의 요새라면 요새지. 그들은 곧 거기를 떠났는디 얼마 안 가서 모두 죽었다고 하드라고. 그날부터 섬에선 요상한 통곡 소리가 들렸다고 하드만. 아직도 그 소리가 남아서 떠돌고 있다고들 혀."

"하하, 아무럼 설마요. 우하하하!"

아무튼 옛사람들은 말 만들어내는 덴 도사들이었다. 요즘이 어떤 시절인데 귀신 곡소리 타령을 한단 말인가. 무혁이 너털웃음을 터뜨렸다.

선장은 애당초 예상했다는 듯 아랑곳하지 않고 말을 계속했다.

"아무튼 요상허긴 요상헌 딘디, 여그 사는 우리들도 그 섬에 들어가 본 사람이 엄써. 한번 들어가며 언제 나올지도 모르는 것을 아는디 어느 놈이 들어가 보려 하것냐고."

"섬에 유별난 특징 같은 것은 없나요?"

"글씨, 가끔 안개가 자욱하게 낀 날은 말여, 섬은 안 보이는디 허옇고 길쭉한 돌바위가 있는 게 묘비처럼 보일 때가 있드라고. 어둑할 때 보면 소복 입은 아낙네같이 보이는 게 얼마나 으쓱하던지."

선장은 생각만 해도 끔찍하단 듯이 어깨를 움츠렸다.

"돌바위요?!"

"섬 전체가 몇 뿌리의 소나무를 빼고는 다 검붉은 돌섬이니께. 근디 그놈은 허여멀건 게 쳐다보면 영 캥긴다니께. 가만 보면 묘석 뒤에 돌무덤도 있는 거 같고. 암튼 생각만 혀도 요상혀."

선장은 일부러 더욱 과장되게 표현하는 듯도 싶었다. 이제라도 포기하란 의미였다.

하지만 원래 약간 좀 이상한 것에 관심이 많은 무혁은 포기할 생각이 없었다.

"묘비하고 돌무덤이요?"

"그렇타니께. 거기다 조용한 날은 가끔씩 귀신이 곡하는 소리가 바람에 실려오는디 옴찔옴찔해지며 머리털이 삐쭉 선단 말여. 그런 날은 물일하러 나가기가 영 껄쩍지근해지드라고."

그는 말을 다 마치기도 전에 어깨를 움츠리며 고개를 떨어댔다. 그러면서 무혁 일행이 그곳에 가는 걸 포기하길 바라는 눈치였다.

그들은 나오미가 잡지사에서 일하는데 삼별초에 대한 특집 기사를 쓰기 위해 이곳에 내려왔다는 말까지 지어대며 아저씨를 설득하게 되었다.

"예쁜 색시가 직업도 참 험허요. 남정네들도 꺼리는 일을 어찌 혀보것다고 이럴까잉. 참 간도 큰가벼. 일도 좋은디 다시 한 번 생각혀 보쇼잉."

그래도 그들이 마음을 바꿀 의사가 없음을 재차 확인하고는,

"그럼 뭔 일이 생겨도 난 몰러. 목숨이 서너 개씩은 되는가 보네."

아저씨는 마지못해 그들을 그곳에다 데려다 주기로 약속했다.

점심때를 맞춰 선착장으로 되돌아온 일행은 오후 네 시에 다시 만나기로 약속하고 야영 장비들을 챙기기 시작했다.

혹시 섬에 갇힐 때를 대비해 며칠 분량의 음식을 준비하곤 선착장으로 향했다. 선장은 미리 와서 배를 점검하며 기다리고 있었다.

"단단히들 준비혀고 왔것제. 바닷가 겨울바람 속에서 버티려면 수월치 않을 것이구먼. 짐은 다 가져온 것이것지. 엥? 근디……."

그는 일행의 짐을 검색원처럼 살펴보더니 끝내는 마땅치 않은 표정을 지었다.

"왜요?"

"이게 다여? 딱한 사람들 같으니. 여기들 있어보드라고!"

어리둥절해하는 일행을 남겨두고 선장은 배에서 내려 시멘트로 포장된 길을 부지런히 걸어갔다.

한참 후, 저 멀리서 뭔가 어깨에 둘러메고 왠지 힘들어 보이는 그의 모습이 눈에 들어왔다. 어깨에는 어디서 구했는지 철사 줄로 감긴 장작 꾸러미가 한 아름 들려 있었다.

"그게 웬 장작이에요?"

무혁이 뛰어내려 가 장작을 받으려 했지만 땀이 송골송골한 이마를 한 채 손을 내저었다.

"됐어, 됐어."

됐다는 말만 연거푸 하곤 배를 향해 앞으로만 잰걸음질을 했다. 선착장에 한 움큼의 더운 입김이 뿜어져 퍼졌다.

"이거 장작인디, 가져가서 불 피워. 쪼까 나을 것잉게."

선장은 영 마음이 안 놓이는지 불 피우는 요령까지 세세하게 일러주었다.

하늘의 해는 점점 빨리 바다를 향해 치달았다. 섬 근처에 다다랐을 무렵엔 벌써 석양이 불그스름하게 물들어 있었다.

주변을 둘러보니 과연 바닷물이 여러 군데서 휘몰리고 있었다.

'아……!'

휘청—

소용돌이를 바라보던 나오미가 얕은 탄성을 내며 현기증에 휘청거렸다.

영혼마저도 빨아들일 듯 맹렬하게 돌고 있는 나선형의 원은 최면을 걸 듯 어지러웠다.

"조심들 혀. 물을 한참 보고 있으면 바다귀신이 데려가니께. 허허."

선장이 짓궂은 농담을 했다.

하지만 정작 더 무서움을 주는 건 눈에 보이지 않을 정도로 큰 회전 물살이었다. 배가 그 여파로 좌우로 흔들거리더니 비틀어지고 있었다.

"오메! 오메!"

경악하며 뒤로 물러난 아저씨는 바다 한가운데에 시동을 줄여 세우고는 재차 당부의 말을 했다.

"최대한 바람을 등지고 텐트를 치면 줄을 바윗돌에 묶거나 큰 돌멩이를 올려놓아야 혀. 장작불은……."

"아저씨, 염려 마세요. 몇 번씩 말씀하시는데 어떻게 잊어버리겠어요. 잘할 수 있어요."

"예끼, 그려도 실제 가보면 그렇지가 않어. 아무튼 조심들 혀라고."

이제 해는 더 떨어져 붉은 구름을 벗어나 곧 바다에 닿을 듯 보였다.

온갖 기이함이 운을 띄우고 있던 섬. 인적이 끊긴 지가 오래된 만큼 비석의 모서리가 황폐하게 마모되었으며 돌무덤이 황량하게 쌓여 있는 바람 많은 곳.

섬에 다가설수록 전장에 나서는 장수의 깃발처럼 일행의 머리카락이 세차게 나부끼기 시작했다.

하얀 포말이 강하고 빠르게 부딪쳐 오르내리는 거친 물살. 주변 바다의 물결이 섬을 향해 쏠려가고 있었다. 흉흉하게 변한 하늘에선 검은 어둠이 덮쳐 오고 있었다.

"저 섬, 예사롭지 않네요. 바위에 부딪치는 파도가 저렇게 빠르고도 자주 튀어 오른다는 건 섬 주변의 물밑이 험궂다는 얘기일 텐데."

하얗게 일어나는 포말에 위기감을 느낀 나오미의 말이었다.

그때, 물이 불어났는지 배가 갑자기 위로 솟구치며 두어 번 울렁거리더니 거짓말처럼 소용돌이가 마취제를 삼킨 듯이 잠잠해지기 시작했다.

"길이 열렸어!"

막상 진짜로 길이 열리자 일행은 경이감에 젖었다. 물길 옆은 아직도 거센 회오리가 뒤엉키며 더욱 맹렬히 서로 비비 꼬이고 있었다. 그 옆으로 날카로운 암초들이 득실거렸다.

순간, 때를 놓치지 않고 성난 황소의 고삐를 잡아채듯 황급히 아저씨의 팔뚝이 조타키를 잡아 돌리자 엔진이 우렁찬 소리를 뿜어냈다.

끄르릉!!

배가 물길 사이로 세차게 뛰어들었다. 바닷물이 갑판 위로 세차게 튀어 올랐다. 이미 각오하고 있었던 듯 아랑곳하지 않고 배가 순식간에 섬에 다가서 미끄러져 들어가더니 바위에 바짝 붙었다.

"어여들 짐 내려!"

그 소리에 일사불란하게 짐을 배 밖으로 던지곤 뛰어내렸다. 잠깐 사이에 배가 들어왔던 물길이 주변의 소용돌이와 엉키려고 하고 있었다. 벌써 길이 사라지고 있었다. 서둘러야 했다.

"내가 내일 이맘때 와볼 것잉께 조심들 혀. 나, 간다잉!!"

아저씨는 다시 시동 소리를 키우고는 서둘러 배를 돌려 나갔다. 손인사를 끝내기도 전에 별안간 배가 위로 솟구쳤다.

"어, 어?"

모두 입을 벌린 채 눈을 떴다.

당황한 아저씨가 홀로 사력을 다하고 있었다. 다시 아래로 내팽개치듯 떨어진 배의 선미로 사나운 물살이 밀려들며 무섭게 추격하였다.

배는 터질 듯한 폭음을 내며 울렁이는 물결을 뚫고 내달리기 시작했다. 마지막 숨을 몰아 내뿜듯 바닷물이 울컥하며 커다랗게 솟아오른 그 기세에 덮여 아무것도 보이지 않게 되었다.

그러나 잠시 후 허탕을 치고는 분을 삼키며 일렁대는 파장의 끝 저 멀리로 밀려 나간 꽁지 빠진 배의 뒷모습이 보였다.

그때서야 일행은 안도의 숨을 내쉴 수 있었다.

수평선 멀리의 하늘엔 붉은 기운이 사그라지고 있었고, 이제 곧 어둠이 밀려올 것이다. 컴컴해지기 전에 야영할 곳을 찾아 서둘러 돌섬을 오르는 그들이었지만 비스듬히 섬을 둘러 위를 향해 난 길 위에서 정상에 오르기도 전에 내려오는 어둠은 어쩔 수가 없었다.

"정상 근처에 평탄한 곳이 있었던 것 같은데 시간이 부족하겠어."

"겨울 해라 워낙 짧으니 아무래도 중턱에서 적당한 곳을 찾아봐야겠어요."

급속히 어두워지고 있었다.

짧은 순간 눈대중으로 둘러본 섬은 특이한 지형을 하고 있었다.

커다란 돌섬에서 껍질이 벗겨지듯이 넓적한 겉 벽면이 갈라져 나와 병풍을 세운 듯이 섬을 두르고 있었다.

한참을 더듬어 비탈길을 오르자 병풍석이 끊기며 평탄한 공터가 나왔고, 묘비는 그 안에 있었다. 공터엔 그 섬에서 유일할 것 같은 흙이 있었지만 묘비 뒤로는 굴러 떨어진 듯이 보이는 바윗돌들이 봉곳하게 쌓여 있었다.

"정말 무덤같이 생겼네."

"그러게요."

휘이잉―

바람이 밀려와서 갈라진 파공음을 흩뿌려 놓았다.

무덤이 정말로 있었고, 공터 끄트머리에서부터는 병풍석이 빼곡히 둘러서 있는 것이 황량하고 을씨년스러웠다.

"으으, 무서워. 무혁아, 저기서 귀신 나오면 어쩌지?"

"형, 형이 우리 중에서 덩치가 제일 크거든? 덩칫값 좀 하면 안 될까?"

"나 이거 맨날 물만 먹어서 키운 거야. 물살이라구!!"

"바늘로 찔러본다? 뻥 터지나 안 터지나 볼 거야."

"으으, 바늘도 무서워."

"대체 형은 그럼 안 무서운 게 뭐야?"

"빵하고 밥."

"으이구!"

"일단 더 컴컴해지기 전에 야영할 곳을 찾아야겠어요."

나오미가 주변을 살폈다. 제일 먼저 바람을 피하는 게 우선이었다.

"그냥 여기다가 치지 뭐."

무혁이 돌무덤 뒤를 가리키며 말했다.

"비석과 무덤이 있어서 좀 그런데요."

"저건 무덤이 아닐 거야. 그리고 시간이 없어. 날이 어두워졌잖아."

일행은 할 수 없이 랜턴을 들고 근처를 둘러보기 시작했다.

다행히 병풍석 뒤로 움푹 들어간 곳이 눈에 들어왔다.

비석을 가로질러 경사진 길을 오르자 바위 뒤에 텐트를 치고도 불 피울 여분의 자리가 있는 공간이 보였다.

"아주 좋군. 남덕 형, 텐트 치게 삽으로 바닥 좀 다져 줘."

"드디어 네가 나의 능력을 인정하고 간청을 하는구나. 우하하하!"

남덕이 으쓱해져선 삽 면으로 바닥을 슥슥 다졌다.

무혁과 남덕이 텐트를 치는 동안 나오미는 비석을 살피고 있었다.

비석은 네 자 정도로 열 살 된 어린아이의 키 크기였다.

"나오미는 일 안 해?"

"잠깐 미리 살펴두려고요."

텐트 설치를 마치고 짐을 집어넣고 자리를 잡아 앉을 때쯤 사방은 온통 검게 변했다.

가스등을 켜서 주위를 밝히고 밀려오는 추위에 대비해 장작불을 피웠다. 바위 뒤쪽이라 바람의 방해를 받지 않고 순조롭게 불이 올랐지만 아직 따스해지진 않았다.

"오미 양, 뭐 좀 알아냈어요?"

"아니, 아무 글씨도 없어요."

"글씨가 없다고요? 그럼 비석이 아닌가 보네."

남덕이 일어나서 랜턴을 켜고 내려갔다가 비석을 살피고 돌아왔다.

"진짜네. 그럼 저 뒤에 쌓인 돌무덤은 뭐지?"

사실 비석이라 생각했기에 뒤에 쌓인 돌들을 무덤이라고 생각했던 것이다.

"저건 무덤이 아닐 거야. 저 비석을 봐. 네 귀퉁이가 기와집 처마 지붕처럼 위에 올려져 있다는 건 양반이나 돈 많은 사람이 세운 것 같은데, 그렇다면 무덤을 이리 흉하게 돌로 만들었을 리가 없잖아?"

무혁의 추정이었다.

"그렇지만도 않아요. 형태만 양반집 비석이고 돌 깎는 솜씨가 투박하고 어설픈 게 세련돼 보이지 않아요. 그렇다면 귀족적인 모양만 흉내 낸 일반 사람이 세운 비석일 수도 있어요."

"그럼 돌무덤도 진짜 무덤일 수 있단 말인가?"

"일단 조사를 해보면 알겠죠. 내일 해 뜨면 탐사를 시작하죠."

"근데 무혁아, 아까 아저씨가 안개 낀 날 묘비가 보인다는 것하고 귀신 울음소리가 난다고 했는데 좀 무섭지 않나?"

"형, 괜한 소리 하지 마. 나오미 울겠다."

하지만 나오미는 묵묵부답. 생각보다 태연했다. 확실히 뭔가에 대해 관심을 두면 사람이 달라 보이는 나오미다. 좀 침착하고 냉정해진다고 나 할까.

나오미가 렌턴과 나침반을 가지고 일어나 비석 주위를 한참이나 둘러보고 돌아왔다.

"저 비석은 북극성(北極星)을 가리키고 있네……."

나침반을 접어 넣으면서 나오미가 혼잣말로 중얼거렸다.

"사람이 죽으면 북쪽에 머리를 두고 묻는다고 하잖아. 그런 의미 아니겠어?"

화르르르—

장작불이 그때쯤 활활 타올랐다. 눈과 귀를 통해 마음이 먼저 따듯해지더니 차츰 몸도 한결 나아졌다.

불가에 둘러앉아 저녁을 먹고는 섬을 한번 둘러보겠다고 야영지를 나섰다.

가각! 투르르륵!

일행의 발걸음에 채인 돌이 컴컴한 섬 아래로 굴러 떨어졌다. 돌은 한참을 지나도 물에 빠지는 소리를 내지 않았다.

길은 너무 험했고, 바람마저 거칠어지고 있었다.

"애고, 무서워. 무혁아, 나 좀 잡아줘."

"나오미도 가만있는데 형이 이럼 안 되지. 심호흡을 깊이 하고 마음 편히 먹어."

"알았어!"

"후흡~ 후흡~"

"이게 무슨 냄새지?"

깊이 숨을 들이마시고 천천히 내쉬던 남덕이 뜬금없는 소리를 했다.

“냄새?”

이번엔 무혁이 숨을 들이켰다.

“……?!”

정말이었다. 바람에 실려 어디선가에서 맑고 은근한 향 내음이 코끝을 자극했다.

뭐야, 이거?

“향나무 향이에요.”

나오미가 놀라운 사실을 알아낸 듯 말했다.

“무슨 향나무가 이렇게 바람이 세게 부는 곳에서도 느껴지지?”

“저도 그게 의외긴 하지만 분명 향나무 향이 맞아요.”

향나무 향이 이렇게 그윽했던가. 어쨌든 의아한 일이었다.

휘이잉— 휭휭—

마구 들이닥치는 맞바람에 일행은 더 이상 발걸음을 옮길 수가 없었다. 때문에 얼마 못 가 다시 되돌아가야 했다. 점점 서슬이 시퍼런 한기가 드세게 엄습해 오고 있었다.

한참을 돌아서서 내려왔을 때, 장작불이 보였다. 일행은 불 주위로 뛰어들어 몸서리를 치며 추위를 떨쳐 내려 애썼다.

“오빠, 이거 혹시 알려지지 않은 매향도(埋香島) 아닐까요?”

“매향도라니?”

“매향비가 감춰진 섬이 아닐까 싶은 거죠. 호호.”

자기가 말해놓고도 약간 머쓱한지 쑥스러운 웃음소리를 냈다.

“아직 발견되지 않은 매향비라도 있을 듯하단 소린가?”

“미륵 사상을 추앙하던 사람들이 뭇사람의 눈을 피해 은밀하게 모여서 제를 올리던 곳이 아닐까 해서 말이죠. 섬의 구조를 보아하니 왠지……."

그녀의 그런 생각에 타당성이 있다고 여겨 잠자코 듣고만 있던 무혁이 물었다.

"매향비라면 미륵이 오길 서원하는 글이 비석에 새겨 있어야 되는 게 아닐까? 나오미 말대로 저 비석이 매향비가 되려면 글의 흔적이라도 발견됐어야지."

"내일 해가 뜨면 다시 찬찬히 살펴봐야겠어요. 참고로 말하는데, 매향비에 새겨진 글자는 정교하게 쓰여진 비문하곤 달랐어요. 대다수의 매향비가 평민들에 의해 세워졌기에 글씨 자체가 세련미와는 거리가 먼 조잡하고 투박한 문체가 대부분이란 사실이에요."

그사이 밤은 점점 깊어지고 있었다.

매향도가 됐든 삼별초 섬이 됐든 간에 그 누구도 더는 말을 할 수 없었다. 이제 자세한 얘기는 내일로 미뤄야 했다.

"무혁아, 춥다. 오늘이 대보름인데 우리 술 한잔할까?"

"아니, 스님이 술 마셔도 되는 거야?"

"응, 나는 행자라 괜찮아."

벌컥벌컥.

하긴 일본 중들은 결혼도 한다던데.

정육점에서 사 온 삼겹살이 다 익기도 전에 남덕이 혼자 소주 세 병을 다 비워 버렸다.

"형, 천천히 좀 먹어."

"공기가 맑아서 그런지 안 취하네. 한잔 더 따라봐."

"그렇기도 하겠지만 추워서 더 안 취하는 걸 수도 있어요. 그러다가 갑자기 불을 쐬면 취기가 확 오르실 텐데."

"하하! 나오미 양, 걱정 마. 마셔라! 부어라! 헤롱헤롱."

일렁이는 장작불에 얼굴이 벌겋게 달궈진 남덕이 호기를 부렸다.

시간은 어느덧 자정에 이르러 있었다.

남덕이 오줌을 누겠다고 경사진 길을 내려가다가 중심을 못 잡고 비틀거렸다.

"어어, 무혁아! 니가 밀었니?"

콰당탕―

남덕이 헛소리를 빽 지르고는 그만 땅바닥에 곤두박질쳐 버렸다.

"무혁이 너, 잡히면 죽는다! 헤롱헤롱."

하지만 술 취한 남덕은 맥없이 땅에 엎어져 철썩 붙은 몸을 가까스로 뒤집어 멍하니 하늘만 올려다보고 있었다. 그 위로 보름달이 덩그러니 내려다보고 있었다.

남덕이 투덜거리며 비석을 잡고 일어서다 말고 화들짝 놀랐다.

"엄마야! 이, 이게 뭐지? 그, 글씨가 나타났어!"

귀신에 홀린 듯이 놀라고 있는 남덕.

"무혁아, 비석에 없던 글씨가 나타났어!"

"형, 무슨 소릴 하는 거야?"

"빨리 좀 와봐. 나 무섭다. 나 좀 얼렁 안아줘, 무혁아. 힝."

"술 마셨으면 그냥 자지, 왜 주정을 하는 거야."

무혁이 투덜거리며 비석 가까이로 다가갔다. 나오미가 미심쩍은 마음에 그 뒤를 따랐다.

예고도 없이 신경이 갑자기 곤두선다는 건 무척 짜증스러운 일이다. 하지만 정작 그런 일이 바로 눈앞에 펼쳐져 있었다.

"으아악!!"

나오미의 눈이 화잔등만 하게 커졌다. 분명 자신이 확인해 볼 땐 아무것도 없었다.

"왜 그래, 오미야?"

"오빠, 정말로 글씨가! 으아악!"

"으아악!"

거의 동시에 두 사람의 비명이 터져 나왔다.

나오미가 뒷말을 잇지 못하고 놀라자 남덕이 덩달아서 비명을 질렀던 것이다. 그리곤 나오미보다 더 심하게 떨어댔다.

덜덜덜.

"오미 양, 우리 이제 어떡하지?"

나오미의 손을 잡고 눈물까지 글썽이는 남덕의 표정은 가관이었다.

"어떡하긴 뭘 어떡해. 둘 다 비켜봐."

무혁의 얼굴이 심상치 않게 돌변했다.

정말로 그곳에 귀신이 곡할 정도로 홀연히 글씨가 나타나고 있었기 때문이다. 술이 확 깼다.

國運矢末金地埋藏.

제5장
700년 만의 귀환

700년 만의 귀환

예사롭지 않은 광기 비슷한 것들이 차가운 바람이 무색하리만치 눈에서 뻗쳐 나오고 있었다.

"이게 뭐라 쓴 거야? 국운시말금지매장이라고?"

불현듯 잠자코 있던 무혁의 눈이 또렷한 눈빛으로 바뀌었다.

'이 글씨가 어떡해서 나타났지?

비석을 유심히 살피며 고개를 들어 하늘의 보름달을 보았다. 비석을 손가락으로 조심스레 더듬어보았다. 하지만 글씨의 윤곽이 잡히질 않았다. 그저 울퉁불퉁 일그러진 거친 돌 표면일 뿐이었다.

그렇다면 제각각 불규칙하게 돌출된 부분에 빛에 의해 그림자가 지며 글씨가 나타나게끔 되어 있다는 얘기인 것이다.

그렇다. 바로 그림자가 져야만 보이는 양각 글씨인 것이다.

등골로 싸늘함이 훑고 지나갔다.

“교묘하게 파놓은 고도의 양각(陽刻) 글씨……. 맙소사.”

“양각 글씨요?”

“이 비석은 저 달이 일정한 위치에 와서 일정한 밝기가 되어야만 그림자로 보이는 글씨야.”

“하긴 아까 봤을 때도 달이 떠 있었는데. 그때는 없었던 글씨가 이제 나타난 건 달의 위치가 결정적인 요인이겠군요.”

평정을 찾은 나오미가 조심스럽게 유추했다.

“어쩐지 비석이 정북 방향을 보고 있다 했더니 오늘같이 보름달이 뜨고 그 달이 지금처럼 비석의 정중앙에 위치할 때 그림자가 지면서 보일 수 있도록 파놓은 글씨군요.”

“그래, 맞아. 누군가가 의도적으로 적은 거야.”

“그들이 대체 누굴까요? 설마?”

나오미는 삼별초들이 아닐까 짐작한 것.

“글쎄, 그런데 뭐라고 써 있는 거지?”

무혁의 질문에 나오미가 비석 가까이 다가가 유심히 살폈다.

잠시 후 밤하늘에서 내려온 듯한 글자, 바로 돌비석에 새겨진 문장을 해석하기 시작했다.

“중간 글씨인 ‘矢末金’의 해석이 ‘화살 끝’의 쇠라면 화살촉을 뜻하는 것이고, 끝의 지매장(地埋藏)은 ‘땅속에 묻다’라는 뜻이죠. 붙여서 읽다 보면, ‘국운(國運)의 화살촉을 땅속에 묻었다’라는 것 같은데…….”

해석을 듣던 무혁이 의구심에 가득 찼다.

“뭔가 비장한 말인걸?”

그때였다. 차츰 비석의 글씨가 흐트러지는가 싶더니 홀연히 사라지고 있었다.

"……!"

"어, 없어졌어요."

달이 움직이자 그림자가 바뀌며 달빛 속으로 섞여 버린 것이다.

휘이이잉—

황량한 바람이 다시 목젖을 스쳤다. 으슥하고 기이한 섬 분위기에 홀린 기분이었다.

"무혁아, 일단은 밤이 늦었으니 텐트로 돌아가자."

겁먹은 남덕이 애걸복걸했다.

그러잖아도 새벽 바닷바람이 험한 소리를 내며 세차지고 있었다.

나오미가 비석 앞을 서성거렸다. 뭔가 아쉬움이 남은 듯한 얼굴이었다.

나오미는 달과 비석을 마지막으로 번갈아 보곤 그림자가 길게 늘어져 서 있는 끝자리를 다시 살폈다.

"오미 양, 나는 왠지 이 근처 어디에 용광검이 있을 것 같아."

모닥불가에서 아직까지도 오돌오돌 떨던 남덕이 창피한지 화두를 돌렸다.

"글쎄요."

"난 저 돌무덤이 처음부터 의심 갔었어. 무혁이 생각은 어때?"

"글씨 내용은 국운의 화살을 땅속에 묻었다니까 만약 있다면 돌비석 아래에 있지 않을까 싶은데."

"일단은 눈 좀 붙이고 내일 아침부터 발굴을 해보자고요."

나오미가 오리털 침낭 지퍼를 올렸다.

새벽 1시가 넘어서야 일행은 잠을 청했다. 하지만 낯설고 불편했기 때문에 깊이 잠들지는 못했다.

휘이잉— 횡횡—

요란한 바람이 불어왔다. 문득 그때부터였다.

히히히히잉— 히히히히힝—

언젠가부터 기괴한 소리가 온몸을 스멀스멀 감아오고 있었다.

"이게 무슨 소리지?"

"귀신 울음?"

싸늘하고 맹렬하게 쥐어짜듯이 들려오는 소리.

모두 숨을 죽이고 자는 척 눈을 감고 있었지만 그 비명 소리가 휘감겨 올 때마다 새파랗게 질려가고 있었다.

"아아아, 이게 대체 무슨 소리야?"

나오미가 몸을 일으켜 옆을 두리번거렸다. 그녀가 다시 움찔거렸다.

"오미야, 잠이 안 와?"

"오빠, 대체 이게 무슨 소리예요? 누가 울고 있는 것 같아요."

"오미 양, 귀, 귀신이야!"

벌써 허옇게 질린 남덕이 호들갑을 떨었다. 그 소리에 나오미가 침낭 속으로 몸을 구부린 채 연신 파르르 떨어댔다.

"형은 좀 가만있어. 그래도 우리가 절밥을 먹던 사람인데 귀신이 뭐가 무섭다고 그래? 그리고 나오미는 이리 와. 안아줄게."

"아, 아니, 됐어요."

천상 여자이던가. 무서워 오돌오돌 떠는 와중에도 팅긴다.

"일루 와, 임마."

무혁이 턱하니 손을 올려 나오미의 침낭을 싸안았다.

“오빠······.”

나오미는 무혁이 믿음직하게 느껴졌다. 살포시 무혁의 가슴에 기댔다.

“오미야, 내가 침낭 속으로 들어갈게. 열어라.”

“오빠, 들어와서 뭐 하시려고?”

“뭐 하긴, 너를 지키려 그런단다. 어서 열어라.”

“오빠, 이 침낭, 일인용이에요. 자리가 없다구요.”

“그래? 그럼 더 잘됐구나. 이히히.”

무혁이 기어이 침낭 속으로 기어들어 갔다. 나오미의 가슴이 꽉 밀착되며 금방이라도 터질 것만 같았다. 하지만 그 기분이 싫진 않았다.

‘아, 우리 나오미, 정말 크구나. 킬킬.’

그래도 말은 의연하고 비범해 보이게 해야겠지?

“오미야, 이제 마음 푹 놓고 자.”

“오빠, 부탁인데요. 손 좀 얌전히.”

“알았어. 두 손을 이렇게 궁둥이에 올려놓고 잘게.”

“오빠, 조물락거리는 그 손을 좀 치워달라는 거예요.”

“어, 미안해. 나는 밀가루 반죽인 줄 알았지 뭐야. 헤헤.”

무혁이 손을 올려 두 팔로 나오미의 목과 등을 감싸주었다. 물론 손바닥으로 귀도 가려주었다.

나오미는 따듯함을 느끼자 금방 잠이 들기 시작했다.

“무혁아, 나도 무서운데, 힝. 나도 거기 들어가면 안 되겠니?”

너무나 애절한 남덕의 애원. 그리고 묵묵한 무혁의 대답 소리.

"쿨… 쿨……."

남덕에게 그 밤은 너무도 괴로웠다. 마치 자신을 내려다보고 있는 듯 살벌한 울부짖음이 온몸을 파고들어 뼈가 시릴 정도로 시리게 쓰다듬고 있었다.

"으으, 너무 괴로워."

돌 비석, 돌무덤, 그림자 글씨, 기괴한 울부짖음.

그리고 혼자 버림받은 기분. 귀신 울음소리에 묻어 남덕도 같이 울었다.

밤새 요상한 울음소리에 시달리다가 아침을 맞았다. 햇빛이 무척 반갑게 느껴지는 날이었다.

남덕은 잠을 설쳐 온몸이 찌뿌드드하고 퉁퉁 부어오른 얼굴을 하고 있었다.

남덕은 일어나자마자 장작더미를 모닥불에 던져 넣었다. 잠을 제대로 못 잤으니 몸이 으슬으슬 추울 수밖에.

이제 막 장작에 불이 붙어 제법 피어올랐다. 그때서야 아침 식사를 준비하기 시작했다. 아침은 신라면이다.

"정말, 맛짱이다. 후르르릅, 쩝쩝."

남덕이 언제 그랬냐는 듯이 이마엔 송골송골 땀방울까지 흘리며 무섭게 먹어치웠다.

"한국 라면이 일본에서 얼마나 인기가 있는지 모르지? 후르릅."

"그래?"

"응, 정말 인기 좋아. 일본 라면은 맹맹하거든. 흐르르르릅."

"그럼 다음에 일본 갈 때 라면 몇 박스 사 가야겠네."

"그래, 좋은 생각이다. 꼴깍꼴깍."

"천천히 먹어, 형. 체하겠다. 나도 그럼 먹어볼까? 으엥?"

무혁이 막 젓가락을 들고 보니까 냄비엔 국물밖에 안 남아 있었다. 실수였다. 남덕의 말에 일일이 대꾸하는 게 아니었는데.

양이 적은 나오미는 이미 그릇에 라면을 담아 돌아선 지 오래였다.

분명히 남덕의 젓가락질은 딱 세 번. 그동안에 라면 세 개가 거덜이 났단 말인가? 한 젓가락에 한 봉지씩?

'우와! 이게 인간이냐, 하수구지? *끄으응*.'

"국물만이라도 남겨주라."

"꺼억~"

아무리 들여다봐도 좀 전까지 찰랑찰랑하던 국물은 깡그리 말라 있었다.

'아, 시발! 생각하는 동안에 국물 너마저도! 크흑흑! 이런 식충이!!'

"*끄어억*~ 이제 기운이 나네. 이제 슬슬 파볼까?'

라면과 뜨끈한 국물까지 마시고 나자 몸이 풀린 남덕이 삽을 들고 나섰다.

"뭣들 하는 거야, 뒤따르지 않고!"

삽을 어깨에 두른 남덕이 전장에 나서는 장수처럼 일행에게 윽박질렀다.

"에라, 모르겠다. 그래, 파자, 파."

무혁이 라면을 포기하고 자리를 털고 일어섰다.

막상 발굴이 시작되려 하자 그때까지도 괜찮았던 무혁과 삽 장군 남덕이 대립하기 시작했다.

"글쎄, 저 돌무덤을 먼저 파보자니까! 내 말이 틀린지?"

"형, 쓰여 있는 대로라면 바로 비석 밑이야."

"아유, 답답해. 나는 처음부터 저 돌무덤이 수상쩍었다니까? 잔말 말고 일단 돌무덤부터 파보자고."

잠자코 있던 나오미가 중재에 나섰다.

"그럼 내 말대로 해보죠. 비석은 나중에라도 또 볼 일이 있을지 모르니까 우선 돌무덤을 먼저 파보자구요. 괜히 비석을 함부로 먼저 건드렸다간 자료가 파손될지도 모르니까."

"하긴."

무혁도 적절하다 싶어서 한발 물러섰다. 뭐, 고생을 해도 남덕 형 혼자 할 테니까. 킬킬킬.

준비해 온 두 개의 삽을 가지고 그들은 돌무덤으로 향했다.

돌무덤 앞에서 나오미가 말했다.

"돌무덤도 중요한 자료가 될지 모르니까 옆에 잘 쌓아두세요."

"쌓아두라고요? 나는 팍팍 패대기쳐야 제 맛이 나는데."

남덕이 구시렁거렸다.

"나중을 위해 쌓아둬야 해요. 혹시 우리가 하는 일이 소문이라도 나면 시끄러워질 테니까 흔적을 안 남기려면 원상복구해 놔야 해요."

"하하! 알았어요, 알았어. 맡겨두시라고. 으랴찻!"

파각—

남덕의 첫 삽이 돌섬을 파고들었다.

두 시간 후, 어느덧 온몸에 땀이 배어 김이 나고 있었다.

거우 돌을 다 치우고 나자 이번엔 바닥에 흙이 나타났다.

"흙이 있긴 있었네."

연이어 땅을 파 내려가다 어깨가 뻐근해진 무혁이 고개를 쳐들고 깊은 숨을 몰아쉬었다. 하지만 남덕은 계속해서 미친 듯이 땅을 파고 있었다. 몰입해 있는 모습이 제정신이 아닌 듯해 보였다.

"남덕 형, 좀 쉬었다 하자."

"괜찮아. 나는 할 때 다 해야 해. 으라찻차!"

대답할 시간마저 아끼려는지 그는 짧게 말하곤 계속 삽질을 해댔다.

"아유, 아무튼 삽질 하나는 끝내준다니까."

"사람은 자고로 밥값은 해야 하는 거야."

웬일로 오랜만에 남덕이 예뻐 보인다.

할 수 없이 무혁도 다시 삽을 땅에 찔러 넣었다.

제법 가슴 깊이까지 파 들어갔을 때였다. 탁탁한 소리와 함께 남덕의 삽이 튕겨져 올랐다.

"뭐가 있네? 이건 필시 아주 중요한 물건이야."

"형이 다 파보지도 않고 그걸 어떻게 알아?"

"삽 생활 25년이다. 그 정도면 삽대가리를 손목에 올려놓고 진맥할 정도란다."

"하, 형은 대단한 사람이었구나?"

"원래 좀 대단했어. 내가 실력을 감추고 은둔군자가 되려고 마음먹고 천룡사에 들어갔기에 겸손하게 사는 거지."

"아하, 그러셨군요? 어쩐지 아저씨, 처음 볼 때부터 범상치 않다 했더니."

나오미가 괜히 남덕을 부추겼다. 지금은 삽질만 잘하면 뭐든지 예뻐 보이는 때였다.

"으히히히."

이에 생기를 얻은 듯 남덕이 더욱더 분발해 그 옆을 넓게 파놓았다.

한데 기대감도 잠시, 남덕이 점점 힘에 부쳐 하는데도 바위만 더 크게 드러날 뿐이었다.

"제길, 어떻게 된 거야? 흙을 파면 뭔가 나올 줄 알았는데 다시 바위잖아."

정말로 단단한 바위가 밑을 가로막고 있었다.

"아이, 젠장! 삽질 생활 25년에 이런 황당한 일은 처음이야."

깡그랑—

남덕이 삽을 내던졌다. 그만 모든 기대가 무너져 버린 절망의 얼굴로 허탈감에 젖어선 휘청거리기까지 했다. 잠시 그가 찬바람에 식은땀을 닦아냈다.

맥 빠지기는 무혁과 나오미도 마찬가지.

"얼렁 다시 묻자, 형."

무혁이 말없이 시계를 쳐다보았다. 시간이 한참 지나 있었다. 이러다간 짧은 겨울 해 때문에 볼일을 마칠 수가 없다.

팍팍팍—

아까보다 더욱 맹렬한 기세였다. 남덕은 열받아 있었던 것이다.

"우와, 형! 정말 대단한걸! 삽의 귀재, 삽의 제왕, 정말 삽 지존이구나!"

기회를 놓치지 않고 이번엔 무혁이 부추겼다.

"이제라도 알아줘서 고맙다, 동생. 힘이 솟는구나. 헤헤헤."

박카스 열 병을 먹은 듯이 힘을 얻은 남덕. 다시 구덩이에 흙을 채우고 돌을 쌓아 올리고 있을 때였다.

무혁이 떨궈놓은 삽을 들었다.

"오빠야, 뭐 하게?"

무혁은 자신이 말한 곳을 파헤쳐 보려는 눈치였다. 어느새 비장한 얼굴로 변해 있었다.

"할 수 있겠어요?"

"그럼."

비석을 향해가며 자신있게 말했다.

결국 이번엔 비석 아래가 파헤쳐지고 있었다.

"오미야, 너는 위에서 지시나 잘해."

원래 나오미는 대학에서 부전공으로 고고학을 수료했다. 당연히 유물 현장에 투입됐던 경험이 있었던 것이다.

무혁이 한껏 땅을 파 나갔다. 이제 시간이 얼마 없었다. 한 시간 뒤엔 일몰이 시작될 것이다.

"으라찻찻!!"

쿵—

마지막 돌을 던져 놓은 남덕이 코에서 씩씩 더운 김을 뿜으며 다가왔다.

"그래서 어디 삽으로 먹고 살겠냐? 비켜라! 남덕 님이 왔다!"

남덕이 구덩이 안으로 뛰어내렸다.

"간다아!!"

팍팍팍팍팍!

정말 초절정의 삽질임에 의심의 여지가 없었다.

비석의 반 정도 되는 깊이를 파내자 비석의 뿌리는 끝이 나 있었다.

"자, 이제 조심스럽게 비석을 눕혀보자구요."

나오미의 지시에 따라 무혁과 남덕은 힘을 합쳐 비석을 옆으로 눕

했다.

"흙이네요."

이번에도 비석 아래에선 흙이 나왔다.

"하지만 돌무덤같이 또 바위가 나올지도 몰라."

나오미가 얼른 다가왔다. 재빨리 구덩이 안으로 들어서서는 붓으로 흙을 털어냈다. 아주 능숙한 솜씨였다.

한데 이번에도 허연 바위가 빼꼼히 얼굴을 디밀고 있었다. 또 나타나고 말았다.

"아, 이럴 수가. 또 헛고생만 했네."

남덕은 아예 울상이 되었다.

노력의 대가는 아무것도 없었다. 오로지 자괴감만이 일어났다. 남덕이 자포자기의 심정으로 넋을 놓았다.

"제길, 이 섬이 아닌가 벼. 25년 삽질 생활에 이런 치욕감은 처음이야."

남덕은 이제 삶의 의지도 없었다. 그냥 죽을 수 있다면 죽어버리고 싶었다.

"뭐가 잘못됐지? 도대체 모르겠네."

남덕의 맥 빠진 목소리였다.

"섬 전체가 정말로 돌 섬인가 봐요"

"어떤 십장생이 섬을 이따위로 만들어놓은 거야!"

"……."

일행은 더는 할 말이 없었다. 그저 조용히 날이 저무는 바닷가 바위 섬에 맥없이 걸터앉아 있을 뿐이었다.

"무혁 오빠, 아무래도 비석을 다시 조사해 봐야겠어요. 그러려면 오늘 하루 더 있어야 되겠죠?”

“뭐, 특별한 일이라도 있어?”

“뭔가 확인해 보고 말씀드릴게요.”

나오미는 뭔가 심증을 가지고 있는 게 분명했다.

결국 선장에게 오늘은 오지 말라고 전화했다.

남덕은 이제 허무해진 채로 말했다.

“아마 소용없을 것 같아요. 글씨가 안 나타날 테니까.”

“뭐, 그렇긴 하죠.”

“달과 비석의 각도 때문에 일 년에 한 번밖에 나타나지 않는다고 했잖아. 어쩜 우린 운이 좋았던 거겠지. 일 년을 또 기다려야 하나? 에휴.”

“형, 힘내. 그리 낙심하다가 병나겠다.”

“입맛도 없다.”

남덕이 진이 다 빠져서 반도 안 먹고 저녁 밥숟가락을 내려놨다.

답답하긴 무혁도 마찬가지였다.

“대체 뭐가 잘못된 거지? 섬 분위기를 보면 뭔가 있을 듯한데. 그럼 대체 비석이 의미했던 건 뭐였을까?”

하지만 일행 중 누구도 대답을 하는 이가 없었다.

나오미와 무혁, 남덕은 땀에 찌든 몸을 바위 위에 털썩 주저앉히곤 하염없는 상심에 빠져들어 있었다.

밤이 깊어지며 바람이 불어오고 있었다. 바람을 타고 운무가 밀려왔다. 운무는 돌무덤과 비석 주위를 짙게 휘감으며 둘러싸고 있었다.

은연중에 드러나는 비석 위의 갓이 폐가의 처마처럼 느껴졌다.

화르르르—

바람에 모닥불이 세차게 펄럭였다.

히히히히힝— 히히히히힝—

또 그 소리.

언제나와 같이 괴소리가 등줄기를 싸늘하게 만들었다.

슬금슬금 병풍바위 틈새에서 기어나오는 신음 소리였다. 섬 전체가 곡소리에 뒤덮여 가고 있었다.

섬 전체가 쥐어짜는 듯 공명에 전율하고 있다는 게 일행은 이해할 수 없었다. 그것은 병풍바위 틈으로 바람이 새어 들어오며 내는 소리였다.

"도대체 언제까지 울부짖을 거지? 비위가 뒤틀리려 하네."

한데 이상한 일이었다. 대기 상태에 변화가 있었는지 점점 묘지를 휘감고 있던 안개가 하늘 위로 빨려 올라가듯 달을 향해 기어오르고 있었다. 그 뒤로 돌무덤과 섬 전체의 안개가 연이어 쫓고 있었다.

무혁이 시계를 봤다. 밤 12시. 자정이었다.

바람과 울부짖음도 어느새 고요해져 있었고, 짧은 적막이 무겁게 흘렀다. 비석 주변의 안개가 다 걷혔을 때 나오미가 자리에서 일어섰다.

"오미야, 어디 가?"

"뭐 좀 알아볼 게 있어서요."

"뭔데?"

무혁이 랜턴을 들고 따라 일어났다.

나오미가 뭐라고 중얼거리는 게 들렸다.

"화살촉 끝, 화살촉 끝, 끝이라……."

뒤따르는 무혁이 듣기엔 뭔가 홀린 듯이 보였다.

"분명히 화살촉 끝 땅에 묻었다고 했어!"

"오미야, 화살촉 끝? 그게 무슨 소리야? 화살촉 끝이 어디 있냐구."

대답하지 않고 나오미가 비석 앞에 섰다.

행여 글씨가 다시 나온 걸까?

하지만 글씨는 없었다. 분명히 어제와 날씨는 비슷했지만 글씨는 다시 나타나지 않았다.

그랬는데 대체 나오미는 무엇을 하고 있단 말인가.

무혁의 물음에 대답을 안 하고 있는 걸로 봐서 이미 나오미는 뭔가에 집중하고 있었다. 그리곤 비석의 앞뒤를 쓰다듬기도 하고 찬찬히 훑어보기도 했다.

무혁이 보기엔 묘비귀신에 홀린 듯이 보일 정도였다.

"찾은 거 같아요."

"엥, 찾았다니? 뭘?"

"오빠, 뭐라도 표식을 남길 것 좀 줘보세요."

거두절미하고, 나오미가 무혁에게 서두르라고 말했다.

뭔지 모르겠지만 무혁은 허리춤에서 등산용 칼을 꺼내 건네주었다.

칼을 건네받은 나오미가 무릎을 낮췄다.

무혁의 시선이 자연스럽게 그 뒤를 좇았다. 그러다 무혁은 깜짝 놀라 눈이 튀어나올 정도로 커졌다.

"헉! 저, 저건?!"

순식간에 놀라움이 경악으로 번졌다.

발견의 기쁨을 누리는 환희라기보다는 차라리 경악에 가까운 말투였다.

"이, 이건 그, 그림자 화살! 분명 화살촉이 분명하잖아!"

실로 믿기지 않는 일이 눈앞에서 소리도 없이 저질러지고 있었다.

그것은 분명 그림자 화살이었다.

비석 위에 얹혀져 있는 양반집 용마루 같은 갓에 달빛이 비치면서 길게 늘어진 그림자를 내밀자 땅에 그려진 그건 영락없는 화살촉 문양이 되었다. 비석 모서리가 늘어져 뾰족하게끔 효과를 내고 있는 것이었다.

부욱—

그 끝을 손가락으로 짚고는 나오미가 등산용 칼을 꽂아 넣었다.

이제 화살촉이라 여겼던 삼각 꼭지점의 끝에 등산용 칼은 달시계의 촉처럼 박혀 있었다.

시간이 지나며 분침 같은 화살 그림자가 이제 막 등산용 칼을 비껴 벗어나고 있었다.

깡! 텅!

삽자루가 둔탁한 반발력에 팅겨 올랐다. 청명한 소리가 바닥을 훑고 있었다. 남덕이 다시 확인해 보겠다는 듯 그 자리에다 힘껏 내리찍었다.

'쩡!' 하는 소리가 예리하게 이어졌다.

모두의 귀를 솔깃하게 만든 소리였다. 모두가 놀라고 있었다. 어느새 얼굴은 비장하리만치 돌변해 있었다.

나오미가 서둘러 주변의 흙을 거둬내기 시작했다. 삽이 끌리는 소리가 들려 나왔고, 흙 밑바닥에 석판이 깔려 있다는 걸 알 수 있었다.

무덤 속에 관을 안장하고 나서 덮은 듯한 세 개의 기다란 석판이 가지런히 놓인 채로 완연한 형체가 드러나고 있었다.

중간 석판의 가장자리엔 남덕의 우악스런 삽질에 깨져 버린 한줄기의 예리한 균열이 선명하게 그려져 있었다.

"비켜보세요."

나오미가 앞으로 나섰다. 아무래도 전문성을 필요로 하는 세세한 일은 고고학을 부전공으로 한 그녀가 나았다. 그녀가 작은 삽을 달라고 하더니 석판을 돌아가며 두드려 댔다.

석판의 두께가 무척 두꺼운지 공명되는 소리에는 별 차이가 없었다. 이번엔 각각의 석판 틈새를 삽날로 훑어내더니 그 사이에다가 삽을 곤추세워 찔러 넣곤 힘을 주었다.

무엇을 원하는지 알 수 있었다. 하지만 그녀의 힘에 석판은 꿈쩍도 하지 않았다.

"오미 양, 비켜봐요."

남덕이 그녀를 비켜 세우곤 틈새를 향해 삽을 내려쳤다.

쇠와 돌의 마찰로 인해 불꽃이 수차례나 튕겨 올랐다. 손바닥이 저린지 남덕의 얼굴에선 통증이 엿보였다.

쉽진 않았다. 하지만 재차 무자비하게 도끼를 후려 패듯 내려치자 뾰족한 삽날은 기어이 석판 틈을 후벼들었다. 다시 발로 박힌 삽날을 내려쳤다.

좀 더 깊숙이 박아 넣으려고 했지만 내려치는 삽날만 우그러질 뿐 변동이 없었다.

무혁이 이번엔 돌무덤 가로 가선 제법 커다란 뭉칫돌을 찾아 들었다.

"으샤샤샤!!"

쾅― 쾅― 쾅―

끼이익―

묵직한 돌의 몇 차례 가격이 있고 나서야 비로소 삽이 먹혀들기 시작했다.

삽을 잡은 남덕이 지렛대처럼 삽을 옆으로 눕혔다. 하지만 석판은 얼마나 단단한지 꿈쩍도 하지 않았다. 다시 벌어진 틈새로 삽날을 끼워 넣었고, 무혁의 삽날을 향한 돌팔매질이 계속했다.

덕분에 삽은 빼내기조차 힘들 정도로 깊숙이 자리를 잡게 되었다. 한두 사람의 힘만으로는 부족했기에 동시에 힘을 가했다.

"하나, 둘, 셋!"

석판이 들썩였다.

"다시! 하나, 둘, 셋!"

석판이 꿈쩍도 하지 않았던 건 무게도 무게였지만 길쭉했기 때문이었다. 그렇다면 힘이 한곳에만 집중되어선 효과가 없었다.

적절한 중심을 유지해야 했다. 하지만 그마저도 각 부분에서 감당해낼 힘이 부족하자 여지없이 기우뚱거리고 다시 원래대로 되돌아왔다.

나오미가 돌무덤 가에 가서 돌들을 들고 와 삽날 뒷부분을 받쳤다.

지렛대의 원리를 쓰고자 한 것.

끼끼기긱.

그때부터였다. 어찌 된 영문인지 꿈쩍도 하지 않던 게 들리며 속살을 보여주었다.

관 안의 내용물을 확인하려면 아직 먼 모양이었다. 겨우 한 개의 석판이 거두어졌다.

"휴— 이제 하나 빼냈네. 무슨 석판이 이렇게 무겁냐."

석판은 마치 접착제로 붙인 듯이 착 달라붙어 있었던 것이다. 주변 땅을 넓혀 넉넉하게 만들고 꺼내보려 했지만 관 주변이 온통 바윗돌이라 더는 넓힐 수가 없었다.

"근데 웬 돌이 나온다냐."

좀 의아한 일이다. 관 주변이 온통 바위투성인데 머리통만한 잔돌이 가득 차 있었다. 엄청난 수에 눈앞이 캄캄해졌다.

세 개의 석판을 모두 치우고 나자 이번엔 뜻하지 않게 돌이 나타난 것이다.

나오미가 그 부분을 설명했다.

"아마도 적석목관분형의 무덤 같아요."

"적석목관분?"

"적석목곽분(積石木槨墳)은 4~5세기 신라 초기에 왕실에서 행해졌던 무덤 양식이죠. 넉넉하게 땅을 파서 나무틀 속에 관을 안치한 다음 남는 공간에다간 돌 조각을 채운 후 나무판과 넓적한 석판으로 입구를 막는 거죠. 그 위에 흙을 덮고 마무리하는 봉분 형식이에요."

"하지만 삼별초가 활동하던 13세기에 쓰여졌다는 건 어딘지 적절하지 않잖아?"

"적석목곽분은 신라뿐만이 아니라 유라시아 전역에서 발견되고 있는 무덤 양식이에요. 그러니 시기를 불문하고 쓰였을 수도 있어요."

"그럼 관의 구조도 알겠네."

"대충요. 아마도 관을 매립한 후 돌로 틈을 메웠다는 건 정작 관 뚜껑이 있는 부분은 제일 돌이 적게 들었을 거란 뜻이죠."

"하면?"

"돌을 일일이 다 들춰낼 필요 없이 주변보다 석판 위주로 발굴하면 훨씬 수월할 것이라는 뜻이죠."

그녀의 일목요연한 설명에 막연하나마 일말의 희망이 생겨나고 있었다.

"그렇다면 석판을 마저 드러내면 되겠군."

해가 중천에서부터 기울고 있었다. 그녀의 말대로 일행은 중앙을 집중 공략하기 시작했다.

결국 나머지 두 개의 석판도 치워내기 시작했다. 첫 판을 들어내자 두 개의 석판을 치우는 건 오히려 수월했다. 그렇지만 육중하고 넓적한 돌덩이들은 제법 큰 힘을 요하고 있었다.

"휴, 이제 됐네. 근데 이건 또 뭐니?"

흙이었다. 아니, 돌 속에 흙도 넣었단 말인가. 정말 가지가지 했네.

나오미가 살펴보니 그건 일반 흙이 아니었다. 나무가 부식되며 형성된 목토였다.

관 위에 나무 목판을 올리고 흙을 덮은 후, 석판으로 마무리하고 다시 흙을 부어놓음으로써 마무리했던 것이다.

그렇다면 부식된 목재 밑에 무엇이 있을까? 치밀하고 탄탄하게 구성되어 있는 무덤이었기에 예사롭지 않은 궁금함이 강하게 일었다.

풀썩.

"……."

흙 범벅, 땀 범벅이 되어 있던 남덕.

몹시 지쳤는지 힘껏 쑤셔 넣었던 삽자루의 반동에 손이 빠지며 그만 폭 고꾸라졌다. 한번 무릎을 꿇자 기력이 그대로 쇠진해 버렸는지 주저앉아 꼼짝도 못하고 있었다.

"남덕 형, 괜찮아?"

그러나 그게 아니었다. 남덕이 뭔가를 조심스럽게 헤치고 있었다. 뭔가 발견한 것이다.

삽 끝에 둔탁한 울림이? 황급히 서둘러 헤치는 남덕의 손끝에 묻어

나오는 뭔가의 느낌.

온몸이 굳어지며 멈칫하는 낌새를 눈치챈 나오미가 재빠르게 안으로 뛰어들었다.

"아저씨, 이제부턴 제가 해볼게요."

한발 물리고 능숙한 솜씨로 흙을 밀치며 허리 뒤춤에서 유적 발굴용 붓을 꺼내 들었다. 기민하게 흙을 털어내며 몰입하기 시작했다. 지우개로 때를 지우듯이 허연 바닥이 드러나고 있었다.

그녀가 숨을 멈췄다. 눈동자는 경직되어 있었다. 작은 삽을 조심스럽게 밑바닥에 넣더니 다시 신중하게 들춰내기 시작했다.

점점 더 완연하게 드러나고 있는 광택 잃은 짙은 밤색의 그 무엇.

순간 알 수 없는 전율이 모두를 휘감았다. 점점 더 확연한 모양을 드러내고 있는 한 뼘 정도의 너비를 가진 둥근 궤짝.

"아……!"

짧은 탄성이 나왔다.

"서, 설마 이게 정말로……?"

모두가 탄성을 흘렸다. 가까스로 가슴을 진정시킨 그들이 떨리는 손으로 숨죽이며 궤짝을 들어올렸다.

묘한 흥분이 일어 누구 한 사람도 쉽사리 입을 열지 못했다.

이제 훤한 햇살 아래 덩그러니 알몸을 드러내고 있었다.

"얼른 자물통을 열어봐."

남덕이 열어보자고 제의를 했을 때 모두는 굵은 침을 거북스럽게 삼켰다. 긴장한 탓이다.

덜컥! 스스슥.

신중하게 다루었는데도 부식된 자물통이 무척 오래됐다는 것을 확인시켜 주듯 힘없이 부서져 버렸다.

"바닷바람 소금기에 부식된 모양이야."

그렇다면 더 더욱 조심해야 했다. 숨을 죽이고 떨리는 손으로 뚜껑을 열었다.

문득, 시간이 길게 느껴지며 아득함이 밀려왔다.

적막을 대동하며 침묵을 유린하고 있는 고요를 이끌며 누렇게 색 바랜 광목 두루마리에 겹겹으로 싸여 있는 물체.

홀홀이 벗겨 내리는 떨리는 후인의 손길에 태고의 신비를 고스란히 모아 다소곳이 순결을 바치듯 숨죽이고 있는…….

세월의 무상함에 맞서 오랜 기간을 보위하다 지쳐 간 홀 겹의 명주 비단을 마지막으로 이제 수줍게 잠을 깨야 하는 시간이 다가와 있었다.

진한 향이 진동했다. 침향의 깊은 내력이 일행을 아늑하고도 몽롱하게 만들고 있었다.

시간이 아득하고 길게 느껴졌다. 지나치게 긴장해서 숨을 멈추고 있던 일행은 급기야 호흡이 불규칙해졌다. 일순간 보듬어보고 싶은 속살결에 대한 기대가 정신적 오르가슴에 이르러 사정 직전의 가사 상태로 치달아 버리며, 그 절정의 순간 내지르는 힘겨운 탄성처럼 떨리는 손끝으로 소복한 옷고름을 벌렸다.

덜컥—

순간,

"……!!"

아무 말도 할 수 없었다.

갑작스럽게 태양 빛이 강해지며 망막을 태울 정도의 강렬함이 솟구쳐 올라 모두의 눈을 멀게 하며 그대로 숨이 멈춰 버리는 일이 벌어지고 말았다.

"아악! 눈부셔!!"

궤에서 백색 광선이 뻗쳐 올랐다.

황급히 고개를 돌렸지만 이미 시린 눈에서 쏟아지는 눈물에 모두가 속수무책이었다. 일행은 양손을 움켜쥔 채 나뒹굴고 있었다.

윙……!

마치 쇠붙이에 맞은 듯 기괴한 공명이 머릿속을 허옇게 만들었다. 띵한 공명이 웅웅 회오리를 치며 한참을 유영했다.

쿠르릉—

연이은 환청 때문인지 귓전으로 무시무시한 천둥소리가 들렸다.

무혁은 연거푸 두 눈을 비벼댔다. 눈물을 짜냈으나 아직도 백시 현상에 앞이 희미했다.

가까스로 혼미한 정신에 뒤늦게 회복한 시력 속에서 맹렬한 빛이 사그라지고 있음으로 해서 알아볼 수 있게 된 궤짝 안.

그래, 그건 분명 지팡이였다.

길이가 여섯 자 정도(180㎝). 길이에 비해 얇은 두께.

무혁은 잠시 혼란에 빠졌다. 자신이 예상했던 용광검의 모양이 아니었던 것이다.

"이게, 뭐야? 지팡이 아냐? 검이 아녔네."

남덕이 실망스런 빛을 드러냈다.

지팡이는 오랫동안 공기에 산화되어 칙칙하게 이끼가 끼고 색이 바랜 푸른빛이 감돌고 있다.

나오미도 혼란스럽기는 마찬가지였다. 지팡이를 살펴보던 그녀. 뚜렷한 형체에 비해 판단 구분이 애매모호한 모양.

"이게 용이야, 뱀이야? 용 같은데 어찌 뱀하고도 닮아 보이지?"

여의주 하나를 사이에 두고 뒤엉켜 입을 벌리고 있는 두 마리의 용.

여의주만 없다면 차라리 커다란 뱀이라 해도 무방할 듯싶었다. 더구나 모든 화려함은 좀 전에 모조리 새어 나갔는지 세월의 때에 찌든 모습만이 남아 헐떡이고 있을 뿐이었다.

적잖은 실망감이 드러났다.

하나 그것을 불식시키려는 듯한 일이 곧이어 벌어졌다.

순간 나오미가 심한 두려움을 발작적으로 일으켰다. 일반 발작이 아니라 기겁하고 사색이 되어선 금방이라도 게거품을 물 태세였다.

"으으응… 저, 저건……."

깜짝 놀란 무혁.

"오미야, 왜 그래? 정신 차려!"

이미 나오미는 눈이 돌아가고 있었다.

"아아, 저거 보세요!"

"저, 저건?!"

나오미가 손끝으로 가리키는 곳. 그녀에겐 잊고 있었던 악몽이 다시 몸부림치고 있었다.

자지러지는 소리를 내지르는 나오미가 손짓하는 하늘 끝. 눈 깜짝할 새 엄청난 일이 일어나고 있었다.

좀 전까지 없었던 기상의 역류 현상.

쿠르르룽— 콰광—

천둥소리였다. 결코 환청이 아니었다.

휘이이잉—

마른 천둥소리에 이어 세찬 바람이 휘몰아치며 구름을 모으고 있었

다. 곧이어 돌개바람으로 뒤엉키더니 똬리를 틀기 시작했다. 포효하던
용승기류(龍昇氣流).

쿠쿠쿠쿵!! 번쩍!!

마른번개가 뒤를 이었다.

거친 숨을 토해내고 있는 그 엄청난 기세에 일행 모두는 넋을 놓고
말았다.

감춰져 사라졌던 태양이 한참 후에야 다시 나올 무렵, 시위하던 광
포함이 믿어지지 않게도 넉넉한 햇살에 친화되며 수긍하는 아이처럼
서너 차례의 도리질을 끝으로 잠잠해지기 시작했다.

700년의 긴 잠을 깬 용의 기상에 비로소 기나긴 날의 의무를 마친
하늘의 해가 다시 바다를 향해 빠르게 떨어져 내리고 있었다.

강하던 빛이 사라지니 상대적으로 날은 더 빨리 어두워졌다. 침향
가득한 적갈색의 빈 통을 땅에 넣고 서둘러 흙을 덮었다.

일행이 바지런한 몸짓으로 자갈을 채우고 흙으로 덮을 무렵 어느새
수평선 근처엔 붉은 꽃이 피어나고 있었다. 일몰이다.

석판을 얹은 후 마지막 남은 흙으로 갈무리하기 시작했다. 흔적을
남기지 않아야 했다.

날이 어두워지고 있었다. 바다 한복판에서 배가 한 척 보였다. 배 위
에서 크게 손을 흔들고 있는 선장 아저씨가 보였다.

"일단 섬을 나가서 스승님께 전화해 봐야겠다."

무혁은 서둘러 지팡이를 옷가지로 감싸 들었다.

붉은 구름에 가려져 내리던 검붉은 해가 수평선에 잠기기 직전, 힐

끔 쳐다본 것 같다고 생각되었을 때 거짓말같이 거대한 바다 소용돌이가 멈추며 바다를 향한 물길이 열렸다.

주변의 아우성치는 혼란을 무시하고 선장의 배가 우렁찬 소리를 내며 질풍노도와 같이 섬을 향해 달려들었다.

꽈르릉! 쿵!

육중한 소리와 함께 배 옆구리에 붙은 타이어가 섬 갯바위에 닿았다.

"어여들 타! 무사한 겨? 왜 사서들 고생이드랑가!"

손을 내밀던 선장이 나오미를 보며 말했다.

"저 친구는 왜 그런가? 어디 아픈가?"

발작 후유증. 나오미는 기진맥진해 있었다.

"몸살이 좀 난 모양이에요."

"머시여? 어여들 타드라고. 사람 잡겠네그려. 그러게 뭐 한다고 거를 들어간다고 우겨쌌능가."

"저희도 너무 힘들어서 내일은 서울로 올라갈까 해요."

"잘들 생각혔어. 집 나뿔고 뭔 고생이드랑가."

배의 선미가 울컥 솟았다가 내리자 이번에는 앞머리 쪽이 올라갔다. 그리곤 곧바로 큰 물결에 밀려 배가 나아가기 시작했다. 막 배가 지나온 뒷물결에서 엉킴이 풀린 소용돌이가 몰려들고 있었다.

이에 질세라 입을 꾹 깨문 아저씨가 우렁찬 엔진 소릴 울리며 파도를 거칠게 부숴 나가기 시작했다.

돌아보던 나오미가 어두워져 가는 섬을 돌아보며 치를 떨어댔다. 야심해지는 바다 위에서 우렁찬 엔진 소리를 뒷전으로 남기며 섬은 소용돌이에 휩싸여 또다시 베일 속으로 감추어지고 있었다.

제6장
유중광의 실종

유중광의 실종

미국, 샌프란시스코.

시내 중심가 샌프란스텔 5층. 유중광이 임시 사무실로 쓰고 있는 오피스텔이다.

중광은 내일 UFC 관계자들과 만나기로 했다. 미팅에서 필요한 서류 정리를 하고 막 퇴근을 하려던 때였다.

한 통의 전화가 중광을 찾았다.

"여보세요. 유중광입니다."

[중광이, 나 양달수야.]

"양달수? 달수!! 자네 웬일이야? 거기 어디야?"

피곤에 지쳐 있던 중광의 목소리에 생기가 돌았다.

[지금 근처에 와 있네.]

"오, 나도 마침 퇴근하려던 참일세."

중광은 정말로 오랜만에 다른 직원들보다 먼저 밖으로 나왔다. 미국에 오자마자 며칠 동안 회담용 서류를 준비하느라 눈코 뜰 새 없이 바빴던 탓이다.

"오늘은 웬일이세요?"

여직원이 기분 좋은 듯이 물었다.

"비밀!"

멸치구이.

간판부터가 웃음을 나오게 만들었다.

약속 장소는 코리아타운 뒷골목에 자리잡은 한국인이 하는 선술집이었다. 그곳은 한국 사람들을 위해서 꼬치구이와 소주를 팔고 있었다.

문을 들어서자 사람들과 자욱한 담배 연기가 꽉 차 있었다.

"어이, 중광이!"

뿌연 그곳을 두리번거리고 있을 때 저쪽 한구석에서 솥뚜껑만한 손이 불쑥 솟아올랐다.

그가 굳이 부르지 않았어도 손만 보고 그를 알아보았을 것이다. 어릴 적부터 그의 손은 정말 크고 두꺼웠다.

"이야, 달수! 양 사범!"

둘은 손을 맞잡은 후에도 서로의 어깨를 툭툭 치며 좋아했다.

"일단 앉아서 한잔 받게."

"조오치."

양달수가 술을 권하자 중광이 잔을 내밀었다.

"카악, 좋다! 이게 얼마만이더라? 20년?"

"25년이야, 이 친구야. 그동안 어떻게 지냈누?"

"하하, 그랬나? 이거 미안하이."

유중광이 사과의 뜻으로 술을 한 잔 더 따랐다.

"나야 뭐 일본에서 작은 프로덕션 하나 차렸어. 그러는 자네는?"

"나야 그냥 조그만 체육관 하나 하지 뭐."

"한데 여기까지 무슨 일이야?"

"이 근처에 누가 우리 체육관을 후원하겠다고 해서 잠시 왔네."

양달수는 약간 부끄러운 얼굴을 했다. 운동을 했던 사람의 노년이 대부분 그렇듯이 지금 양달수도 재정 문제로 고민하고 있었다.

"후원? 누가? 그보다 체육관은 잘되나?"

"그럭저럭 유지하고 있지, 뭐."

이번에도 양달수는 고개를 들지 못했다.

유중광이 그걸 못 봤을 리가 없다. 중광은 일단 모르는 척했다.

"다행이네그려."

둘은 다시 한 번 술잔을 부딪쳤다.

잔에 술을 따르며 중광이 물었다.

"자넨 그 일이 아주 마음에 드나보네그려. 장가도 안 가고."

"장가 안 간 건 나나 자네나 똑같지, 뭐."

"하하, 이 사람. 또 괜한 소리 한다. 사업은 요즘 괜찮은 거야?"

사업의 재정 상태는 대충 짐작하지만 혹시 도움이 될까 싶어 중광이 물었다.

"괜찮데도 그러네. 자네, 염려 푹 놔도 돼. 이 양달수가 누구야. 왕년의 양달수 몰라?"

양달수는 잠시 얼굴을 굳히다간 스스로 표정을 감추며 술잔을 부딪쳐 왔다.

이번에도 중광이 그걸 못 봤을 리가 없다. 하지만 지금은 너스레가 더 어울릴 법했다.

"하하하! 자네 정말 옛날엔 대단했지, 무식하기로."

"이 친구가!"

"미안미안. 그런데 자네, 요즘도 그렇게 우악스럽나?"

"아니, 정말!!"

"하하하, 젊었을 때 자네 별명이 황소였지. 남이야 때리든 말든 그냥 밀어붙여 끝장내고 마는. 결국 자네 주먹에 한 방 맞으면 다 누워버렸다는. 껄껄."

"다 옛날 일이지, 뭐."

"아직도 권투 체육관을 운영할 수 있다니 존경스럽네. 자네, 그렇게 권투가 좋나?"

"그걸 말이라고 하나. 이젠 좋아하고 말고를 떠나 내 일부분이야."

"암튼 대단하이."

술잔을 한창 주거니 받거니 하다 보니 두 사람은 허공에서 흐느적거리는 담배 연기처럼 취기가 올라 있었다.

"자네도 알고 있잖나, 내가 부모도 없는 고아원 출신이라는 거. 난 그래서 권투가 좋았어. 샌드백을 치며 땀을 흘리고 나면 이것저것 다 잊고 속이 후련하곤 했지."

"그래……."

유중광도 알고 있었다.

"오로지 내가 할 줄 아는 것은 권투밖에 없었지. 링 위에서 땀을 쏟아붓고 남들이 그런 나를 보아주면 그걸로 족했어. 내가 살아 있다는 걸 확인할 수 있었던 날들이었지. 그때 그 자동차 사고만 없었더라도……."

그는 어딘가 먼 곳을 바라보듯 허허로운 눈길로 바뀌어 있었다. 생각하기만 하면 서운하고 억울하리라.

중광은 그날만 생각하면 가슴이 저려왔다. 한창 승승장구하던 그가 신주쿠 거리 횡단보도에서 음주단속을 피해 도주하던 차에 받힌 일. 양달수는 그날 한쪽 인대가 끊어져 버렸다. 그날 부로 선수 생활도 끝난 것이다.

"자네, 술 취했나 보이."

"아니, 나 취하지 않았어. 나도 이제 나이를 먹었나 보이. 이런 얘길 하면서 칙칙하게 구니. 껄껄껄."

양달수의 웃음은 자꾸 가슴을 저리게 만든다.

"자네만 나이 먹었나. 우리 다 그렇지."

"아무튼 난 그 후에도 권투가 좋았어. 망가진 다리 때문에 방황하다가 다시 마음잡게 된 것도 권투고."

"그때 자네랑 처음 싸웠지. 자네 주먹, 참 셌었어."

"무슨 소리. 그런 나를 이긴 게 자네 아닌가."

도저히 양달수의 방황을 두고 보지 못한 중광이 흠씬 두들겨 팼던 것. 그때 중광과 달수는 서로를 부둥켜안고 한없이 울었다.

"그거야 재수가 좋았던 거지. 불편한 다리로 어떻게 그럴 수가 있었는지. 아마 지금 다시 한 번 붙으면 난 무릎 꿇고 빌어야 될 거야."

중광이 혀를 내둘렀다. 약간 과장되긴 했지만 그게 밉지는 않았다.

"예끼, 이 사람아!"

둘은 다시 술잔을 부딪쳤다.

"형편도 어려운 자네가 아이들 모아놓고 무료로 권투를 가르치는 걸 보니 참 대단하다 싶었어. 근데 그게 문제야. 애들 돌보느라고 장가도 못 가고 말야."

"그런 소리 말아. 그래도 내 자식이 몇 명인 줄 아나?"

"아니, 이 사람아. 기러기 아빠가 자랑인가. 별걸 다 자랑하는군."

원래 기러기는 짝이 죽어 혼자가 되어도 재혼하지 않고 홀로 자식을 키우는 절개가 높은 날짐승이었다. 권투계에서 버림을 받고도 권투를 외사랑하는 양달수가 그와 같았다.

"자랑하려고 한 짓은 아니지. 난 그냥 애들이 좋았어. 어릴 적에 나 같았던 그 애들에게 조금이라도 보탬이 됐으면 했네. 녀석들은 나와 같이 되면 안 되잖아?"

"그러면 뭐 하나. 키워놓으면 지들 밥 벌어먹기에 바쁜 걸."

"그런 소리 말아. 가끔이라도 연락 주는 게 어딘데. 대접받으려 했으면 지금까지 이 짓을 하지도 못했을 거야."

"그러고 보면 참 자네 정말 용해. 그래, 요즘도 키우는 애가 있나?"

"왜, 자네가 후원하려고?"

양달수가 진담 반 농담 반으로 물었다.

"후원? 좋아, 하지. 나도 이젠 먹고살 만하다구."

"관두게. 벼룩을 잡아먹지."

"아니, 이 사람아. 나 정말로 먹고살 만해. 보여줘?"

유중광이 와이셔츠를 바지에서 빼내서 뱃살을 보여줬다.

"에잇, 팔푼이. 아랫배에 기름때 낀 것 보여주려고?"

"내 배, 예쁘지 않아? 토실토실한 게. 허허."

"배꼽이 안 보이는구먼. 얼마나 처먹어대며 사는 거야?"

"하하하, 이 친구가! 껄껄껄껄!"

허심탄회하게 유중광이 웃고 있는 것은 극히 드문 일이었다.

"양 사범, 근데 키우는 애는 어떤 애야?"

"소년원에서 만난 고아야. 누가 부모를 들먹이며 놈의 약을 올렸나 봐. 다섯 놈을 두들겨 패고는 달려온 경찰도 둘이나 눕혔대. 한번 화가 나면 고삐 풀린 미친 망아지 같아. 근데 권투엔 상당한 자질이 있어."

"경찰까지 팰 정도면 알 만하다."

"애는 착해. 가끔 가다 말썽 피울 때가 있는데, 원인을 알고 보면 참 단순하더라고. 돈 좀 있다고 사람 깔보거나, 여러 명이서 누굴 못살게 군다거나 하면 자기 일도 아닌데 주먹이 먼저야."

"한마디로 꼴통이구먼. 껄껄."

꼴통. 둘 사이엔 호감과 정감있는 말로 쓰였다.

"애는 인정도 있고 괜찮아. 내가 누군가? 그런 놈들 보는 눈은 있다고."

양달수가 자랑스러워하며 말했다. 그의 그런 모습을 보니 중광도 덩달아 기분이 좋아졌다.

"내 자네한테 한번 속아주지, 뭐."

"껄껄껄, 아주 잘 속은 거야."

"근데 자네, 이 근처에 후원자를 만나러 왔다고 했는데, 그 사람 이름이 혹시 유중광이 아닌가?"

"이런, 들켰군. 맞았네. 한데 자네가 그걸 어떻게……?"

"뭐야? 이런, 당했구먼. 껄껄껄."

웃음을 타고 둘 사이에 정말 오랜만에 오붓한 정이 흘러넘쳤다.

계속된 음주로 갈증이 난 유중광이 냉수를 한 잔 시켜 마시고 물었다.

"근데 자네, 산이 소식 좀 듣나? 몇 번 전화했는데 통화가 안 되더군."

"강산이?"

"같이 미국에 있으니 소식을 들을 수 있을 것 아닌가? 은퇴했다는 말이 있더만."

"강산이 요즘 고민이 많은 모양이야. 자식 놈 때문에."

"자식 놈? 늦둥이로 본 외아들이라던 그놈이 왜?"

"속을 좀 썩였나 봐. 남의 집안 일인데 떠벌리기도 뭐하니 자네가 한번 직접 연락해 봐."

유중광과 양달수, 강산은 셋이 의형제를 맺을 정도로 절친한 사이다. 한데도 양달수가 선뜻 입을 열지 못했다.

대체 무슨 일일까. 중광은 사뭇 궁금해졌다.

"그래? 그러면 내가 한번 연락해 보지. 다른 연락처 있으면 줘봐."

"이거 정말 아무도 모르는 전화번호니까 잘 간직하게."

주변을 살핀 양달수가 강산의 전화번호를 적어주었다.

순간 유중광은 뭔가 심상치 않은 걸 느꼈다. 이건 뭐지? 대보스 강산이 남의 눈치를 봐야 할 일이 있었던가?

양달수가 화제를 돌리려는 듯이 말했다.

"자네 요즘 동남아 애들에 대해 좀 아나?"

"뭔 일 있었나?"

"요즘 한국인 갱단과 동남아 갱단 분위기가 심상치 않은 것 같아서."

"그래?"

중광은 뭔가 불안한 생각이 스쳤다. 그건 강산의 전화번호를 받을 때부터 생긴 기분이었다.

"그 얘긴 내가 묵는 집에 가서 마저 하지. 자, 나가세. 거기서 한잔 더 하자고."

중광은 생필품까지 빌려주는 집을 통째로 렌트해 놓은 상태였다.

"아니, 난 이만 가봐야겠어. 애들이 있잖아."

"에라, 이 친구야! 25년 만에 친구를 만나서 또 애들 타령인가?"

"하하, 내 처지가 이런 걸 어쩌나. 자네 가기 전에 다시 만나서 그땐 우리 체육관 가서 김치에 삼겹살 구워 밤새도록 한잔하자구."

"그래? 좋아. 그럼 우리 꼭 다시 보는 거다?"

후일을 약속한 둘은 어깨동무를 하고 술집을 나섰다. 히히거리는 두 개의 그림자가 하나로 포개져선 연신 휘청댔다. 기분 좋게 길게 여운을 남기고 있었다.

양달수를 배웅하고 택시를 잡았다. 밤늦게 차를 탄 중광.

택시는 이제 유니온 스퀘어 근처를 지나치고 있었다. 잠시만 더 가면 집이다.

'무혁이 놈은 잘 있겠지?'

도로의 분주함이 끝나고 한적한 기분이 들었다. 작은 정원과 얕은 나무 담장이 줄지어 나타났다.

그가 탄 차가 막 주택가로 접어들었다. 사거리에서 왼쪽으로 진입하여 오른쪽으로 방향을 틀면 집이 나온다.

그때였다. 택시가 방향을 꺾자마자 돌연 앞서 가던 차들이 정체되고 있었다. 차는 더 이상 진행하지 못했다.

뒤에서 점점 요란해지는 자동차 클랙슨 소리.

"여기서 내려주쇼."

소음을 못 참고 중광은 택시에서 내려 걸었다. 술도 깰 겸. 이제 10분 정도만 걸으면 집이었다.

기분이 좋아진 중광은 절로 나오는 휘파람을 불며 길을 걸었다.

엄마가 섬 그늘에~ 굴 따러 가면~ 아기가 혼자 남아~

가사는 없었지만 한때 셋이 뭉치면 즐겨 부르던 노래이다. 특히 달수가 좋아하는 노래였다.

한가한 샛길로 접어들 무렵, 길을 막고 있는 커다란 트레일러가 눈에 들어왔다.

중광은 대수롭지 않게 생각하고 슬쩍 비켜나 걸었다. 트레일러를 지나치자 가로등 불빛에 더욱 하얘진 그의 집이 보였다.

'다 왔군.'

그때였다.

퍽!

가로등이 박살이 나며 필라멘트가 붉게 타오르다 꺼졌다.

누군가 돌맹이를 던져 가로등을 깨버린 것이다.

한순간 어둠이 쏟아져 들었다.

중광은 순식간에 피부를 감싸오는 어둠에 긴장하기 시작했다. 어둠은 싸늘한 한기를 동반하고 있었다. 연이어 불길한 생각이 머릿속을 파고들었다.

중광은 사방을 두 눈으로 훑으며 습관적으로 주먹을 천천히 쥐었다 폈다를 반복하며 걸어나갔다. 그리고 태연한 척 휘파람을 다시 불었다.

이때, 왼쪽 차도의 반대편에 이제까지 죽은 듯이 있던 새까만 선팅을 한 검정 벤츠가 맹렬하게 달려왔다.

‘흡!’

살기였다.

츠츠츠.

재빨리 발을 옮기는 순간, 바람을 가르는 묵직한 소리와 함께 뭔가가 왼쪽 어깨를 향해 떨어졌다.

쉐애액—

중광은 직감적으로 몸을 돌려 타점을 벗어났다.

쾅!

덕분에 바닥을 친 쇠는 크게 튕기며 허공에 선을 그렸다.

중광의 본능은 적중해서 제대로 맞히지 못한 쇠파이프는 싱겁게 물러나고 있었던 것이다.

재빠르게 돌아서며 발로 놈의 무릎을 걷어찼다.

빠각—

쿵!

중광의 발길질에 놈이 둔탁한 소리를 내며 고꾸라졌다.

놈의 행동을 시작으로 트레일러 안에서 세 명이 야구방망이와 쇠파이프를 들고 뛰어나왔다.

중광이 이번엔 도약을 하며 돌려차기로 세 놈의 얼굴을 후려쳤다. 연이어 바닥에 내려섬과 동시에 전광석화 같은 주먹을 네댓 번 더 내질렀다.

뻐버뻑!

중광은 천부적인 싸움꾼이다. 한때는 일본 야쿠자 야마구치구미(山口組)를 떨게 했던 그가 아니던가. 나이가 들고 오랫동안 싸움을 하지 않았어도 상대방의 중심 이동을 읽어내는 눈은 변하지 않고 있었다.

퍽! 퍽! 퍽!

짧게 끊어 치는 주먹에 놈들이 비명도 못 지르고 땅을 뒹굴었다. 다시 맨 처음 넘어졌던 놈이 재빨리 일어났지만 유중광은 더 빨랐다.

뻐억!

"으억!"

무릎으로 녀석의 턱을 걸어 올리자 나무 담장을 넘어 잔디밭으로 나뒹굴었다.

달려들던 검은 벤츠에서 뛰어내린 두 놈이 달려들었다. 그중 한 놈이 벤츠 보닛을 밟고 허공으로 날아올랐다.

부— 우웅!

이윽고 한쪽 발을 높이 치켜들더니 중광의 어깨를 노렸다.

쉐에액!

"달 가린다! 비켜라!"

중광이 떨어지는 놈의 뒤 허리를 양손으로 잡아 돌아서며 뒤따라오는 놈의 턱을 뒤차기로 먼저 올려붙였다.

빠각!

놈은 그대로 고개를 젖히고 아스팔트에 머리를 찍었다.

"으라라차!"

허리를 잡은 놈은 그대로 들어 백드롭으로 머리를 처박았다.

쿠쿵!

놈의 머리가 깨지며 피가 사방으로 튀었다.

이윽고 트레일러의 문이 열리며 정글칼을 든 놈이 바닥에 누워 있는 중광에게 맹렬히 달려오더니 공중으로 솟구쳐 날아올랐다.

쉬쉬쉭—

솟아오른 높이로 보아하니 상당한 무술 실력을 가지고 있는 놈이었다.

하지만 중광은 개의치 않았다.

곧바로 등을 땅에 대고 두 발을 허공에 뻗었다. 뻗힌 양발이 발리킥을 하듯 갈라지며 녀석의 얼굴을 강타했다.

면상을 가격당한 놈은 그대로 굴러 넘어져 있는 동료 위로 처박혔다.

쇄액—

몸을 비틀며 내려서는 중광의 허벅지에 면도날같이 예리한 감촉이 지나갔다.

"헉!"

칼이었다.

뜨끔한 기운이 싸하게 느껴졌다. 중광의 베어진 다리에서 피가 솟구쳤다.

"이런, 제길."

중광이 주춤 뒤로 물러섰다. 다리에 칼을 맞았다고 놈들에게 기회를 줄 수는 없었다. 절뚝이며 걸어가 바닥에서 엉거주춤 일어서고 있는 놈의 배를 걷어찼다.

"그대로 누워 있거라!"

빠악—

"꽤액—"

놈이 허공을 날아 처박혔다.

잠시 놈들이 일어서서 전열을 가다듬었다. 동시에 놈들의 기민한 발길이 얼굴과 배, 다리로 쏟아졌다.

칼을 맞아 동작이 느려진 중광.

퍼버퍽!

중광은 젖 먹던 힘까지 다해 저항했다. 다시 발악하듯 공중으로 튀어 올라 놈들을 향해 발을 휘둘렀다.

하지만 얼마나 지났을까. 무수한 주먹과 발길이 몸부림치며 저항하는 중광의 곳곳에 꽂히고 있었다. 다시 칼에 난자당한 중광의 어깨에서 피가 끊임없이 쏟아졌다.

피를 튀기며 중광이 뒤로 나뒹굴었다. 기회를 놓치지 않고 놈들이 땅바닥에 있는 그를 무참히 짓밟았다.

"끄흑!"

중광의 입에서 괴로운 신음이 터졌다.

시인할 수 없었다. 느낄 수 있음은 게으름이었다. 최선을 다해 이 상황을 벗어나야만 한다. 그러나 너무 맞은 때문일까. 한순간 힘이 쭉 빠져나갔다. 이제 상대를 밀어내기조차 힘겨웠다.

중광은 곧 흐느적거렸다.

이에 놈들은 마구잡이로 중광을 도륙하기 시작했다.

허술해 보이는 공간으로 움직여 중심을 잡으려는 찰나 맹렬하게 노리며 내뻗어져 오는 발이 보였다.

그 외중에도 중광은 양손으로 발을 잡아 비틀며 놈의 낭심을 걷어찼다.

녀석은 호흡이 멈추는 듯 단말마의 비명을 지르며 나자빠졌다.

지독한 혈전이었다.

다시 발악하듯 공중으로 튀어 오른 중광이 두 주먹을 놈들에게 휘둘러댔다. 상대를 맞힌 주먹이 안쪽으로 돌아오면 다시 뒤로 원을 그리듯이 굴리며 턱을 노려 나갔다.

그때, 몸을 비틀며 내려서는 중광의 허벅지에 면도날같이 예리한 감촉이 지나갔다.

이어 쏟아지는 무수한 발길……. 그 와중에 중광은 놈들의 단내나는 입에서 아편 냄새를 맡았다. 약 기운에 취한 놈들은 하이에나처럼 지독히 밀려들었다.

껌껌한 방이었다.

'지금쯤은 해가 들어올 때가 됐을 텐데.'

눈을 감고 있던 유중광은 더는 못 참겠다는 듯 몸을 옆으로 뒤집었다.

아무리 주위를 둘러보아도 주변은 어두웠다. 천장 바로 밑에 있는 작은 창문에서 흐릿한 불빛이 새어 들어오고 있었다. 그것도 판자로 너무 꽉 막아서인지 빛줄기는 얇게 눌려져 보였다.

'여기가 어딜까? 얼마나 시간이 지났을까?'

도무지 감이 잡히질 않았다. 배가 뒤틀리는 통증에 저려왔다.

방 안 어디선지 성냥 탄 냄새와 메케한 탄내가 뒤섞여 나고 있었다.

조심히 움직여 간이 침대를 내려섰다. 또 통증이 왔다. 오른쪽 허벅지에서 전혀 힘을 줄 수 없을 정도의 묵직한 통증에 만져 보니 마치 알이 박힌 것처럼 부어 있었다.

다행히 피는 멈춘 것 같았다. 다시 침대에 털썩 하고 앉자 양옆의 스프링이 덜렁거리는 걸로 보아 군용 간이 침대인 듯싶었다. 주변은 습한 가운과 함께 물이 썩는지 곰팡이 냄새도 나고 있었다.

추웠다. 덕분에 정신이 바짝 나며 잠이 깨는가 싶더니 허기가 느껴졌다.

침을 삼키자 끄르륵거리는 소리와 함께 배에 통증이 느껴졌다. 며칠이나 지났을까?

그러나 추위와 허기보다도 아무것도 보이지 않는 어둠이 중광을 더 못 견디게 만들었다.

이대로 아무도 모르게 죽어가는 게 아닐까 싶기도 했다. 그 생각에 몸서리가 쳐지며 침대를 차고 벌떡 일어났다. 짜릿한 다리의 통증이 아직까진 살아 있음을 알려주고 있었다.

다리를 끌며 벽을 손으로 훑어대기 시작했다. 하지만 벽면 어디에도 불을 켤 수 있는 스위치는 없었다.

"제길, 완전히 버려진 지하실 창고군."

돌계단이 만져졌다. 난간도 없이 층층이 올라간 계단은 판자로 막은 창문의 반대편에 있어서인지 아무것도 보이지가 않았다. 더듬거리며 중간쯤 올라왔다 싶었을 때,

"윽!"

조심하려 했지만 의지와 상관없이 상처 입은 다리에서 힘이 빠지면서 몸이 기울어져 버렸다.

쿠당탕—

중광이 쌓아놓은 페인트 통 위로 무너졌다.

그때 빗장을 푸는 소리와 함께 문이 열리더니 놈들이 들어왔다. 한 명이 입구에 먼저 들어와 서고 그 뒤로 또 한 명이 내려오고 있었지만 어두워서 전혀 알아볼 수 없었다.

"대체 너희들은 누구냐?"

"호호호, 유중광. 그새 나를 잊었나?"

지하실이 울리고 있어 선명하지 않은 괴이쩍은 목소리.

"누, 누구?"

"어허, 이런. 실망인걸."

놈이 실같이 새어 들어오는 작은 유리창 아래로 몸을 움직였다.

놈의 얼굴을 확인하는 순간 유중광은 적잖게 놀랐다.

"당신은?!"

놈은 바로 이에나스였던 것이다.

"당신이 어떻게 여기에……?"

"그럼 너는 왜 여기에 왔나?"

"나는…….."

중광은 말을 하려다가 말았다.

'제길, 그거였군.'

유중광이 미국 UFC 관계자를 만나 마인들과 맞서려 하자 이를 막기 위해 한 짓이란 걸 알게 된 것이다.

"내가 여기에 며칠이나 갇혀 있었소?"

"이틀. 이미 미국 UFC 회담은 결렬되었지."

"끄응…….."

깊은 한숨이 나왔다.

중광이 자괴감에 젖자 이에나스는 기분이 좋은 듯 히죽거렸다.

그 웃음을 보자 배알이 뒤틀렸지만 더는 어떻게 할 처지가 아니었다. 무엇보다 놈이 원하는 걸 알아내야 했다.

"그렇다면 나도 이제 소용이 없을 터, 풀어주시오. 이제까지의 일은 없던 것으로 해드리겠소."

“하하! 역시 야마구치구미를 위협하던 유중광의 배포군. 하지만 우린 아직 볼일이 안 끝났어.”

“무슨 뜻이오?”

“백무혁이 말야. 아직 남제 결승이 남아 있잖아?”

그 말뜻은 유중광을 볼모로 남제 결승전에서 패해달라는 주문이었다.

“이익!! 당신도 프로모터 아니오? 어떻게 이런 승부 조작을 꾸밀 수가 있단 말입니까?!”

“유중광 역시 너는 아마추어야. 프로모터는 승부도 조작하고 흥행도 주무를 정도가 돼야 진정한 프로모터 아닌가.”

“하지만 스포츠 정신을 버린다면 그것은 이미 스포츠가 아니오.”

“하하! 감동적이군, 유중광. 하지만 나는 스포츠 같은 거 몰라. 나는 조폭이고 내 눈엔 오직 돈만 보여.”

이런 양아치 같은 자식.

이에나스는 유중광이 느끼는 혐오감과 증오를 즐기고 있었다. 놈이 괴이하게 웃으며 말했다.

“마음 편히 먹어, 유중광.”

무슨 뜻인가? 그 말은 시합과 목숨 모두에 해당하는 말이었다.

‘이자가 정말 나를 죽이기라도 할 셈인가? 하긴 이곳에서 죽는다고 누가 알아채기나 할까.’

“곧 백무혁에게 연락이 갈 거야.”

시합을 져달라고 하겠지. 그리곤 난 후엔? 과연 이자가 이런 음모를 알고 있는 나를 살려둘까?

중광은 머릿속이 복잡해졌다.

말을 마친 이에나스가 다시 계단을 올라갔다.

"이에나스 님, 부탁이 있소. 치료약을 주시오. 다리에 상처를 입어서."

일단 몸부터 추스르는 게 먼저였다. 이대로 분노한다고 풀릴 문제가 아니었다.

이에나스가 비웃듯이 말했다.

"이미 소독했으니 걱정하지 마. 크하하하하!"

지하실에 놈의 웃음이 울렸다.

쿠웅!

육중하게 문이 닫혔다. 다시 적막이 엄습했다.

소독했다고?

중광은 너덜너덜한 바짓가랑이를 들추고 상처를 보다 기겁하며 놀랐다. 환부는 불에 짓눌려 있었고, 주변까지 부풀어 물집이 잡혀 있었기 때문이다.

'정신을 차렸을 때 나던 성냥 황 냄새와 메케한 냄새가 내 살 태운? 이익, 이 무식한 놈들!'

중광은 놈들의 만행에 치를 떨었다.

녀석들이 놓고 간 빵이 보였다.

그때, 어둔 구석에서 부스럭거리는 소리가 들렸다. 제법 커다란 쥐가 한 마리 보였다. 잠시 생각하던 중광이 빵 한 조각을 떼어 던졌다.

쥐는 왔다 갔다 두리번거리다간 빵을 물곤 쥐구멍으로 들어가 버렸다.

중광이 빵을 준 이유는 굶주림에 지친 쥐들은 허기에 눈이 뒤집혀 간혹 사람을 공격할 수 있기 때문이었다. 특히 중광과 같이 상처를 입고 피가 묻어 있으면 잠자는 동안에 다가와 환부를 물 수도 있었다.

촤— 촤— 촤촤—

새벽인지 더 추워졌다는 생각과 함께 양철 지붕을 때리는 요란한 빗물 소리에 잠을 깼다. 빗소리를 듣고 있던 중광은 물 떨어지는 소리에 이곳이 고물상이거나 쇠를 취급하는 곳일 거란 짐작을 했다.

의식을 차린 지 삼 일째 되는 아침이었다.

이에나스가 강압적으로 무혁과 통화하라고 한 날이었다.

'내가 어떻게 그 말을 한단 말인가.'

중광은 밤새 이곳을 빠져나갈 궁리만 했다. 지금 그에게 남은 것은 탈출하는 것이었다.

삐— 이격.

녹슨 철문이 열리며 세 명의 사내가 들어왔다. 이에나스의 집무실로 끌고 가려는 자들이었다.

그들은 중광을 거칠게 침대로 밀어붙였다.

중광은 아픈 다리 때문에 힘없이 드러눕고 말았다.

기계적으로 중광의 팔을 들어올려서는 익숙한 솜씨로 준비해 온 밧줄로 두 손을 묶으려 했다. 밧줄은 비에 축축이 젖어 있었다.

순간 음산한 기분에 눈을 번쩍이며 중광이 손을 비틀어 빼내 한 놈의 턱에 주먹을 꽂아 넣었다.

"어쿠쿠!"

녀석은 충격을 받고 뒤로 벌러덩 드러누웠다.

"이놈 봐라?!"

옆에 있던 놈이 중광에게 재빨리 주먹을 날렸다.

슬쩍.

몸을 비끼며 놈의 턱에도 또 한 번의 주먹을 작렬시켰다.

와장창—

놈은 페인트 통 위로 요란한 소리를 내며 나가떨어졌다.

순식간의 사태에 당황한 나머지 한 놈이 육중한 체중을 이용해 중광을 덮치려고 침대 위로 몸을 날렸다.

"어림없다!!"

침대 위의 놈에게 중광은 왼발을 들어 면상에 박아 넣었다.

퍼억—

고개를 앞으로 꺾은 놈이 침대 아래로 굴러 떨어졌다.

쉬익—

중광은 재빨리 몸을 일으켜 세우며 앞으로 나섰다.

놈들이 일어서려 하고 있었다.

중광은 재차 축구공을 차듯이 올려붙였다.

퍽! 퍽! 퍽!

"크흑! 흑!"

놈들은 다시 바닥으로 뒹굴었다.

'으윽!'

무리했는지 중광의 오른쪽 다리에 통증이 일었다.

"저놈이 도망간다! 잡아!!"

절룩거리며 철문 앞으로 뛰어나가자 사내 하나가 뛰어들며 중광의 허리를 껴안았다.

"놓아라!!"

옆의 의자를 들고 몸을 비틀며 힘껏 내려쳤다.

우지직.

의자가 박살나며 비명도 못 지르고 놈이 입에서 피를 흘리며 그대로 고꾸라졌다. 부서진 의자 다리로 나머지 두 놈의 머리통을 마구 후려쳤다.

빠악! 빠악! 팍팍팍!

어차피 이판사판이었다. 놈들은 머리통이 깨져서 그대로 의식을 잃었다. 지하실은 온통 피범벅이 되어 냄새가 진동했다.

중광의 눈빛이 험악하게 변해 있었다.

문을 나온 중광은 문밖에서 빗장을 걸고 통로를 향해 걸었다.

뚝, 뚝.

무리하게 움직인 때문에 다리의 환부가 벌어져 피가 흘러내려 바닥을 흥건히 적시고 있었다. 다리를 절며 이끌 때마다 핏자국이 바닥에 끌렸다.

뻥—

중광이 거칠게 문을 발로 찼다.

놈들이 들어오며 방심한 탓에 바깥 통로로 나가는 문은 잠겨 있지 않았다.

우다탕—

드세게 문을 밀치고 나가 경사진 길을 오르기 시작했다.

비가 오는 날이라 길은 어둡고 침침했다. 체중이 쏠려 다리의 통증이 심해졌다. 수염을 못 깎아 텁수룩해진 중광의 얼굴이 일그러졌다.

허겁지겁. 마음이 바쁜 탓에 길은 무척 길게 느껴졌고, 몸은 굼뜨게 느껴질 뿐이었다. 중광은 사력을 다해 이제 막 오르막길을 올랐다.

녀석들이 정신을 차려 소란스러워지기 전에 빠져나가야 했다.

철조망이 살벌하게 쳐진 3미터 높이의 담장이 보였다.

'과연 저곳을 넘을 수 있을까?'

지금의 몸 상태론 무리였다.

그 옆을 보자 허술한 출입문이 보였다.

중광의 눈이 번쩍 뜨였다. 하나 몇몇 사내가 낄낄거리며 장작을 들고 나타나 구멍난 드럼통에 넣고 불을 지피고 있었다.

"제길!"

중광은 몸을 최대한 낮추고 뒤쪽 담장을 향했다.

폐자재가 쌓여 있는 뒤뜰은 꽤 넓었다. 그 뒤의 담장엔 역시 침입자를 방지하려 설치된 철조망이 얼기설기 엮여 있었다.

주위를 두리번거리며 인기척을 살피곤 담을 넘을 수 있는 보조물을 찾았다.

마침 드럼통이 몇 개 뒹굴고 있었다. 사다리 같은 것을 찾아보았으나 보이지 않았다.

마음을 정한 중광이 서둘러 드럼통을 바로 세우고 그 위에다가 드럼통을 쌓아 올렸다.

'높이는 이 정도면 되겠지?'

그 위로 올라서기 시작했다.

휘리릭—

웃통을 벗어 철조망 위에다 넓게 걸쳤다.

"후욱! 후욱!"

중광이 힘을 모으기 위해 호흡을 삼켰다.

거친 입김이 서늘한 새벽을 가르며 퍼졌다.

"타핫!"

짧은 기합을 내뱉으며 중광이 철조망 위로 몸을 날렸다. 상처 난 오른발을 먼저 옷 위로 올리고 다시 왼쪽 발로 담장 위를 딛고는 담장 바깥을 둘러보았다.

아래로는 잡풀이 우거져 있었다. 뛰어내려도 크게 상처를 입을 것 같진 않았다.

또 한 번 숨을 들이키곤 몸을 튕겼다.

"탑!"

됐다. 중광은 발을 굴러 아래를 향해 맹렬히 뛰었다.

하지만 그것은 중광의 마음뿐이었다. 마음만은 염원대로 이미 담장을 내려서 마구 달리고 있었다.

채찍에 목이 감겨 허공을 날고 있는 지금의 중광을 멀리한 채로.

뛰려고 몸을 세우는 찰나 거센 파공음이 뒷골에서 들려왔다.

중광의 곧추선 목을 뱀처럼 감아 싼 채찍은 그의 몸을 무참히 내동댕이쳐 놓았다.

와르르! 쿠당탕!

쌓인 드럼통이 중광의 몸과 함께 아래로 굴렀다.

"끄흑."

목이 조여지며 단말마의 비명이 중광의 목에서 터져 나왔다.

드럼통보다도 멀리 떨어져 밑에 깔리진 않았지만 그만큼 그의 목은 채찍에 세차게 당겨진 것이었다.

중광은 목에 핏발이 서며 눈앞이 하얗게 변했다. 이윽고 정신이 아득해졌다.

팽— 팽—

유성추(流星錐)였다. 고래 힘줄 끝에 참외 모양의 쇠 추를 묶은 무기였다. 줄 한쪽에만 추가 있는 것을 단유성추라 하고 양 끝에 단 것을 쌍유성추라고 한다.

녀석이 가지고 있는 것은 쌍유성추였다.

줄이 울기 시작했다. 중광이 줄을 맞잡고 있었다. 안 그러면 질식할 것만 같았다.

중광은 줄을 맞잡아 당기며 상대방을 노려보았다. 어둠 속에 웃고 있는 자. 동남아인임에도 키가 크고 피부가 까무잡잡한 게 눈매가 매서웠다.

"아주 재미있군. 캐캐캐!"

"넌 누구냐?!"

"오호, 건방지구나. 감히 내게 이름을 묻다니. 그 용기가 가상해서 말해주지. 마니교 서열 13위 나마유성(喇嘛流星)이시다."

"뭐라고? 너 미쳤다고?"

"흐흐흐흐, 아주 죽고 싶어 환장을 한 놈이구나!"

녀석이 모욕을 당한 듯이 얼굴이 붉게 끓어올랐다.

"점점 마음에 드는군. 클클클."

그런 중광을 나마유성은 흥미롭다는 듯이 바라보았다.

녀석이 음흉하게 웃다가 갑자기 세차게 당겼다.

방심한 목에 통증이 일었다. 중광은 손을 뻗어 줄을 잡고는 그 반동으로 몸을 일으켜 세웠다.

녀석의 얼굴이 일그러졌다.

"클클클, 제법이구나."

이제 중광은 어느 정도 버틸 수가 있게 됐다. 다른 한 손으로 목에 감긴 줄을 푼 그는 줄을 단단히 잡고 나마유성을 노려보았다.

"점점 재밌군. 한번 해보겠다구?"

씨익.

중광이 대답 대신 말없이 웃었다. 한번 붙어보잔 뜻이었다.

나마유성은 다시 줄을 당겨 중광의 중심을 흔들었다.

"너, 장난하니? 줄다리기라도 하잔 소리냐?"

중광은 놈을 가소롭게 여기며 몸에 힘을 주어 버티고 있었다.

순간, 놈이 회초리를 잡아채다가 힘을 풀었다. 중광의 힘이 반대편 쪽으로 쏠리는 틈을 타 땅을 박차고 올랐다.

"타핫!!"

아침 허공을 가른 일기성이 중광의 정수리로 쏟아졌다. 그와 동시에 발로 내려치고 있었다. 놈의 발엔 칼날이 장착되어 있었다.

순간적으로 숏아오른 놈이 중광의 머리 위에서 발을 올려 얼굴을 향해 강하게 뻗어 내렸다.

쉐에엑—

중광은 끝까지 기다렸다. 발이 거의 다다랐을 무렵, 얼굴을 뒤로 빼 몸을 비틀었다. 그리곤 연이어 사내의 다리에 줄을 감아 채었다. 중광이 기다렸던 것은 바로 이를 위해서였다. 대단한 순발력과 솜씨였다.

순간적인 역습에 발이 감긴 나마유성이 발버둥을 쳤다.

뻐억—

중광의 발이 놈의 턱에 작렬했다.

"크흑!"

놈의 피가 콧물과 함께 벽에 가서 붙었다.

바로 그 위로 몸을 날리며 중광의 주먹이 뻗어 나갔다.

움찔. 그러나 역시 다리가 문제였다. 충분히 뛰어올라 가격하려던 의도와는 다르게 나마유성의 얼굴 근처에도 채 못 미치곤 허공만을 갈랐다. 그래 가지곤 재빨리 움직이는 놈을 잡지 못한다.

"……!"

중광의 주먹이 공허함을 맛보는 순간 주먹이 배를 후벼 파고 들어왔다.

"으흑!!"

중광의 입에서도 핏물이 튀어나왔다. 대단한 공력이었다.

통증과 함께 바닥으로 떨어지며 중광이 몸을 웅크렸다.

다시 얼굴을 노린 발이 쏠려 들어왔다.

파학—!

얼굴을 맞은 중광. 심한 충격과 함께 땅바닥에 처박혔다.

모든 게 순식간에 일어난 일들이었다.

드럼통 구르는 소리를 듣고 달려오던 정문을 지키던 놈들이 이들의 몸짓을 보며 자기들의 눈을 의심할 정도였다.

"크흑!"

피를 닦으며 비틀거리던 중광이 일어섰다. 충격은 몸에 꽤 오래 남아 있었다.

하지만 이내 둘은 다시 노려보았다. 팽팽한 살기가 서로를 으르고 있었다.

"타합!!"

이를 악물고 나마유성이 다시 허공을 차고 올라 공중에서 몸을 돌려 다리를 뻗었다.

빙글.

중광이 짧게 돌아 허리를 비틀어 뒤쪽 허리띠를 잡아챘다. 그리곤 바로 놈의 장딴지를 들어올려 바닥으로 내리꽂았다.

파악!

나마유성의 머리통이 그대로 바닥에 꽂혔다.

퍼억!

순간 중광이 회심의 미소를 지었다. 하나 너무 섣불렀다.

떠— 엉—!

바닥으로 꽂히는 순간 띵 하는 충격이 올라왔다. 나마유성이 땅에 부딪침과 동시에 본능적으로 발을 뻗어 올려 중광의 얼굴을 차낸 것이다. 놈은 고수였다.

그 충격에 뒤로 넘어가는가 싶던 유중광의 몸이 유연하게 옆으로 비틀어졌다. 의식을 잃었지만 본능적 자기 방어의 마지막 몸짓이었다.

대가리를 처박힌 나마유성도 의식이 없긴 마찬가지였다.

"끄으윽."

황량한 바람이 의식을 잃은 두 사람을 훑고 지나갔다.

정신을 차렸을 때 중광의 앞에는 이에나스가 서 있었다.

"일어나셨군. 괜한 일을 하셨어."

중광이 몸을 일으키려다 당황한 표정을 지었다. 사지가 침대에 묶여 있어 힘을 주어 발버둥 쳐봤자 소용없는 짓이라는 것을 알게 되었다.

"역시 유중광답게 싸움 실력이 대단했다고들 하더구먼."

"……."

"이젠 그런 것도 다 소용이 없어졌지만."

"무슨 말이지?"

이에나스는 대답 대신 비웃듯이 웃음을 흘리며 뒤로 몸을 돌렸다.

그 뒤로 사내 하나가 주사 바늘이 놓인 은 쟁반을 들고 서 있었다.

이에나스는 그 위로 손을 올려 다시 뒤돌아서며 입을 열었다.

"자네를 길들이기 위해 우리를 좀 노출시켜 보기로 했지."

"무슨 수작이야?"

"흐흐흐흐, 즐겁지 않은가?"

일회용 주사기를 들고 공기를 빼낸 이에나스는 만족스러운 듯이 웃으며 중광에게 다가왔다.

"뭐, 뭐야? 무슨 짓이야?"

"자네는 너무 거칠어. 잠시 쉬는 게 좋겠어."

이에나스가 팔목을 누르며 주사 바늘을 가져다 대었다.

팔을 비틀어 빼며 중광이 몸을 요동치며 피하려 했지만 사내들이 달려들어 온몸을 꼼짝 못하게 했다. 중광은 팔뚝에 힘을 주어 주사 바늘이 더 이상 들어오지 않게 하려 악을 썼다.

"힘을 빼는 게 좋을걸. 다 너를 위해서야."

퍼억!

이에나스가 턱을 후려치자 고개가 반대편으로 젖혀지며 중광은 고개를 떨구고 말았다.

"한숨 푹 자두는 게 좋을 거야. 하하하하하!"

잠시 후 문이 닫히는 소리가 들렸다. 복도에서 울리는 괴악한 웃음소리와 함께 지하실의 칙칙한 어둠이 시작되었다.

차츰 중광은 의식이 희미해져 갔다.

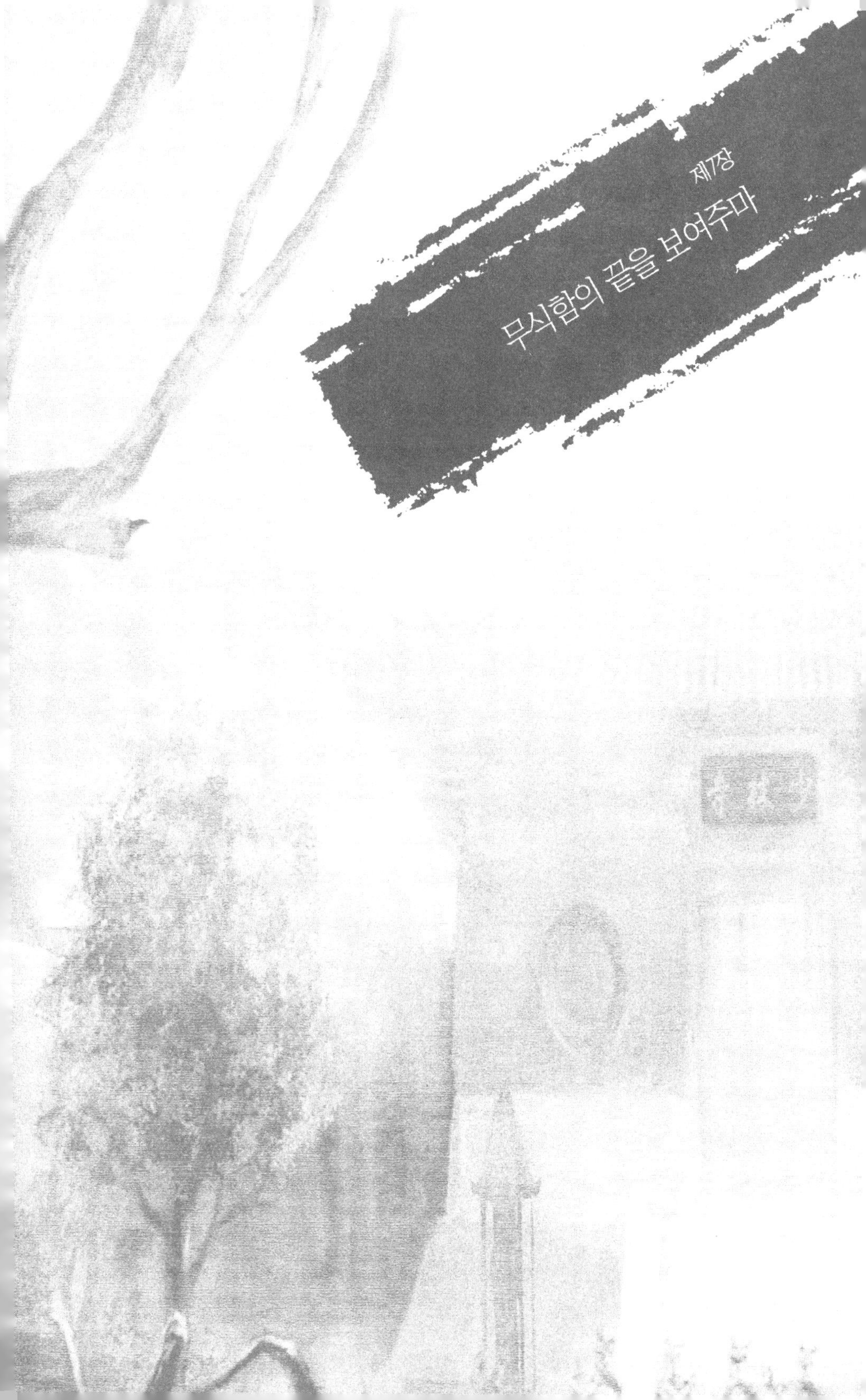
제7장
무시함의 끝을 보여주마

무식함의 끝을 보여주마

　남제 결승전. 락커에 앉아 무혁은 계속 휴대폰의 통화 버튼을 눌렀다. 지팡이와 용광검의 관계를 묻고 싶었던 것이다.

　하지만 컬러링만 나오고 받는 이가 없었다. 스승님께 무슨 일이 생긴 걸까 싶은 걱정이 되었다.

　"요즘 바쁘신 모양이네. 하긴, 시국이 시국이니까."

　아무래도 원의 총공세가 있을 예정이라고 했다. 그에 대비하느라 바쁜 모양이었다.

　"무혁아, 네 차례다. 나가자."

　락커 문이 열리며 오츠카의 목소리가 들렸다.

　"벌써?"

　시계를 보니 시간이 한참 지나 있었다.

　"왜, 무슨 일 있니?"

무혁의 안색을 살핀 오츠카가 걱정이 되어 물었다. 시합을 앞둔 선수가 다른 고민이 있다는 건 좋지 않았다.

"뭔지는 몰라도 지금은 시합만 생각해라. 모든 사람의 기대가 너에게 걸려 있다는 걸 명심하고."

"알았어!"

무혁이 단호하게 대답하고 락커를 나섰다. 복도에서부터 무혁을 환호하는 소리가 들려왔다.

"백무혁! 백무혁!"

다가갈수록 외침은 크게 들려왔다.

"이거 부담되는걸?"

너무 떠들썩하게 우상을 만들어놓으니 도리어 걱정이 될 판이다.

"너무 걱정 마. 그냥 단순한 게 좋아. 평소에 너 하던 대로 하면 돼."

"내가 평소에 어땠는데?"

정말로 궁금했다. 대책 같은 것도 특별히 세우지 않고 매 회 최선을 다했을 뿐이다. 지나고 나서 생각하면 어떻게 싸웠는지조차 신기할 정도로.

"그냥 쌍돌처럼 무식한 게 너의 트레이드마크지."

"쌍돌?"

의외였다. 좀 더 폼나는 걸 기대했는데. 대략 실망.

"응. 누가 패든 말든 그냥 들이밀다가 한 방 찍어버리고 뒤돌아서잖아. 완전 꼴통 스타일이지."

오츠카가 진중한 분석을 한 듯 눈까지 지그시 감고 고개를 흔들었다. 다시 생각해 봐도 자신의 해석이 적당하다 싶은 것이다.

"우이씨!"

"그리고 또 한 가지가 있지."

"그게 뭔데?"

이번에 뭔가 칭찬이 나올 것 같았다. 기대 만발.

"성격이 좋다는 것이지."

"그래, 맞아. 내가 성격은 좋지?"

칭찬이었다. 무혁의 기분이 좋아졌다.

"응. 그러니까 주는 대로 넙죽넙죽 다 받아 맞지. 너는 어떻게 된 놈이 풋웍도 없고 피하는 법도 모르고 때리는 대로 다 맞냐?"

"힉!"

칭찬이 아니었다.

"나는 정말 네가 무하마드 알리처럼 펀치드렁크 증후군에 걸려 어둔증으로 어버버거리고 다닐까 봐 걱정이다. 침도 질질 흘리면서."

어둔증(語遁症)이란 뇌에 충격 따위가 와서 말하고 반응하는 것이 느린 경우를 이르는 말이었다.

"쿵!"

기분이 불쾌했다. 하지만 불쾌한 것에 앞서 걱정이 먼저 들었다.

'그럼 안 되는데. 무수한 여자들한테 작업을 못 걸게 될 테니까. 아이고, 그럼 어쩌지? 피하는 연습은 하나도 안 하고 나왔는데.'

난감한 기분이었다. 그런 건 좀 미리미리 말해주지.

"야, 어디 가?!"

무혁이 걱정에 빠져 경기장 출입문을 지나쳐 가고 있었다.

"정신을 어디다 두고 다녀, 임마."

"응, 어둔증 걸렸을 땐 어떻게 작업해야 되는지 생각하다 보니."

"이런 밝힘증 환자 같은 놈아, 나오미라도 제대로 한 다음에 바람을 피든 말든 해봐라."

하긴 그렇다. 가슴을 비롯해 나오미의 입술도 가져봤고, 귀도 만져
봤고, 어깨도, 등도, 허리도, 허벅지도, 배꼽도 가져봤는데 유일하게 한
가지는 가져보지 못했다. 그건 맨 아래에 있는… 앙증맞은 발가락이었
다.

'그래, 나오미라도 완전히 가진 담에 생각할 문제다.'

주먹을 불끈 쥐었다. 자신의 스타일에 어울리진 않지만 계획까지 세
웠다.

"일단 때리는 대로 맞지 말자!! 타도 어둔증!! 세상의 모든 여자를 위
하여!!"

무혁이 경기장에 들어서자 더욱 커진 환호가 귀청을 때렸다.

"소림초살 백무혁이가 왔다!"

"백타의 마스터다!"

모두가 열광했다.

개중엔 머리가 희끗한 중년의 아저씨도 있었다. 나이는 오십대 중
반. 그는 요즘 무혁만 보면 힘이 불끈 솟으며 잃었던 젊음의 향수를 달
랠 수 있어서 좋다고 했다. 그는 감사의 뜻으로 소정의 선물을 준비했
다고 한다.

"무혁아, 우리 집에 놀러 와라. 내 마누라 줄게. 나이는 나보다 열
살 많다."

"아저씨, 오랜 손때가 묻은 것은 쉽게 남에게 넘겨주는 게 아닙니다.
뜻은 감사하오나 저는 받을 수 없습니다."

무혁이 정중히 사양을 하고 지나쳤다. 하지만 발은 무지무지 빨랐
다. 덜덜덜.

"백타의 마스터!! 백무혁! 어서 오시라라라라라라라!!"

링 아나운서 오오구찌가 무혁을 호들갑스럽게 환영했다.

"아직 안 짤렸수?"

"응. 나, 생각보다 질겨. 협회 가서 엄청 아부했다. 이히히히."

"그렇군요. 잘해보슈."

"고마워. 잘 좀 봐줘."

오오구찌는 한 발 더 나가서 무혁을 챙겼다.

"김치송을 들려다오!! 나는 김치송이 좋다!! 듣기만 하면 목청이 굵어지고 힘이 나더라!! 틀어라, 김치송을을을을!!"

지난번에 김치송이 안 나온 것을 두고 하는 말이었다.

쿵쿵따― 쿵쿵따―

덕분에 이번엔 제대로 김치송이 흘러나왔다. 무혁이 리듬에 맞춰 링을 한 바퀴 돌았다.

만약에 김치가 없었더라면~ 무슨 맛으로 밥을 먹을까이이이이~ 잉잉잉?

후반부에 가서 스피커에서 늘어지는 소리가 나왔다.

"뭐야, 이거? 김치송이 왜 다 쉬었어!!"

쉰 정도가 아니라 몇 년 묵은 오모가리로 변해 있었다.

무혁이 모욕을 당한 기분이 들어서 화를 냈다.

궁색해진 오오구찌가 변명을 했다.

"김치찌개는 쉬어야 제 맛이라…… 끄응."

"자꾸 이런 식이면 저 게임 못합니다. 이게 뭡니까?"

“판을 다시 구해오라고 하겠스므니다.”

옹색하게 구겨지는 링 아나운서. 한데 그가 왜 사과를 하지? 제딴엔 무혁에게 잘 보이려고 했다가 일이 꼬이자 자기 죄인 줄 아는 모양이다. 완전 개념 상실 상태다.

“야야, 얼른 판 구해와서 두 배로 틀어드려!!”

김치송이 중국집 자장면 곱빼기냐? 두 배는 무슨. 그의 지나친 호들갑에 관중석이 싸늘해졌다.

“고만 해라.”

“오오구찌 너, 너무 오버한다! 일 절만 해라!”

“오늘은 너한테 던지려고 보름 묵은 빤스 입고 왔다! 조심해, 너!”

“짜증나!”

점점 갈수록 설 자리를 잃어가는 링 아나운서였다. 아무래도 이번 경기를 끝으로 다시는 얼굴 볼 수 없을 듯.

그런 오오구찌에게서 관객의 시선이 갑자기 다른 곳으로 쏠리는 일이 생긴 건 참으로 다행스런 일이었다.

출입구에 상대 선수가 나타난 것.

모두의 관심이 그쪽으로 쏠렸다.

녀석이 무혁을 한참 꼬나보고 있었다.

기분이 불쾌했다. 하지만 심리전에 말릴 수는 없었다.

사실 그놈이 그렇게 보인 건 링 위에 무혁이 서 있었기 때문이다. 더구나 녀석의 키는 땅딸막했다. 당연히 위를 보려면 눈을 치켜떠야 했다.

찌리리릿!!

둘의 시선이 허공에서 부딪쳐 불꽃을 튀겨냈다.

까무잡잡하고 어깨가 벌어진 다부진 체격. 키는 무혁의 가슴 높이밖에 되지 않았다. 팔다리만 보면 체형적으로 무혁이 월등이 우세해 보였다.

하지만 이런 상대가 결승에 올라올 수 있었다는 건 자신의 핸디캡을 메울 비장의 필살기가 있다는 뜻이다.

둘은 이제 링 위에서 서로를 노려보고 있었다.

브라질 삼바호빙요. 키 175㎝. 몸무게 105킬로. 온몸에 검은 괴조와 뱀의 문신이 어깨와 등에 가득했다. 짐승의 갈퀴처럼 거친 뒷머리가 허리까지 늘어져서 뾰족한 흉기와 같이 찰랑거렸다.

"크크크크."

숨소리였다. 한데 짐승이 으르렁거리는 것처럼 들렸다. 무혁이 익히 짐작이 가는 반응이었다. 분명 약물에 연성되어 그 화독(火毒)을 다스리지 못하고 있는 것이다.

"불쌍한 놈, 무척 고통스러워하는구나. 내가 쉬게 해주마."

"클클클클."

녀석이 입가에 고인 침을 흘려냈다.

"나도 예전에 너처럼 굴다가 턱 빠진 적 있거든. 침 닦아라. 더럽다."

삼바호빙요가 등을 앞으로 휘며 어깨를 늘어뜨렸다. 겨드랑이의 활배 근육이 코브라의 목젖처럼 부풀어 오르며 녀석의 거친 갈기가 솟아올랐다.

"짐승 같은 녀석. 눈 깔아라."

그 소리에 대답 대신 놈의 눈빛이 붉게 빛났다. 오로지 놈에겐 무혁을 집어삼키려는 생각뿐이었던 것이다.

녀석의 독문절기는 까뽀에라였다.

까뽀에라는 사탕수수 재배를 위해 아프리카에서 끌려온 흑인 노예들에게서 유래된 브라질의 전통 무술이다. 17, 18세기에 걸쳐 브라질로 약 400만 명의 아프리카 흑인이 노예로 끌려와 가혹한 작업에 시달리며 인간 이하의 대접을 받았다. 그들은 스스로를 방어하기 위해 비밀리에 무술을 익히게 되었는데, 그것이 바로 까뽀에라였다.

그들 노예들은 농장주의 눈을 피하기 위해 춤을 가장하여 북소리와 음악에 맞춰 무술을 익혔다.

까뽀에라는 특히 발을 이용한 기술이 많이 발달하였는데, 흑인 노예들의 손이 언제나 묶여 있어 자유롭지 못했기 때문이다. 까뽀에라라는 명칭 또한 농장에서 탈출한 흑인 노예들이 숨어 살며 무술을 익히던 숲의 이름에서 유래된 것이라고 한다.

둥— 둥— 투드드둥— 둥—

천천히 울려 나오던 북소리가 조금 빨라졌다가 다시 느려지기를 반복하고 있었다. 전장을 향해 가는 전사의 북소리였다. 더구나 온몸에 가득한 문신.

무혁은 캄보디아에서 만난 사난이 생각났다. 무아이보란의 용사. 지독히 대단한 상대였다. 어쨌든 그는 자존심을 가진 무예인이었다. 한데 지금 앞에 선 이 녀석은 마인(魔人)이라고 했다.

그때에 비해 이번 시합은 더욱 어려울 것 같다는 생각이 들었다.

막 시합을 시작하려는데 남덕이 무혁의 전화기를 들고 달려왔다.

"헥헥! 무혁아! 헥헥!"

남덕의 상태를 보며 무혁은 뭔가 불길한 생각이 들었다. 남덕은 뛰는 걸 싫어했다. 맞아 죽더라도 뛰는 스타일이 아니었다. 한데 그가 헥헥거리고 있었던 것.

"형, 왜 그래? 대따 급한가 보다."

"유 사장이, 유 사장이……."

중광을 말하고 있었다.

"중광 형님이 왜?"

"일단 전화부터 받아봐."

"중광 형님 전화야? 줘봐."

남덕이 숨을 몰아쉬곤 전화기를 건네주며 말했다.

"이에나스 협회장이야. 헥헥."

"뭐?"

무혁은 더욱 불길한 기분에 몰리며 전화기를 들었다.

[결승에서 져라.]

청천벽력 같은 소리였다. 많은 사람들이 마인을 타도해 달라고 원하고 있는데 어떻게 그럴 수가 있단 말인가. 그 실망감을 어떻게 감당하란 말인가.

무혁은 머리가 멍해졌다.

하지만 유중광의 안부도 중요했다. 이렇게 이에나스가 노골적으로 말할 수 있다는 것은 그만큼 그가 유리한 입장에 놓여 있단 소리이다. 유중광은 생사의 기로에 놓여 있을 게 뻔했다.

이에나스의 요구는 계속됐다.

[절대로 그냥 지면 안 된다. 시합은 쇼 비지니스야. 관객이 만족할 만큼 충분히 맞아주고 나서 기절하든지 죽든지 해라. 그래야 관객도 마인의 강함을 인정하게 될 것이 아닌가. 흐흐흐.]

역겨워서 소름이 끼치는 웃음소리가 흘러나왔다.

"개새끼."

[네놈의 입에서 나온 욕이 오늘따라 듣기 좋구나. 그래, 맘껏 욕해

라. 하지만 잊어먹지 마라. 너는 오늘 뒈져줘야 한다는 것을. 흐흐하하
하!]

마음 같아선 당장 핸드폰 속으로 들어가서 놈의 아가리를 갈가리 찢
어놓고 싶었다. 입을 아예 홀라당 뒤집어 머리에 씌워주고 싶었다.

하나 어찌하겠는가.

중광이 미국에서 납치되어 있다는데. 당장 구하러 갈 수도 없는 처
지였다.

핸드폰 잡은 손을 떨구고 맥이 빠져 있는 무혁. 심상치 않게 느낀 오
츠카가 다가왔다.

"무슨 전환데 그래?"

"중광 형님이 납치되었다는군요. 시합을 포기하래요."

"뭐, 뭐?!"

"어떡할까요?"

"……."

누가 이런 상황에서 뭐라 대답할 수가 있겠는가.

오츠카는 그동안 준비해 온 기간이 안타까웠다. 하지만 무엇보다 충
격이 큰 것은 무혁일 것이다.

"네가 원하는 대로 해라. 맞아주든지, 맞아가면서 져줘야 하는 당위
성을 찾든지. 아니면 이것저것 생각없이 이겨 버리든지. 모든 건 네가
원하는 대로 해라. 추후에도 거기에 대한 책임은 묻지 않으마."

오츠카는 무혁을 알기에, 그리고 불가능에 도전하는 스포츠의 정신
을 알기에, 관객의 바람을 알기에, 그 바람이 어떤 의미인지 알기에, 또
한 유중광이 어떤 존재인지를 알기에 그 모든 것에 자신이 원하는 선
택을 해서 최선을 다하란 말이었다. 그것은 연약한 사람이란 존재가

가질 수 있는 선택과 도전의 문제라는 의미였다.

사람이 가진 특권, 선택, 그리고 불가능을 향한 도전.

"너의 길을 네가 가는 것이다. 우리는 너를 응원할 것이다. 너의 선택을 존중한다. 가라, 백무혁!"

오츠카가 준엄한 얼굴로 무혁의 양어깨를 꽉 쥐었다. 어깨에 오츠카의 마음이 그대로 전해졌다.

'그래, 지더라도, 죽더라도 의식만은 잃지 않는다.'

오츠카와 처음 무대에 섰을 때 했던 생각이기도 하다.

무혁은 정신만은 꼿꼿하게 차리고 이번 일을 맞아들이기로 했다.

"형, 하나 물을게요."

"응."

"내가 정말 무식해요?"

"응."

씨익.

"너의 매력이야."

"클클. 알았어요, 형. 저, 갔다 올게요."

그래, 가자. 시발, 내 무식함의 끝을 보여주마.

땡!

종이 울렸다.

무혁이 가드를 내리고 처벅처벅 앞을 향해 걸었다. 언뜻 보기에도 무방비 상태로 적진을 향해 가고 있는 모습 같았다.

부웅!

삼바호빙요 녀석이 그걸 놓칠 리가 없지.

　도약을 하고 허공으로 날아오른 놈이 발끝을 위로 두고 몸을 아래로 뉘었다. 마치 허공에서 발끝이 멈춘 듯했다. 그 상태로 놈이 덤블링하듯 몸을 돌렸다.

　"타합!!"

　몸을 뒤집은 놈이 360도 회전을 하며 솟구쳤던 발을 해머처럼 내려쳤다.

　빠악!

　경쾌한 타격음이 무혁의 머리에서 울리며 경기장에 퍼졌다.

　펑!

　무혁의 몸이 두 장의 거리를 날아가 링 사이드에 처박혔다.

　초반부터 황당한 사태에 벤또가 목소리를 높였다.

　"아, 백무혁 선수! 초반부터 너무 방심했어요! 상대가 까뽀에라 초고수인 걸 몰랐던 모양입니다. 요즘 승승장구했다고 너무 게을러진 거 아닌가 모르겠군요."

　옆에 있던 쓰메끼리가 받았다.

　"저런 정신 자세론 오래 못 가죠. 선수에겐 실력도 필요하지만 성실함도 무척 중요하거든요. 연습을 안 한 모양입니다."

　잘하면 우리 편, 못하면 너네 편. 둘은 결국 일본 놈의 속성을 여지없이 드러내고 있었다.

　"백무혁 선수, 아무래도 들것이 필요하겠어요."

　"들것만 가지고는 사방에 튄 쌍코피를 감당 못할 테니 앰뷸런스를 경기장까지 불러야 할 듯합니다."

　"아하, 제가 생각이 짧았군요. 피 닦으려면 소방차도 불러야겠죠?"

　"아무래도 그래야 할 듯."

“저런 코피는 휴지로 닦으면 안 됩니다.”

“그럼 어떻게 해야죠? 솜으로 코를 막아야 하나요?”

“아닙니다. 바가지로 피를 받아내야 합니다.”

“아, 정말 쌍코피가 철철 흐르는군요.”

“아깝습니다. 저만한 양이라면 헌혈 두 번은 하겠는데요.”

“헌혈하면 초코파이하고 우유라도 주지요. 지금 백무혁 선수는 개 피 보고 있는 겁니다.”

“안타깝군요.”

이런 시방새들. 마이크로 콧구멍을 막아버릴까 보다.

심판 마따구라가 넘어진 무혁의 상태를 점검하러 왔다.

“이봐, 괜찮겠어?”

“당연하지.”

“쌍코피가 너무 나오네. 닥터스톱해야 할 듯하다.”

“날 스톱시키면 그 순간 네 인생도 스톱이야.”

무혁의 눈은 쟁쟁하게 살아 있었다.

“협박하는 거냐?”

“응.”

“그래, 알았다. 코피만 닦고 다시 나와라.”

“고마워. 하지만 명심해. 내가 인정하기 전에 여기서 시합을 끊으면 모든 게 끊어질 줄 알아.”

무혁이 마따구라의 사타구니를 쳐다보며 말했다.

‘헉! 이, 이 녀석이 감히 내 걸 노려?’

심판은 괘씸한 생각이 들었다. 하지만 참아야지 어쩔 수 없었다. 일 개 선수가 그랬다면 가소로웠을 것이다. 하지만 상대가 백무혁이라면 얘기가 달랐다.

'이놈, 빵집 하는 게 꿈이라던데. 나 졸라 패고 프라이드 안 해 하고 나가면 어쩌지? 그럼 고자된 나만 손해지. 암암, 나는 갈 곳도 없는데.'

하지만 무혁이 한 말은 사실이었다. 자신이 왜 시합을 지고 이겨야 하는지 그 이유를 찾아야 했다. 차라리 흠씬 두들겨 맞으면 좀 이해가 될 듯싶었던 것이다. 그 시간을 누구도 빼앗을 순 없었다.

"오거라, 마인."

무혁이 지혈을 하고 다시 링으로 나왔다.

픽—

녀석이 쏜살같이 접근했다. 이번엔 달려오던 속도로 허공을 박차고 몸을 돌렸다.

쉐에에액—

두 다리가 동시에 무혁의 정수리를 향해 떨어졌다.

퍼억!

쿵!

충격에 무혁이 그대로 앞으로 떨어져 사지를 벌리고 퍼졌다.

"아, 대체 백무혁 선수, 왜 나온 겁니까. 아직도 맷집 자랑하는 선수가 있단 말입니까."

"그러게 말입니다. 프라이드가 덩치와 맷집으로 승부하던 시기는 얼른 지나가야 해요. 이제 기술의 시대입니다. 화려한 기술만이 관객을 충족시킬 수가 있습니다."

"하지만 백무혁 선수의 트레이드마크는 무한 맷집이었잖습니까. 저러다 한 방이 있는……."

"한 방은 무슨, 저게 지금 한 방 있는 모습입니까. 상대는 마인 삼바호빙요예요. 예전 생각만 하고 노력을 안 하면 저렇게 되는 겁니다. 그리고 예전에 한 방 없던 사람 어딨습니까. 저만 해도 소싯적 엔……."

벤또가 주먹을 불끈 쥐어 보였다. 약간 민망해진 쓰메끼리가 말을 돌렸다.

"아무튼 백무혁 선수, 후배들을 위해 좋은 본보기를 보여주고 있습니다. 자신처럼 하면 안 된다는 것을 직접 몸으로 보여주려 애를 쓰네요."

"저런 건 비디오로 찍어서 교본으로 팔아야 해요."

벤또와 쓰메끼리. 두 놈은 아주 가관이었다.

관중석은 무혁의 졸전으로 아예 도탄에 빠져 있었다.

"흑흑흑! 아니, 인간은 정녕 한계가 있는 존재란 말인가! 으헝헝!"

아까 선물을 주겠다던 중년인의 울음소리였다.

"백무혁, 내 청춘 돌리도! 책임져라, 내 마누라를!"

그 소리에 모두가 엄숙한 분위기에 젖어들었다.

"대체 백무혁 선수, 왜 저러는 거야?"

"마인한테 쫄았나 봐."

"감기 몸살 아닐까?"

"저 중년인 말에 의하면 저 사람 마누라랑 밤새 뭔 일 있었는가 봐."

"백 선수 다리가 완전 풀린 게 그럴지도 모르겠네."

"그럼 실망인데."

차츰 무혁의 졸전에 관중석에서 야유가 터져 나오기 시작했다.

벌써 무혁은 수도 없이 넘어지고 있었다.

하지만 아직도 정신은 또렷했다. 그게 문제였다. 아직 정신이 멀쩡하다 보니 그대로 쓰러져 패를 인정할 수가 없었던 것.

그것은 무혁의 자존심이기도 했다.

바늘 하나 들 힘이 없을 정도로 지치고 아무 생각도 나지 않을 때까지 맞으면 이 상황을 받아들이려나? 자기 몸이 인정할 때까지. 그 때문에 무혁은 아직도 쓰러지려면 멀었던 것이다.

삼바호빙요가 또 몸을 뒤집어 공격해 왔다.

무혁이 이번에는 살짝 피했다.

쫘당—

이번에도 맞아줄 줄 알았는데 피하자 놈이 제풀에 링 바닥으로 굴렀다.

"그것도 지겹다! 다른 걸로 공격해 봐, 짜식아!"

무혁이 주먹을 쥐고 몸을 옴짝거리는 제스처를 취하자 녀석이 공격하는 줄 알고 버벅거렸다.

"어어!!"

놈은 두 손바닥으로 눈을 가리며 엉거주춤 방어 자세를 취했다.

땡—

그때 1라운드 종료를 알리는 종이 울렸다.

"아, 시발! 바위도 산산조각 내는 내 마공 킥을 열 대 맞고 버티는 놈이 있다니."

놈이 고개를 절레절레 흔들며 코너로 돌아갔다.

생각이 많았던 10분이 지옥 같았다.

하지만 무혁은 일부러 씨익 웃으면서 돌아왔다. 억울함을 감추려는 과장된 웃음이었다.

눈이 퉁퉁 붓고 코피가 볼따구니에 번진 게 만진창이가 된 얼굴이었다. 입술은 퉁퉁 부어 콧구멍을 가려 숨 쉬는 게 거북해 보일 정도였다.

"수고했다. 생각이 많더구나."

오츠카는 그의 마음을 알고는 숙연한 표정이었다.

"아냐. 나, 아무 생각 안 했어. 피나 얼른 닦아줘. 닥터 보기 전에."

"이러다 심판스톱이 나올까 걱정이다."

"심판은 쥐약 쳤어. 닥터나 협박해 줘. 닥터스톱하면 햄버거 백 개 먹어 버리겠다고."

"클클클. 그래, 음료수도 주지 말자."

"히히히, 그거 재밌겠다."

무혁이 언제 깨졌냐는 듯이 낄낄 웃어댔다.

오츠카가 그 웃음을 보고 착잡한 기분이 들었다. 저렇게 해서라도 견디는 것이리라.

"바보 자식."

"형, 나는 즐거워. 나는 누군가를 위해 고민해 본 적이 별로 없는 녀석이거든."

"……."

우직한 녀석. 너는 그래도 매력있어.

"근데 말이지, 내가 시합에 지면 중광 형님은 무사히 돌아올까?"

"네가 통화했지 내가 통화했냐? 전화할 때 물어보지, 바보야."

"그러게."

무혁은 뒤통수를 긁적였다.

"남덕 형은 어디 갔어?"

"나오미 양 데리고 나가 있으라고 했어."

“잘했어.”

땡—

다시 2라운드를 알리는 종이 울렸다.

“무혁아.”

“왜?”

“적당히 생각해라.”

“응.”

샌프란시스코 시내 인근의 허름한 야적장. 중광이 갇혀 있는 곳이었
다.

“와— 와— 와—”

뭔가 바깥이 소란스러웠다.

뭔가 변화가 올 법한 분위기에 중광이 숨을 깊이 들이마셨다.

중광은 지하 골방에 혼자 있었다. 헝클어진 침대에 걸터 앉아 얼굴
을 숙이고 있던 그가 아득한 절망의 심정으로 고개를 들었다.

무심히 주위를 둘러보았을 때 간이 책상 위에 놓인 접시들이 차갑게
식은 음식들을 담아놓고 있었다. 며칠 동안 음식엔 통 손이 가지 않았
다.

그건 중광의 착잡한 심정 때문만이 아니었다. 놈들에 의해 팔뚝에
주사가 놓여진 다음부턴 식욕이 없었다.

놈들은 그 짓을 매일 의식을 치르듯이 했다.

중광은 반항했지만 저항은 으레 거치는 하나의 형식일 뿐이었다.

그들도 그런 그를 당연한 듯이 다루었고, 발광하던 그도 주사 바늘
이 몸에 닿기만 하면 길들여진 짐승처럼 자포자기의 심정에 빠지곤

했다.

빠르게 혈관을 스며드는 약물의 신속성 때문이 아니었다. 차갑고 따끔한 금속성의 촉감은 이제 그의 의지를 점령해 버린 지 오래였다.

절망. 지금의 중광이 그랬다. 몸을 따라 흐르는 피에 약물이 젖어 흐느적거리는 자신을 확인할 뿐이었다.

이제는 더 이상 그를 묶어두지 않았다. 중광이 마약에 중독됐다고 여긴 탓이었다.

사실 식사를 하지 않아도 허기를 느끼지 않는 자신을 보며 그는 몸이 망가져 가고 있다는 걸 알고 있었다. 몸을 걱정해 억지로 식사를 하고 나면 트림만 나오고 속이 불편했다.

이에나스. 녀석은 예상했던 대로 마약 사업에 손대고 있었다.

약 기운이 떨어져 추위에 떨고 있을 때 그가 의식 없는 중광을 보고 징그럽게 웃으며 혼잣말하듯이 중얼거렸다.

"유중광, 이제 결국 너는 나를 도와 이 사업을 하게 될 거야. 우리 같이 백만장자가 돼보자구."

"네놈 뜻대론 안 될 거다."

말은 그렇게 했지만 이제 중광은 자신이 없었다. 이곳을 빠져나갈 자신도 없었고, 만일 나가더라도 희망이 보이지 않을 것 같았다. 자포자기의 무력감에 빠진 상태였다. 마약이 가져다주는 부작용이기도 했다.

부작용은 또 있었다. 가끔 잠을 자다가 목이 졸리는 악몽을 꾸기도 하고, 몸 안에서 벌레가 스멀스멀 기어다니는 환각에 시달리기도 했다. 몸을 긁어대는 횟수가 잦아지면서 손톱에 의한 상처도 늘어났다.

퉁퉁하게 살이 올랐던 얼굴은 이미 광대뼈가 불거지고 수염이 지저분하게 덮여 있었다. 거울을 봐도 자신조차 알아보지 못할 것 같았다.

폐인……. 그 말을 생각할수록 더욱 무기력해지는 자신을 느꼈다.

악몽을 꾸듯이 깜짝깜짝 놀라던 그가 뒤숭숭한 기분으로 일어나 습관적으로 자신의 목을 문질러 보았다. 악몽을 꾸면 흐르던 식은땀이 느껴지질 않았다.

'웬일이지? 땀도 없이 잠에서 깨다니.'

분명 뭔가에 놀라 잠을 깬 것이다. 한데 자신의 몸엔 변화가 없었다. 대체 나를 깨운 게 뭐지?

다시 눈을 감고 잠을 청하려다 놀란 듯 눈을 뜨게 된 것은 계단을 구르는 듯한 요란한 소리와 함께 들린 악에 받친 목소리 때문이었다.

"하나도 남김없이 싹 쓸어버려!"

"저놈 도망간다! 쫓아가 잡아!"

우장창― 와르르―

집기가 날아가고 부서지는 소리가 들렸다.

누군가 가까워 오고 있었다. 직감적으로 중광은 자신의 방문이 젖혀질 것을 알았다.

왈칵!

여지없이 문은 거칠게 열렸다.

황급히 달려들어 온 세 놈이 중광을 거칠게 끌어내었다.

"어이, 뽕쟁이! 빨리 나와!!"

개자식, 자신들이 질러놓고 놀리다니. 중광은 모욕감을 느꼈다.

"우리도 도망가기 바쁜데 이런 놈을 꼭 데려가야 해?"

"이에나스 님의 명령이잖아."

"에이, 시발! 가자!"

놈이 멱살을 잡아 끌어당겼다.

확실히 놈들은 서두르고 있었다. 위층에선 난투극이 벌여졌는지 요란한 소리가 계속 들리고 있었다.

주차장으로 들어섰을 때 BMW 750i 한 대가 도망가고 있었다. 그 안에 이에나스의 얼굴이 보였다. 사색이 되고 얼굴이 노랗게 뜬 게 혼비백산한 표정이었다.

중광도 차에 밀어 넣어졌다. 자신이 납치될 때 봤던 검정 벤츠였다.

벤츠는 이에나스의 차를 따라 바로 출발했다. 가파른 오르막길을 올라서자 이에나스의 차가 막 정문을 벗어나고 있었다.

주차장을 벗어나 정문을 향해 달리는 차 안에서 중광은 고개를 돌려 왼쪽을 쳐다봤다. 야적장 곳곳에서 혈투가 벌어지고 있었다.

유성추를 든 나마유성이 눈에 들어왔다. 놈은 덮개가 벗겨진 소형 지프에 뛰어오르고 있었다. 놈도 도망치려 하고 있었다.

하지만 침입자들은 그를 가만히 놔두질 않았다. 오픈 지프 위에서 유성추가 휘둘러지고 있음에도 집요하게 파고들고 있었다.

끼이이익!!

바로 그때 벤츠가 핸들을 꺾으며 급정거를 하자 중광이 유리창에 머리를 부딪쳤다.

쾅!

"으흑!"

중광의 입에서 신음성이 흘러나왔다. 고개를 들자 커다란 밴 승합차 한 대가 득달같이 달려드는 게 보였다.

"으아악! 충돌한다!"

순간 커다란 충격과 함께 유리창이 깨지고 문짝이 찌그러들었다.

밴 승합차에 밀려 벽에 가서 처박힌 차 안의 동남아 놈들은 부랴부라 차를 버리고 도주하기 시작했다.

중광이 부상당한 척 뒷좌석에서 버티자 놈들은 포기하곤 황급히 달아나기 시작했다. 하지만 얼마 가지 못해서 놈들은 이내 밴 승합차에서 나온 사내들에게 포위당했다.

"요런 쥐새끼들! 니들 다 죽었어!"

침입자들이 동남아 놈들을 에워쌌다. 그 말을 듣는 순간 중광은 반가움이 솟구쳤다. 그들은 한국 사람이었다.

"우리가 누군지 알아? 우린 선택받은 마니교의 순례자들이야! 니들이 함부로 다룰 인물들이 아니란 소리지."

"뭐, 뭐라고?"

그럼 이들이 마니교도들이란 말인가.

"앞으로 세상의 주인이 될 분을 모시는 사람들이다! 경배하라!"

"이런 미친 새끼들! 애들아, 밟아버려라!"

우당탕탕!

퍽. 퍽. 퍽. 퍽.

말 그대로 다 밟아버리고 있었다.

"이익, 이 자식들이! 애들아, 쳐라!"

"존명!"

팍. 팍. 팍. 팍.

이번엔 마니교도들이 주먹을 뻗어냈다. 제법 매서운 반항이었다.

마니교도 모두 싸움 솜씨가 뛰어났다. 주먹질에 정통으로 얼어맞아 땅바닥에 구르는가 싶으면 어느새 발을 올려 차댔다. 땅바닥에 구르는가 싶으면 어느새 바닥을 차고 일어나 매서운 주먹을 내질렀다. 정말로 팽팽한 대결을 벌이고 있었다.

"대체 마니교란 놈들은 뭐지? 사이비 종파인가?"

중광이 들어본 적이 없는 집단이었다.

하지만 마니교 놈들도 시간이 지나자 지친 기색이 역력히 드러났다. 워낙에 많은 인원이 야적장을 들이닥친 것이다. 이 정도의 침투라면 뭔가 작정을 하고 기습한 것이다.

빡빡빡! 빡빡빡!

"으흐흑! 분하다! 끄흑!"

마니교도들은 한 명이 무너지기 시작하자 그 힘의 열세에 의해 허점이 생기며 야적장 바닥에 쓰러져 버렸다.

밴에서 내린 다섯 명의 한국인도 무사한 건 아니었다. 싸움이 끝나자 한 명은 주저앉아 버렸고, 또 다른 사내는 팔을 부여잡고 고통스러운 얼굴을 했다. 이런 사람들이 어떻게 좀 전까지 맹렬한 혈투를 했을까 싶었다.

한국 사람들은 한번 돌면 뵈는 게 없다더니 사실이었군.

중광은 일단 차 안에 남아 있었다. 이들이 적군인지 아군인지 피아 식별이 안 되고 있기 때문이다. 세수도 못해 까무잡잡한 얼굴과 수염. 괜히 나가 동남아인으로 오인받아 봉변당할 필요는 없었다.

"히야얍!!"

퍽!!

기합을 내지르는 입을 막아버릴 듯한 타격음.

중광이 고개를 들어 보았을 때 나마유성의 턱에 꽂히는 발끝이 보였다. 녀석은 기합을 내지르다 말고 입을 벌린 채 지프 보닛에 떨어졌다.

쿵!

지프 뒤에 있는 나마유성을 누군가가 도약해 돌려차기를 해대고는 내려서고 있었다.

"크흐흑!"

놈이 울컥 피를 토해내며 분해했다.

"나마유성 님!"

마니교인들이 놈을 에워싸고 처절한 몸짓으로 발악하고 있었다.

퍽! 퍽!

지프 안으로 달려들었던 한국인들이 밖으로 팅겨져 나와 굴렀다.

"달려라! 이에나스 님을 따른다!"

부르릉! 크아하항!!

지프가 거친 음을 토해내며 달려나가고 있었다.

"어딜 도망쳐, 이 쥐새끼들아!!"

크아아항! 쾅!!

밴 승합차가 후진으로 길을 막아섰다. 밴 범퍼에 부딪친 지프가 한 쪽으로 기울어지며 바퀴가 들렸다.

끼기기기긱—

한쪽 바퀴가 들린 채로 요란한 소리를 내면서도 지프는 정문을 향해 질주하고 있었다. 아주 처절해 보였다.

우당탕탕—

철문을 부숴 버린 나마유성이 탄 차가 꽁지 빠지게 도주했다.

온통 깨어진 유리창과 부서진 의자와 쇠붙이가 뒹굴고 있는 앞뜰이 텅 비어 보였다. 그 사이로 바람만이 흐느적거리고 있었다.

이들은 대체 왜 이곳에 나타났을까.

누군가가 뒷창문을 두드렸다.

중광이 천천히 밖으로 나섰다.

중천으로 떠오르는 햇살의 역광에 비춘 남자. 검게 탄 피부에 이제 막 전쟁에서 돌아온 장수의 모습처럼 헝클어진 머리. 나이는 자신보다 어려 보이는 건장한 체구의 사내. 그자가 입을 열었다.

"유중광 형님이시죠."

"나를 아오?"

"강산 보스가 보내서 왔습니다."

"산이가?"

"저는 박진기라고 합니다."

후원금을 낸다는 유중광이 연락이 안 되자 이를 심상찮게 여긴 양 사범이 강산에게 의뢰를 한 것이다. 괘씸한 놈 좀 찾아달라고.

박진기는 강산의 샌프란시스코 한인 갱단 조직을 이끌고 있는 후임 자였다.

사내들이 다가와 중광을 부축해 그들의 차로 데려갔다.

"이젠 산 건가……."

갑작스레 찾아온 그 자유가 믿기지 않을 정도였다. 지난 며칠은 정말 악몽이었다.

점점 멀어지는 건물을 보며 끔찍한 기억에 치를 떠는 중광의 어깨 위로 햇살이 아늑하게 감겨왔다.

"전화 좀 주게나."

"무혁아! 무혁아! 헥헥!"

무혁이 쌍코피를 닦으며 링 바닥에 누워 있는데 남덕이 또르르 달려 왔다.

"중광 형님이!"

"형님이 뭐?!"

행여 불길한 소식일까 싶어 무혁이 화들짝 놀랐다.

"그냥 네 볼일 보래! 헥헥!"

중광의 구출 소식은 신속히 무혁에게 전해졌다.

"그거 이제 지겹다고 했지?!"

무혁이 이번에도 덤블링을 해서 공중에서 돌고 있는 놈의 등짝을 발로 밀어버렸다.

뻐억!

놈은 배가 접혀 링 바닥에 구겨져선 물 묻은 빨랫비누처럼 미끄러져 구석에 가 처박혔다. 킥을 하느라 원래부터 뒤집어진 채로 이번 사태를 맞이하게 된 녀석은 뭔가 어리둥절했다.

'어? 내가 왜 이 자세로 구석에 와 있지?

파바바곽!

쏜살같이 달려든 무혁. 그대로 바깥에서부터 안쪽을 향해 킥을 휘어찼다. 월드컵 16강 파이팅!!

부우웅─

퍼거덕!

"꺼으흑."

놈의 면상에 족격이 작렬했다. 구겨진 녀석의 몸이 쭉 펴지며 날아가더니 링 로프에 빨래처럼 대롱대롱 널렸다.

생각 같아선 로프로 둘둘 말아버리고 싶었다.

그때 심판이 달려들어 말렸다.

"스톱! 스톱!"

억울하다. 여태 맞은 게 얼만데. 딱 두 대밖에 못 때렸는데.

놈의 의식 상태를 확인하곤 두 손을 엇갈리게 저었다.

"백무혁 승!"

땡— 땡— 땡땡—

경기 종료를 알리는 종이 시원하게 울렸다.

하지만 무혁은 하나도 시원하지 않았다.

'내가 더 많이 맞았는데.'

"잠시 비켜주세요."

"의식을 잃었을 때 치면 안 된다. 알지?"

"알아요."

심판이 비켜주었다. 무혁이 녀석의 상태를 확인하고 격려해 주려니 생각했겠지?

하지만 마인은 박멸 대상. 무혁에겐 제거해야 할 놈들이었다.

속으로 작게 읊조렸다.

'아라한 신권!'

쉐애애액—

팡—

권풍은 삼바호빙요의 머리통을 관통해서 뒤에서 터졌다. 녀석의 갈퀴 같은 뒷머리가 잠시 허공에 날렸다.

풀썩!

"뭐야? 누가 풍선을 터뜨리고 지랄이야!"

"그러게 말야. 여기가 유원지냐?"

"이런 데 애를 데리고 오는 몰지각한 놈도 있어?"

"그러게. 애가 뭘 배우겠어?"

"그런 놈은 부모 자격 박탈하고 애를 안전보호소에 격리시켜야 해."

"맞아, 맞아."

맞기는.

관중들의 웅성거림 속에 삼바호빙요의 몸이 로프에서 빠지며 관중석 바닥으로 떨어졌다. 권풍이 작렬한 놈의 머릿속은 포맷한 컴퓨터처럼 허옇게 비어 있었다.

원래 프라이드 규칙상 의식 잃은 상대를 링 밖으로 던지면 실격패였다. 하지만 문제는 아무도 권풍이 발경했음을 눈치채지 못했다. 무혁의 몸이 닿진 않았으니까.

백무혁, 마인을 빨래하고 남제를 제패하다.

다음날, 닛간스포츠의 메인 타이틀 기사였다.

'사부님, 전화 좀 받으세요.'

무혁은 몇 차례나 전화를 걸고 있었다. 하지만 좀처럼 통화가 되지 않았다.

막 전화를 끊으려고 하는데,

[제자구나…….]

"스승님, 왜 이렇게 전화를 안 받으셨어요? 걱정했잖아요."

[허허, 녀석. 이 팔공을 걱정해 주는 사람은 너밖에 없구나. 그래, 잘 지냈느냐?]

어딘지 스승의 목소리가 착 가라앉아 있었다.

분위기를 좀 띄워야지. 예쁜 짓도 좀 하고 너스레도 좀 떨고, 어리광도 부려 드려야지. 히히.

"스승님, 기뻐해 주세요. 제가 남제 우승 먹었어요. 제일 먼저 소식을 전하고 싶었는데 연락이 안 돼서 이 제자, 슬펐사옵니다."

[허허, 그랬느냐. 축하한다. 그래, 별다른 일은 없느냐?]

엥? 뭐가 이리 시시해? 피, 마구 좋아해 주실 줄 알았는데.

그렇다면 이번엔 더 강력한 걸로.

"스승님, 기뻐해 주세요!"

[왜 용광검이라도 찾았느냐?]

엥? 이럼 또 시시해지지. 무혁은 삐쳐서 대꾸를 안 했다. 그럼 어리광 작전이다. 이히히.

[왜 대답이 없느냐? 못 찾았느냐?]

"못 찾았어요. 이 넓은 세상에 그걸 어디 가서 찾겠어요? 스승님도 참 너무하시지. 저는요, 그런 거 찾는 사람이 아니거들랑요."

[그… 랬… 구나……. 그래, 역시 무리였던 모양이구나.]

스승의 목소리가 적지 않게 실망을 내색하고 있었다.

아니, 오늘 스승님, 대체 왜 이러시지?

"스승님, 사실은요……."

무혁은 갑자기 솔직해지려니 재미가 없어지고 맥도 빠지고 무안하기도 했다.

한데 스승의 반응이 더 먼저였다. 이내 그 뒷말을 알아챈 것이다.

[찾았구나! 찾았어! 되었다! 이제 되었어! 오, 나무관세음보살!]

말도 하지 않았는데 팔공은 정신없이 부처님을 찾고 있었다.

미쳐, 미쳐. 에유, 영감탱이. 이럼 재미없지.

"피, 스승님은 제가 남제 우승한 거보다 그게 더 좋아요?"

[허허. 녀석, 그새 삐쳤느냐?]

"그럼요. 나는 스승님을 걱정하는데 스승님은 제 생각 하지도 않구. 화남."

[허허, 그랬느냐. 미안쿠나.]

"한데요, 스승님."

[왜 그러느냐? 뭐가 이상하더냐?]

팔공은 뭔가를 짐작하고 있다는 듯했다.

"용광검이 좀 이상해서요. 저는 검이라고 해서 검집에 검병(劍炳)과 검신(檢身)이 꽂혀 있다고 생각했거든요."

[한데 그게 없더냐?]

"예. 꼭 지팡이 같아요."

[선장(仙仗) 같더냐?]

"네, 맞아요. 지팡이 표면에 용이 두 마리가 새겨져 있어요."

[고맙구나, 고마워. 무혁아, 제대로 찾은 듯하다. 속설에 용광검에 관한 얘기는 두 가지이다. 하나는 일반 검과 같다는 말과 또 하나는 지팡이라는 말이 있다.]

"그랬어요? 하지만 그렇다면 이게 어떻게 검이 된다는 말입니까?"

[글쎄다. 원래 고대의 검이란 왕의 권위를 상징하는 것이었느니라. 요즘처럼 흔하지가 않은 귀한 것이었지. 때문에 왕위를 상징하고 권능을 지닌 부장품으로 존앙을 받았던 것이란다.]

"통권자의 상징적 의미였군요?"

[용광검이 검이 아니더라도 하늘 신이 내려준 권위를 상징하는 의미이기도 하단다. 사람들이 신령한 것에 검이란 으뜸의 의미를 붙인 것이지.]

언젠가 들어본 듯도 하다. 검이란 명칭이 금이라고도 불렸고, 뜻도 금(金)이란 귀한 것을 의미하게 되었다고 했다. 또 고대 최고의 권력자 대족장인 왕검(王儉)이란 말이 임금이란 말로 변했다고 들었다.

"그렇다면 용광검은 용의 빛을 가진 권위란 의미이기도 하군요. 그래서 검이 아니고 지팡이더라도 용광검이라 불릴 수 있다는 말씀이군요?"

[그렇단다.]

"한데요, 스승님. 저는 이게 신령한 건지 모르겠네요. 색도 다 바래 있고 그저 그런 골동품 같아요."

[그렇게 보이더냐?]

"네. 아무리 봐도 오래된 맛은 배어 소중해 보이긴 하지만 무슨 특별난 힘이 깃들어 있다고는 생각되지 않네요."

[허허허, 제대로 봤느니라. 용광검이 사람을 알아보는 게지.]

"히히, 그렇군요. 저는 그럼 이 지팡이의 주인이 아니군요?"

[한데 너는 검을 만지고도 아무렇지 않더냐?]

"네. 뭐, 별다른 걸 못 느끼겠어요."

팔공은 그 소릴 듣고는 꺼져 가는 희망의 불씨를 발견했다.

'오호, 나무관세음보살.'

[무혁아, 내 말 명심하거라. 용광검은 아무나 지닐 수 있는 것이 아니란다. 함부로 만졌다간 검기를 이기지 못하고 다치게 될 것이다. 한데 네가 멀쩡하다니, 나도 그 이유는 모르겠다.]

팔공은 뭔가를 감췄다.

[그래서 하는 말이다. 너는 그 검을 꼭 지니고 다녀야 한다. 그러다 보면 언젠가 검이 너를 필요로 할 때가 생길 것이다.]

"네에? 제가 검을 쓰는 게 아니라 용광검이 저를 필요로 한다고요?"

[분명하다. 나는 진정 부처님의 뜻을 믿는 사람이란다. 부디 용광검을 손에서 놓지 말아야 하느니라. 내 마지막 부탁이니라.]

"미치겠네."

이런 녹슬고 색 바랜 지팡이를 들고 다닌다는 것은 쪽팔리는 일이었다.

"한데 마지막 부탁이라뇨? 더는 저한테 부탁하실 일이 없다는 말씀인가요? 하긴, 제가 검을 찾았으니."

[무혁아, 부디 몸 건강하거라.]

"네, 스승님도요."

한데 팔공의 말이 이상하다. 마치 작별을 고하는 듯하지 않은가.

하지만 팔공은 더는 말하지 않았다. 자신이 무혁의 전화를 자주 못 받는 상황에 대해서. 지금 팔공은 원군에게 쫓기고 있었던 것이다.

"스승님, 또 전화드릴게요."

[그래, 이 녀석아. 몸 건강하거라.]

"참, 그리고 스승님. 제 전화번호 뜰 때 뭐라고 입력해 놓으셨어요?"

소림사를 떠날 때 삼촌 핸드폰에 이름 입력하는 법을 알려주고 왔었다.

[꼴통이라고 적었다.]

"눼? 왜 하필 그런 험악한 글을. 뭔 불만 있으세요?"

[가끔 전화 못 받았을 때 화면에 꼴통이라 떠 있으면 기분이 좋아지더라. 그래서 그랬다. 됐느냐?]

"치이, 스승님은 아직도 저를 제자로 생각 안 하나 봐."

[허허허, 녀석. 앙탈은.]

팔공이 무혁의 어리광에 모처럼 웃고 있었다.

[무혁아, 오래 통화하긴 그렇구나. 이만 끊자.]

팔공은 방금 풀숲으로 원나라 병사들이 말을 타고 지나가는 걸 보았다. 자신을 찾고 있는 것이리라. 더는 소리를 낼 수가 없었다.

"네, 스승님. 또 연락드릴게요."

[…무혁아, 내 너를 만나 즐거웠다.]

"저도요, 스승님. 스승님 제법 멋진 거 아시죠? 우리 팔공 맹주님 파이팅! 힘내라! 아야얏!!"

[껄껄껄껄, 녀석. 너의 귀여움에 지금 죽어도 여한이 없구나. 부디 용광검을 부탁한다. 무혁아, 잘 지내야 한다. 타합!!]

아니, 웬 기합성이?

아하, 스승님께서 기를 불어넣어 주시는구나.

스승님, 땡큐~ 이히히.

제8장
삼총사의 노래

삼총사의 노래

아침에 일어나자마자 중광은 샌프란시스코로 향하고 있었다.

마약 중독의 후유증이 남아 있었지만 그 모든 걸 정신력으로 극복하고 있었다.

상처도 아직은 완전하게 회복되지 않았지만 강산을 꼭 만나야겠기에 집을 나섰다.

양달수에게 주소를 묻자 같이 가자고 제의를 해왔다.

양 사범의 체육관은 차이나타운의 텔레그래프 힐로 향하는 언덕 중간쯤에 있었다.

차에서 내려 한참을 외진 곳으로 올라가야 했다.

중광의 눈앞에 마당에 풀이 우거진 허름한 단층 건물이 나타났다. 입구에 다다라 주변을 보니 아래 동네가 내려다 보였다. 달동네였던 것이다. 경관은 아주 좋았다. 공기도 맑고.

체육관 바깥엔 땀이 절어 지친 듯 보이는 십대 초반의 아이들이 땅바닥에 털썩 주저앉아 있었다.

이탈리아 계 혼혈아로 보이는 한 아이에게 양 사범이 어디에 있는지 물었다. 녀석은 중광을 문밖에 두고 혼자 체육관 안으로 뛰어들어 가더니 호들갑을 떨었다.

"자식, 내가 누군지 알기는 하는 건가?"

외부에서 누군가가 왔다는 것만 해도 반가운 모양이다. 순진한 애들이다. 어쩌면 외로운 애들일지도 모르겠다.

"들어오세요, 아저씨."

중광의 얼굴을 보는 애들의 눈동자가 맑았다.

아이의 안내로 체육관 안으로 들어갔을 때였다.

"눈 깜박이지 마. 주먹을 칠 때도 주먹을 맞을 때도 눈동자가 흔들리면 안 되는 거야!! 더 세게!! 더!!"

빡!! 빡!!!

샌드백을 치는 아이는 사력을 다하고 있었다. 그런데도 양달수가 보기엔 부족한 모양이다.

"어깨에 힘 빼고, 인석아! 그렇게 잔뜩 힘 들어가면 주먹이 나가기도 전에 상대에게 읽힌다구!!"

낡은 샌드백을 잡고 연신 고함을 지르고 있는 양달수를 볼 수 있었다.

중광은 그 순간, 젊었을 적 그의 모습을 찾아볼 수 있었다. 그는 그때나 지금이나 열정이 넘치는 사내였다.

'그래, 양달수. 나이 좀 먹으면 어떤가. 몸이 좀 불편하면 어떤가. 자신이 가고자 하는 길에 땀 흘리는 건 아름답지 않은가. 멋지군, 자네.'

방해를 하지 않으려고 문 입구 쪽에 서서 연습하는 모습을 좀 더 지켜보기로 했다.

땀을 물처럼 뿌려대며 붕대를 감은 주먹에서 핏물이 배어 나오는 아이는 십대 후반 정도로 보였다. 곱슬머리가 싫어 빡빡 밀어버린 때문인지 인상이 제법 강해 보였다. 검은 피부 때문에 더 그래 보였다.

달수는 뭐라고 꾸지람을 하지만 중광이 보기에는 주먹을 뿜어내는 스피드가 장난이 아니었다.

'호, 제법이네. 주먹이 보이질 않고 있잖아.'

중광은 아이의 몸을 감상하는 즐거움에 빠졌다.

그렇게 한참을 기다리고 나서야 연습은 끝이 났다. 그때서야 중광을 발견한 그는 흑인 아이에게 쉬라고 하곤 다가왔다.

"일찍 도착했구먼."

양달수가 반갑게 손을 내밀며 악수를 청했다.

중광이 웃으며 손을 내밀어 맞잡았지만 어느새 양달수의 머리통만 한 손 속으로 들어가 보이지 않고 있었다. 그만큼 그의 손은 컸다.

"저 아이가 그때 말하던 아이인가?"

"그래. 어때 보여?"

"주먹이 묵직하면서도 빠르고 예리한걸."

"주먹만이 아냐. 발도 빨라. 나 같지가 않아."

그러다가 자신의 불편한 발이 새삼 생각이 났는지 태연을 떠는 모습이 더 어색하다.

중광이 엄지손가락을 치켜주었다.

"양달수, 사람 고르는 눈은 알아주는구먼. 최고야."

"예끼, 이 사람아. 이제 와서 놀리긴."

"놀리는 거 아냐. 탐나서 그래."

"저 녀석을 프라이드 무대에 세워보게? 아서라. 쟤는 그런 쇼 따윈 안 해. 진정한 복서로 키울 거야."

"허허, 이거 아까운걸. 한데 요즘 누가 복싱 보나."

"이것 봐. 복싱이야말로 신사적인 운동이야. 알몸에 팬티 하나 걸치고 두 주먹으로 정정당당하게. 얼마나 멋진가."

"하긴, 그런 식의 비교라면 할 말 없지."

"격투기도 사람의 강함에 도전하는 거라 흥미는 있는데 그게 잡탕 찌개 같아서 난 안 끌리더라구."

"하하하, 잡탕 찌개?"

"물론 정해진 규칙이 있긴 하지만 넘어진 사람 발로 차고 하는 건 좀 지나치다 싶단 말야. 이건 마치 죽일 듯하지 않은가."

"그래도 그것도 정해진 룰을 엄격히 지키면서 한다네."

"그야 그렇겠지. 아무튼 나는 저놈을 잘 키워볼 거야."

"하하, 그러게. 내가 포기함세. 껄껄껄."

"포기라고? 예끼, 이 사람아. 이거, 후원자라고 좋아라 했더니 도둑 될 친구를 옆에 두고 있었구먼. 허허허."

"하하하하! 한데 저 녀석, 이름이 뭔가?"

"하인즈 워드야. 왜, 돌아가서 프라이드 선수 명단에 등록시키게?"

"뭐라고? 이 친구가 정말 날도둑놈 취급을 하네? 허허."

"딱 들켰지?"

"할 말 없네. 하하하하!"

둘의 유쾌한 웃음소리가 체육관에서 퍼지자 밖에 있던 아이들이 의아해하는 표정을 지었다. 정말 오랜만에 들리는 사범님의 웃음소리였다.

양달수가 강산에게 전화를 걸어서는 중광에게 수화기를 넘겨주었다.

"강산이, 나 중광일세."

[…그래, 중광이. 요즘 고생이 많지?]

25년 만의 해후가 왠지 서먹서먹하다. 강산의 심기가 그다지 좋아 보이지 않았다.

"지난번엔 고마웠네."

[아, 뭘 그런 거 가지고.]

"얼굴 한번 보세."

[그래, 내가 갈까?]

으레 하는 말이라는 걸 중광은 알고 있었다. 지금 강산의 심정이 바깥출입을 할 상황이 아니란 걸 양 사범을 통해 들었다.

"내가 감세."

[그래 주겠나?]

수화기를 통한 대화는 그리 오래가지 않았다.

중광은 영 개운치가 않았다.

무관심한 듯한 강산의 말투.

그런 중광의 표정을 보고는 기분을 달래려는 듯 양달수가 어깨를 툭 쳤다.

"신경 쓰지 말게."

중광이 소리없이 웃어 보였다.

"응. 하지만 약간 아쉽긴 하네. 쾌활하던 친구가 아니었던가."

"그래, 그랬지. 자세한 건 만나서 직접 듣기로 하세."

저녁 무렵, 중광과 달수가 강산을 찾아 도착한 곳은 트윈픽스 언덕으로 경관이 좋기로 유명한 고급 주택가 지역이었다.

은퇴를 하였다고는 하지만 경호하는 사내들이 집 안 곳곳에 있었다. 그자들의 안내를 받으며 정원을 지나 현관문을 들어섰을 때 휘황찬란한 샹들리에가 그들을 먼저 맞이하고 있었다.

한쪽 거실 전면을 차지하고 있는 커다란 통유리로 이제 막 불이 들어오기 시작한 샌프란시스코 저녁 야경과 바다가 보였다.

"멋지군."

한데 집 안에 감도는 우울함이 거슬렸다. 집이 너무 커서 그런 걸까? 뭔가 있어야 할 것이 빠진 기분이 들었다.

삐걱삐걱—

계단을 내려오는 소리.

"왔는가? 어서들 오게."

강산의 목소리였다.

계단을 내려오는 강산을 본 중광은 순간 놀라고 말았다.

화려한 집 안 분위기와는 다르게 삐쭉삐쭉 솟아난 턱밑의 수염은 그가 환자라 해도 좋을 만큼 초췌해 보이게 했다.

강산. 그는 감정을 잃어버린 듯한 얼굴로 웃고 있었다. 그 웃음이 어딘지 쓸쓸해 보이기까지 했다.

"어, 그래. 산이."

중광이 먼저 다가가서 강산의 어깨를 안았다.

중광은 알 수 있었다, 방금 전 그것이 지금 강산이 자신에게 보내는 가장 반가움의 표현인 것을.

"자네, 도대체……."

'무슨 일이 있었나?' 하고 물으려다 중광은 뒷말을 하지 않았다.

그런 중광의 말을 막듯이, 어쩌면 이미 무슨 말인지 알고 있다는 듯이 강산이 말없이 깊이 포용해 왔다.

25년 만의 재회. 둘의 포용은 더 이상의 말도 없이 한참 동안 계속됐다.

중광도 더 깊이 그를 껴안았다.

강산이 중광의 향취를 한껏 들이마시곤 입을 열었다.

"보고팠네, 친구."

갑자기 그 소리에 유중광의 눈에서 핑 도는 뭔가가 느껴졌다.

"미안하이."

자신이 그에게 얼마나 무관심했었나 하는 데서 오는 죄책감이었다.

"자네가 왜……."

사내들은 대화는 짧고도 재미가 없었다. 하지만 둘의 대화엔 지장이 없었다. 서로에게 말보다 귀한 진한 뭔가가 느껴졌다. 그건 거칠고 무뚝뚝한 남자들만의 향기였다.

저녁 식사를 겸해서 술이 한잔씩 돌려졌다.

유중광, 양달수, 강산 세 사람은 모두 되도록 말을 삼가고 있었다.

조용히 잔에 붉은 와인만이 채워졌다가 비워지고 있었다.

아직은 이야기의 실타래를 풀지 못하고 있었다. 그들은 그 침묵 속에서 25년 만의 해후를 즐기고 있었다.

대화 없이 묵직한 침묵만이 흐르고 있었다.

가끔 가다 안주를 집는 포크 소리만이 들릴 뿐이었다.

부우웅—

창밖으로 배가 지나가고 있었다. 차라리 뱃고동 소리가 있어서 다행이었다. 큰 허전함이 잠시 채워졌다 다시 사라졌다.

"자, 식사를 마쳤으면 우리 본격적으로 술 한잔하지!"

양달수가 더는 못 견디겠다는 듯 목청을 높였다.

"그래, 그러지. 이봐, 산이. 좋은 술 있으면 좀 내와봐. 술은 자고로 좋은 친구라는 안주가 있어야 제 빛이 난다고 했잖아?"

중광이 일부러 강산의 어깨를 두드렸다. 기분 좀 환기시키자는 의미였다.

"그래, 그러자고!"

강산이 술을 가지러 일어서자 그의 보디가드 조한규가 대신 나섰다.

"아냐, 아냐. 내 친구들한테는 내가 직접 하고 싶구나."

강산의 말에 조한규가 깊이 인사를 하고 물러섰다.

"짜식, 멋진걸?"

"그러게."

"뭐가?"

강산이 밸런타인 30년짜리를 들고 들어오며 물었다.

"나이 들어서 친구 대접하는 놈이 멋진 놈이라고."

강산이 빙긋 웃었다. 작은 웃음이지만 처음에 보였던 어색하고 뻣뻣한 것보단 훨씬 나아 보였다.

"야아, 이거 좋은 술이구나. 30년이라……. 우리만큼 오래됐구먼. 하하하!"

"아니, 우리가 그렇게 늙었던가? 이건 그냥 두고 맥주나 한잔하자구."

“이봐, 중광이. 촌스럽게 왜 이래? 그냥 양주로 마시자구. 허허.”

“아니, 달수. 촌스럽다니? 이거 왜 이래? 나도 양주 잘 먹어.”

중광과 달수가 서로 목청을 높였다. 서로에게 칙칙한 무거움은 버겁고 귀찮기만 했다. 강산을 위해서도 그게 좋을 듯했다.

“자, 마시자고!!”

양달수가 잔을 가득 채워 건배를 권했다.

챙— 챙—

어느덧 술이 몇 잔 돌고 얼굴들이 얼큰해져 있었다.

“엄마가 섬그늘에~ 굴 따러~ 가면~ 아가가 혼자 남아~ 집을 보다가~”

양달수의 애창곡이 나왔다. 정말 오랜만에 듣는 그의 목소리다.

“예끼, 이 사람아! 자넨 아직도 그 노래만 부르나?”

중광이 나무라듯이 말했지만 자신도 따라 부르고 있었다. 곡조를 따라 잠시 후 강산도 중얼거리기 시작했다.

굳은 강산의 얼굴이 약간 풀어지고 있었다. 술과 노래, 분위기. 이젠 나이가 지긋한 오랜 친구들이라서인지 더 빨리 편안함에 젖어들고 있었다.

“자네도 많이 늙었구먼.”

노래가 끝나고 긴 침묵을 깨며 강산이 입을 열었다.

순간, 세월이 주마등같이 지나치며 중광의 가슴속으로 그의 마음이 느껴졌다. 요즘 그는 어떤 회한에 빠져들어 있었음이 분명했다.

언제나 뒤도 안 돌아보고 살 것 같았던 강철 같은 사나이 강산.

삶의 수레바퀴가 가져다준 불혹이라는 나이는 이런 것인가. 씁쓸함이 찾아왔다. 구릿빛의 피부에 건장했던 모습이 윤기를 잃고 이젠 턱

수염과 함께 오히려 더 지쳐 보이게 하고 있었다.

"아니, 나 같은 젊은 오빠를 보고 그런 말을."

유중광이 너스레를 떨었다. 과묵한 걸로 따지자면 지지 않았지만 워낙에 강산의 침묵이 두터우니 중광이 머리를 숙이는 수밖에.

"한데 자넨 왜 그리 무거운 얼굴인가?"

그제야 중광이 물었다.

강산은 그냥 소리없이 웃고만 있었다.

"아, 정말 지겹다. 그 썩은 미소."

"썩은 미소? 내가 그렇게 보였던가? 허허."

강산이 이번엔 제대로 웃었다.

항상 보스의 자리에선 함부로 웃을 수도 없었다. 가족을 거느려야 하는 보스란 항상 혼자의 고독을 감추고 살아야 했다. 웃음도 헤플 수가 없었다. 보스란 항상 리더였고, 아버지였고, 책임자였다. 그들에게 진중한 믿음을 주어야 했고, 보금자리가 되어주어야 했다. 그것이 혼자 남았을 땐 해결되지 않는 보스의 고독으로 머물렀다.

보스 강산은 인간적으로 외로웠던 것이다. 그렇게 십 년 가까이 흘렀으니 감정 표현에 서툴 수밖에 없었다.

문득, 서로의 시선이 허공에서 마주쳤다. 상대의 모습에서 자기 자신의 모습을 보는 듯해서 웃음이 나왔다.

"하하하! 우리 지금 바보 놀이 하는 거 같아."

강산이 제 스스로 입을 열었다.

그 틈을 놓치지 않으려는 듯 다시 중광이 입을 열었다.

"이봐, 산이. 대체 뭔데 무게를 그렇게 잡고 있는 건가. 어디, 속 시원히 털어놔 보게. 대체 뭐가 문제인가?"

직접적으로 물어오자 강산은 약간 어색해했다. 그래서 말을 돌려 시작했다.

"요즘 마니교 갱단 애들을 보면 우리 젊었을 때 생각이 나. 가진 것 없이 배고프던 시절 물불 안 가리던 때 말이야. 자네들도 모두 그랬지만 그땐 정말로 맨몸뚱이 하나로 살아나겠다고 발버둥 쳤었지."

"그래, 그랬지. 우리가 일본에서 조센징이라고 괄시를 받으며 이를 악물었던 시절, 정말 끔찍하고 간절하던 날들이었지."

그렇다. 셋은 신주쿠 거리를 방황하며 일본 애들의 이방인 취급에 진저리를 치며 성공할 날을 학수고대하던 시절이 있었던 것이다.

강산은 긴 회상에 젖는 듯이 잠시 말을 멈추었다.

"그래도 그때 생존의 욕구는 강했을지 몰라도 지금의 저들처럼 치밀하고 잔혹하진 않았지. 경찰 조직을 이용해서 상대를 공략할 생각은 할 수도 없었지 않았는가."

"마니교 애들에게 경찰의 개입이 있다고? 걔들은 신흥 조직 아닌가?"

양달수가 의문스러운 듯 말했다.

"마니교 애들은 이상한 종교를 가지고 있어. 아무튼 종교가 밑바탕이 되면 그 조직력은 가히 상상을 불허하지."

"일개 신흥 조직이 경찰의 비호를 받는다는 건 좀 이상한걸? 그 말은 처음부터 누군가가 뒤를 봐주고 있단 말인데?"

"아니면 누군가 키운 집단이든지."

양 사범의 날카로운 말이었다. 하지만 그 역시도 더 이상은 이해가 되지 않았다.

한동안 가만히 있던 강산이 입을 열었다.

“우리 애들이랑 싸움이 붙었는데 마니고 애들은 경찰병원으로 빼돌려 곧 석방할 거라더군.”

지난번에 중광 구출 작전 때의 문제를 말하는 모양이었다.

“어딘지 수상한 생각이 드는군.”

중광도 강산과 같은 생각이었다.

“그래서 자네가 몸 사리고 있는 중인가?”

생명을 담보로 조직을 이끌어왔던 그가 이제 주먹 세계에서 손을 씻으려 한다면 쌍수 박장을 치며 환영할 만한 일이었다. 유중광 자신도 그러지 않았던가.

“하하, 내가 몸을 사린다고? 그건 아닐세. 그게 아니야.”

그럼 뭘까?

“산이, 중광이 답답해 죽을 것 같구먼. 내가 말을 해도 되겠는가?”

유중광이 정말 답답해하자 양달수가 먼저 입을 열었다.

“아니, 내가 말함세.”

“그래, 산이. 말 좀 해봐. 대체 뭐 때문에 지금 자네가 이러고 있나? 대체 무슨 일인가?”

잠시의 침묵을 깨며 그가 입을 열었다.

“내 아들이 지금 어디에 있는 줄 아나?”

갑작스런 아들 얘기라니. 중광은 의외라는 생각이 들었다.

양달수는 뭔가를 알고 있는 듯 말이 없었다.

“교도소에 가 있네.”

“아들놈이?”

강산은 이내 괴로운 듯 술잔을 들어 급히 마셨다.

“목숨을 담보로 거칠게 살아오면서도 이유없는 폭력은 쓰지 않았네.

샌프란시스코 한인 조직을 규합할 때도 그랬고, 차이나타운 갱들과 마피아들과의 싸움에서도 항상 우리에겐 명분이 있었네. 그건 바로 생존이었네. 더 이상 녀석들에게 빼앗기지 않으려 힘을 모았던 거라네.”

그래, 강산은 의기가 있었다. 더구나 억울한 것은 못 참는 성격이었다.

“그러다 보니 조직의 기대는 커지고 조직을 돌봐야 하는 입장이 되었네. 그 즈음에서 물러서고자 했으나 이미 커진 조직의 와해는 모두의 죽음을 의미했어. 결국 나는 커다란 수레바퀴 속을 벗어날 수 없는 굴레에 잠겼네. 후회하며 포기하기엔 이미 너무 깊이 들어와 있었다네.”

이해가 되었다. 처음엔 원하는 삶을 인간이 선택하지만 나중엔 그 삶의 굴레에 잠겨 버리는 게 흔한 일이었다.

“그런 내게 유일한 희망이 무엇이었겠나. 그건 바로 내 아들놈이었어. 이 세상 어느 아비가 자식이 불행해지는 걸 바라겠는가. 그놈만은 나와 같은 길을 가지 않길 바랐다네. 아니, 그건 아비로서의 사명이었지. 한데 말일세, 그놈이…….”

감방에 가 있다 이거지.

“어느 날 형사가 찾아왔네. 그런 나의 기대가 무너져 버린 일이 생긴 거지. 아들놈이 칼로 사람을 찔렀다는 거야. 그 소릴 듣는 순간 기가 막혔지.”

“왜 그랬냐니깐 뭐라 그러는 줄 아나? 그냥, 그냥이래.”

“그냥이라니? 그런 이유도 있나?”

“내가 기가 막혀 하는 게 그것이라네.”

강산은 감정이 몰리는지 한동안 진정시키려 말을 멈추곤 눈을 감고 있다가 다시 얘기를 시작했다.

"그놈은 언제부터인지 나의 바람과는 달리 내 본성을 닮아가기 시작했던 거지. 화가 났지만 난 그놈에게 아비로서 할 말이 없었네. 그게 그놈 탓만이 아니잖은가."

강산이 다시 술잔을 비워 버렸다.

"갑자기 회의와 번민이 찾아오더군."

"그래서 아들 녀석을 그냥 감방에 보낸 건가?"

"그럼 내가 뭘 가르치겠나. 차라리 그곳이 낫지."

"그래서 결국 자식을 보내놓고 자넨 자포자기에 빠진 거구먼. 그대로 감방을 보내놓고는 더 더욱 해줄 게 없는 무능한 아비 같아서."

중광의 말은 맞는 말이었다. 강산은 자식을 그대로 보내놓고도 자신의 무책임함에 가슴이 아팠던 것이다.

"그쯤 되니 모든 게 귀찮아지더군."

"그래서 조직에서 은퇴한 건가?"

"보스가 연약하면 조직은 희생이 뒤따르게 되어 있네. 그래서 물러났네. 나로 인해 모두를 위험에 빠뜨릴 수는 없지 않은가. 그냥 평범하게 살고 싶었네. 그래야 나중에 아들놈이 돌아오면 아비 자리라도 되찾을 거 아닌가. 놈이 돌아오면 한국으로 들어갈 걸세. 가서 새 삶을 살 걸세."

그의 의지가 드러나고 있었다.

"그래, 잘 생각했네. 우리도 더 늦기 전에 고국이란 곳엘 돌아가 보세. 우리 부모의 땅 말일세. 대체 그곳은 어떤 곳이기에 젊은 시절 우리에게 아픔을 주었는지 가서 확인해 보세. 우리 꼭 거기서 만나세."

어둡고 서럽고 칙칙하던 지난일은 다 잊고 이제 새로운 날을 향해

가는 거야!!

세 사람은 중년의 재도약을 위해 서로의 손을 굳게 잡았다.

유중광은 자신 때문에 결렬된 미국 UFC와의 회의 때문에 바쁜 하루를 보내고 있었다.

"유 사장님, 급한 전화라네요."

"어딘데?"

"친구 분이시라는데요?"

급한 친구의 전화란 말에 중광은 일을 미루고 수화기를 들었다.

[중광이!!]

"달수 아닌가? 왜? 무슨 일이야?"

중광은 혹시 자신이 후원금을 보내지 않았나 싶어 스케줄 표를 들춰봤다. 분명 송금이 되어 있었다.

그렇다면 또 무슨 일일까? 혹시 강산이에게 일이 생겼을까?

수화기 속에서 양달수의 목소리가 흘러나오고 있었다.

[지금 강산이가 나랑 같이 있네!]

양달수의 목소리에서 화급함이 느껴졌다.

"왜, 무슨 일인데?"

[어젯밤 강산이가 마니교 놈들한테 습격을 당했네.]

"뭐라고?! 어디서?!"

[집에 들이닥친 모양이야.]

"도대체 왜 그런 일이……!"

[지난번 일에 강산이 개입한 걸 알고 분풀이를 하려 했나봐. 어차피 강산이 아직까지는 실세란 생각에 경비가 약한 자택을 기습한 거지.]

“이런!!”

그렇다면 그 원인은 자신 때문에 생긴 것이다.

중광은 강한 책임감을 느꼈다.

“강산인 무사한가?”

[옆구리에 칼을 맞아 출혈이 심하긴 했네만 크게 염려할 정도는 아니야.]

칼까지 맞았다고?

“내가 지금 가겠네. 그동안 강산일 잘 돌봐주게.”

재빨리 일어나 사무실을 나왔다. 한시가 급한 일이었다. 언제 또 기습당할지 몰랐다.

그렇다면 이번엔 몸이 불편한 양 사범까지 위험에 처할 수 있었다.

양달수의 체육관.

샌드백이 걸린 마루 아래의 지하실.

평소에 창고로 쓰던 그곳에 강산이 있었다. 옆구리에선 간신히 지혈된 피가 붕대에 배어 있었다.

“후흡! 흡!”

강산은 통증을 참아내고 있었다. 죽을 정도의 고통은 아니었지만 예리한 창날에 베어 살 속이 아렸다.

앞이 뾰족하고 뱀이 기어가는 듯한 모양의 창날은 몸을 파고드는 와중에 뱀처럼 요동쳐 살 속을 갈기갈기 찢어놓았다.

사모(蛇矛)라고 불리는 창과 같은 병기였다. 길이는 5.6m 정도. 양손으로 똑바로 쥐고 적을 찌르는 병기였다. 특히 이 사모는 날이 좌우로 꿈틀거려 찔린 상대에게 회복하기 힘든 상처를 입히기 위해 사용되었다.

"끄으윽!"

강산이 고통을 참으려 안간힘을 썼다.

놈들이 사모를 사용한 것은 강산을 제거하려는 거사가 실패하더라도 재기하지 못하게 하기 위함이었다.

"개새끼들! 가만두지 않겠어."

다시 분노와 고통에 강산의 얼굴이 일그러졌다.

어제저녁의 기습에 모두 맞섰지만 마니교도들은 이미 모든 정황을 꿰뚫어 보고 있었던 듯 일사불란했다. 일시에 들이닥친 강산의 경호 인원보다 열 배는 됨 직한 다수의 습격자들.

순식간에 벌어진 일이었다.

보디가드 조한규의 간곡한 권유에, 아니, 그건 변명이었다. 좀 더 솔직히 말하면 목숨을 구걸하는 비겁한 겁쟁이가 되어 등을 보여야 했다.

침통했다. 하지만 강산은 스스로 비겁자임을 시인했다.

그런데 그 비겁함보다 더욱 걱정이 되는 것이 있었다. 그건 바로 달수의 체육관에 와 있다는 것이었다.

분명 이건 위험한 일이다. 목숨을 걸고 거칠게 살았어도 한 번도 이런 적은 없었다. 그건 그의 신념이기도 했다.

자신 때문에 친구를 위험에 빠뜨릴 수는 없었다.

그런데 어쩌다 이렇게까지……. 통탄할 일이었다.

분명 자신의 불찰이었다. 처음부터 이곳으로 오면 안 되는 것이었다. 피를 너무 흘려 정신이 희미해져 일으킨 오류였다.

강산은 최대한 빨리 이곳을 벗어나 지금이라도 양달수를 지켜야 한다고 생각했다.

“흐윽.”

몸을 일으키려 하자 뜨악한 통증이 복부를 강타했다.

이렇듯 몸과 마음이 분리되어 고통에 절어 바닥을 기고 있는 자신이 증오스러울 뿐이었다.

개탄스러울 뿐이었다. 스스로를 포기함으로 해서 무너지기 시작한 영역. 그 여파는 상상외로 커 이젠 남에게 짐이 되고 있었다. 죽음을 걸고라도 사수해야 했을 영역.

그런데 스스로 다짐했던 아들과의 약속 때문에……. 하지만 이제 와 돌이켜도 늦은 일이었다.

샌프란시스코 한인 갱단 두목 강산. 한때는 그 이름만 들어도 전 미국의 폭력 조직이 오금을 저렸던 인물. 하나 지금 당장은 목숨 하나 부지하기도 힘든 상황에 처한 것이다.

“제길!!”

처음부터 이런 날이 올지도 모른다고 염두에 두고 있었지만 그 시련은 벌써부터 혹독해지고 있었다.

체육관 마루 위에는 아이들 대여섯 명과 양달수, 그리고 하인즈 워드라는 아이가 있었다. 그중에서 강산이 이곳에 있다는 걸 아는 건 양달수와 어제저녁 늦게까지 훈련하던 워드뿐.

그러나 혹시 그 두 명 외에도 다른 아이가 있었을지도 몰랐다.

계단을 기어 중광이 지하실 문을 열고 밖으로 나갔다. 계단엔 피가 흥건했다. 그만큼 아직도 힘든 상황이었다.

피를 보고 양달수가 화들짝 놀랐다.

“이봐, 자네. 겨우 지혈시켜 놨더니 이게 뭐 하는 짓인가?”

“가야겠네.”

“그 몸으로?”

“이제 괜찮아졌어. 빨리 병원을 가봐야 할 것 아닌가?”

고통이 이는 배를 움켜쥐고 강산은 태연한 척하려 했다. 하지만 운동을 가르치는 양 사범이 그걸 눈치 못 챌 리가 없었다.

“지금 중광이가 온다고 했으니 기다리게.”

“무슨 소리야? 중광이마저 위험에 빠뜨릴 생각인가? 난 그럴 수 없네.”

“이봐, 그 몸으론 무리야.”

“내 몸은 내가 아네. 나, 가네.”

강산은 극구 양달수를 밀치고 나가려 했다. 하지만 몇 걸음 옮기지 못하고 고꾸라졌다.

“크흑!”

“잘한다, 잘해. 그 몸으로 어딜 가겠다고 그래? 여긴 안전하단 말야. 걱정 말고 푹 쉬고 있게.”

“자넨 놈들을 몰라. 놈들이 얼마나 치밀하고 지독한 놈들인데. 분명 계획적인 거로 봐선 중광이마저도 감시당하고 있을 거야. 내가 가는 게 자네들을 돕는 거야.”

“이봐, 정말 이러긴가? 우리 살자고 자네를 그렇게 보낼 수는 없네. 잊었는가, 우리의 일본에서의 일을!”

양달수가 언성을 높였다. 강산은 잠시 잊고 있던 일이 떠올랐다.

“호호, 하지만 지금은 그때가 아니잖은가.”

“자네 지금 내 몸이 불구가 됐다고 무시하는 건가?”

“이보게, 내가 그렇지 않다는 거 잘 알면서 그러는가.”

“기억해 봐. 야마구찌 놈들도 우리가 몰려다니면 혀를 내둘렀어. 우리 하나하나는 약했지만 뭉치면 우린 세 배, 네 배로 힘을 냈었잖나."

"흐흐, 그래. 그땐 그랬지. 우린 서로를 보며 힘을 내서 싸우곤 했지. 나는 네가 되고 너는 중광이도 되고 나도 되고. 생각해 보니 그때가 참 행복했었네. 하지만 지금의 우리는 늙었지 않은가."

"강산, 좀 닥치고 있어라! 피가 끊임없이 나오고 있잖아! 지금도 할 수 있다구! 까짓 놈들, 몰려오라고 해! 내 주먹, 아직 건재하다고!"

양달수가 그의 커다란 주먹을 들어 보였다.

"내 눈빛, 멋지지 않나?"

강산의 기억 속에 양달수는 어렵고 힘들어도 언제나 웃기려고 하는 친구였다. 그렇게 웃고 나면 잠시나마 피로가 풀리곤 했었다.

지금의 그가 교통사고 후에도 이렇듯 체육관을 운영할 수 있었던 건 삶에 대해 긍적적이고 낙천적인 성격 덕이기도 하다는 걸 강산은 잘 알고 있었다.

분명 유중광이 달려오고 있다고 했다. 중광을 생각하면 마음이 한결 놓였다. 믿음직한 친구였다.

그러자 다시 상대적으로 침통한 생각이 들었다.

평소에 가졌던 중광에 대한 순수한 믿음이 새삼스럽게 느껴지고, 그걸 확인하는 순간 자신이 작아지고 있는 기분 때문이었다.

제9장
무소의 뿔처럼 혼자서 가다

유중광이 먼저 향한 곳은 박진기의 카지노였다. 놈들이 다수였다면 아무래도 혼자서는 무리였다. 지원 병력이 필요했다.

지하 계단 입구에 차를 세우고는 아래를 향해 주변을 둘러보며 따라 내려갔다.

아직 영업 전이어서인지 주변은 한가하고 조용했다.

계단을 내려서 문을 밀어보았으나 무늬가 있는 투명한 강화 유리 문은 안쪽에서 잠겼는지 꼼짝도 하지 않았다.

안을 들여다봐도 실내는 컴컴하기만 할 뿐 몇 개의 테이블과 슬롯머신의 유리와 금속만이 입구에서 새어 들어가는 빛에 반사되고 있었다.

"이봐, 아무도 없나?!"

쾅쾅쾅—

중광은 문을 두드렸다.

텅텅―

제법 두꺼운 유리인지 진동이 넓게 울려 퍼졌다.

한참 후, 카지노 안에선 제법 덩치가 좋은 사내 몇이 경계의 눈초리를 하고 다가왔다.

그중 하나가 나오더니 손가락으로 중광에게 뒤로 물러서 보라고 했다. 역광의 그림자가 얼굴을 덮고 있어 보이지가 않았던 모양이다.

"이 녀석들아, 강산이가 당했다는데 이렇게 느려서 어떡할래?"

자신의 조직 같았으면 벌써 혼쭐을 내줬을 터다. 강산이가 없으니까 아무래도 기강이 흐트러진 모양이었다.

중광의 호통에 문이 금방 열려졌다.

"형님, 어서 오십시오."

내가 왜 네 형님이지? 하긴 이놈들은 어렵다 싶으면 다 형님이라 부르지.

사내가 허리를 직각에 가깝게 숙였다가 고개를 들어올렸다. 뒤따라 나와 고개를 숙였던 나머지 세 명이 몸을 일으키곤 문밖으로 나가 바깥의 동태를 살폈다.

"니들 뭐 하니?"

"요즘은 하도 살벌해서요. 경계 좀 했습니다, 형님."

뭔가에 대해 퍽이나 조심스러워하는 듯했다.

그것뿐만이 아니었다. 어두운 실내에 몇 명의 사내가 대기하고 있었다. 하나같이 긴장하고 있는 모습들이었다.

그 모습을 보는 순간 중광의 얼굴이 상기되었다.

'이건 겁에 질린 표정들 아니던가. 그 용맹하던 자들이 왜 이렇게 됐지?

확실히 뭔가 기가 죽어 있었다. 그러다 문득 강산이 했던 말이 떠올랐다. 그때의 행동대원들이 지금은 경찰서에서 조사를 받고 있는 중이라고 했다. 그런 와중에 강산이 습격을 당했다니…….

'기가 꺾일 만도 하겠군.'

하지만 이런 지경까지 돼버렸단 말인가! 지난날의 명성에 비하면 이해가 가지 못할 상황이었다.

중광은 일말의 비애감과 함께 분기가 솟아올랐다. 하지만 지금 당장은 어쩔 수 없는 현실이었다.

"박진기 보스는 어디 있지?"

아래뻘이지만 그래도 강산의 위임을 받아 보스 역할을 하는 자이니 예의는 차려줄 필요가 있었다.

"이리로 오시죠, 형님."

슬롯머신 룸을 지나 통로를 지나자 카지노 바가 보였다. 다시 바닥에 놓인 주황색 전구 불을 따라 안으로 들어갔다.

그곳엔 따로 밀실이 있었다. 바로 VIP실. 최고의 고객을 위한 장소였다. 통로를 지나오는 동안 스무 명 정도의 사내들이 보였다. 어쩜 그들이 강산의 최후 병력일지 모른다는 생각이 들었다.

확실히 그들은 지쳐 보였고 무척 의기소침해 있는 듯도 보였다.

"어서 오십쇼, 형님."

박진기가 손수 상석을 중광에게 내주었다.

박진기는 지난번 일로 도피 중이었다. 그마저 없다면 샌프란시스코 한인 조직은 완전히 와해됐을 것이다.

"제가 맘 놓고 움직이지 못하게 되어 일이 이렇게 됐습니다."

박진기는 강산의 일에 대해 침통한 표정을 지었다. 지금은 대책을 세우는 중이었다.

"그게 어디 자네 탓인가. 나로 인해 발생한 문제인걸."

"아닙니다, 형님. 다만 놈들이 정치인과 경찰에 끈을 놓고 있는 걸 간과하고 방심했던 데서 온 저희 실수입니다."

박진기는 애써 중광에게 얹혀진 짐을 내려주려 했다.

"아닐세. 책임은 내가 지는 게 속 편하네. 내 친구의 일이지 않은가."

유중광의 말은 전체 갱단에게 영향을 미쳤다. 우왕좌왕하던 그들에게 중광의 말은 믿음을 주었다.

"무슨 방책이 있으십니까?"

"자네, 강산이가 지금 어디에 있는지 알고 있는가?"

"아직 수소문 중입니다."

하긴 양달수가 그런 말을 함부로 흘렸을 리가 없다.

"대체 어떻게 된 일인가?"

"어제저녁 10시쯤에 강산 보스의 집을 습격한 모양입니다. 계획적인 감행으로 예고없는 습격이었고, 수적으로 불리했다 합니다."

"수도 불리한데 기습이었다면 속수무책이었을 테지."

중광은 몇 가지를 더 물었다.

"습격의 선봉에 선 자는 누구이던가?"

"저번에 형님도 보셨던 나마유성이란 놈입니다."

유성추를 휘두르던 놈. 괘씸한 새끼.

"강산을 경호하던 자들은 모두 연락이 되는가?"

"일단 뿔뿔이 흩어져 있는 중입니다."

"그자들을 모으게. 강산일 구하러 가세."

"큰형님이 어디 계신지 알고 계십니까?"

"일단 따라나서게."

중광은 박진기에게도 강산의 거처를 알려주지 않았다. 그를 못 믿어서가 아니라 지금은 말하고 싶지가 않았던 탓이다.

중광이 재빨리 일어나 밖으로 나왔다. 그 뒤를 바짝 따르는 박진기가 부하들을 독촉했다.

"출동이다! 형님 구하러 가자!!"

양 사범의 체육관.

"……!!"

위에서 소란스럽게 아이들이 운동하는 소리, 마루 구르는 소리, 샌드백 치는 소리가 일순간에 꺼져 버렸다.

강산은 귀가 솔깃해지며 긴장했다.

분명 누군가가 체육관 안으로 들어왔다. 설마 중광이 벌써 도착했을까?

강산은 위로 향해 뻗은 사다리 밑으로 기어가서 귀를 바짝 갖다 대었다.

혀 짧은 영어 발음이 들렸다.

'놈들이군.'

바로 마니교도들이라는 직감이 뇌리를 스쳤다. 어떻게 이곳까지 알고 들이닥쳤을까.

싸한 긴장이 등골을 타고 위로 솟구쳐 올라오며 귀가 더 솔깃해졌다. 신경이 곤두선 등판으론 땀방울이 따끔거렸다.

양달수는 마니교도들을 보는 순간 숨이 멎는 줄 알았다.

'이놈들이 어떻게?'

하지만 양 사범은 태연하고자 애썼다.

살벌한 눈빛의 마니교도 세 명이 입구의 햇살을 가리고 들어와 서 있었다.

짐짓 태연한 척하며 눈길을 피하려 했지만 체육관 안이 조용해지면서 그들의 눈총이 날아와 정수리에 꽂히는 게 느껴졌다.

"무슨 일들인가?"

"이곳에 있지?"

"무슨 말이지? 볼일이 있나?"

놈들은 대답 대신 더 날카롭게 잡아떼는 양달수를 꼬나보았다.

하지만 나이가 있지, 이국을 떠돌며 산전수전 다 겪은 양달수였다. 쉽게 속을 드러낼 양 사범이 아니었다.

"그놈들, 인상들이 좋지 않군."

양달수는 시비를 걸어 화제를 다른 곳으로 돌릴 생각이었다.

하지만 역시 놈들은 강산의 말대로 집요했다.

"강산이 이곳에 있지?"

모르는 척하려 했지만 막상 강산의 이름이 나오자 약간 흠칫거린 것도 사실.

"누구?"

양달수가 고개를 갸우뚱거렸다. 남이 보면 정말 모르는 것처럼 보일 정도였다.

하지만 놈들도 만만치 않았다. 이번에 강산을 처치 못하면 마니 제단에 제물로 바쳐질 거란 엄포를 들은 터였다.

"끝까지 시치미 뗄 건가? 우리, 말장난할 정도로 여유롭지가 못해. 좋은 말로 할 때 순순히 내놓지 그래?"

양달수가 피식 웃었다.

"생긴 것처럼 실없는 소리를 하는군. 생각해 봐라, 맹추들아. 있더라도 너 같으면 순순히 내주겠니? 그러니 괜한 헛수고 말고 가봐라."

양달수는 당당했다. 여차하면 이런 놈들 몇쯤은 땅바닥에 눕혀놓을 자신이 있었다.

양달수가 느물거리며 버티자 뭔가 심상치 않게 느껴졌는지 선뜻 위해를 가하지 못하고 어물쩍거렸다.

"안 되겠다. 직접 찾아보자."

마니교도들이 서로 눈길을 맞추더니 사방으로 흩어져 체육관을 누비기 시작했다.

우당탕!

챙그랑!

안의 시설물을 다 뒤지고 다니다가 고의적으로 물 주전자를 뒤집어버렸다. 그것도 모자라 의자를 신경질적으로 넘어뜨리면서 실내는 이내 소란스러워졌다.

꽈당탕!

겁에 질린 아이들이 구석으로 몰려갔다. 그곳까지 따라간 놈이 애들의 턱밑까지 다가가선 싸늘한 눈빛을 흘리며 겁을 주고 있었다.

"그만 해! 애들한테 뭐 하는 짓이야!"

양달수가 나섰다.

워드도 부글부글 끓어오르는 것을 가까스로 참고 있었다. 그도 속으로 제발 더 이상의 불상사가 없기를 간절히 바라고 있었던 것이다.

한데 점점 그의 참을성이 한계에 도달해 가는 일이 생기고 있었다.

워드는 결국 살기등등한 눈으로 마니교도들은 쏘아보기 시작했다.

놈들의 난동에 숨이 점점 거칠어지고 있는 워드는 연신 붕대 감긴 주먹을 꿈틀거렸다.

"가만있어, 워드."

양 사범은 가까스로 그를 진정시키려고 안간힘을 썼다. 눈이 돌면 뵈는 게 없는 아이였다.

"허름한 체육관 주제에 샌드백은 좋은 거네. 이게 어울린다고 생각해?"

한 놈이 샌드백을 더듬기 시작했다.

체육관에 하나 걸려 있는 유일한 희망의 상징이었다. 게다가 해지고 기운 자리가 너덜거리는 것이었다. 그건 양달수가 젊은 시절에 쓰던 몇 안 남은 물품이었다. 바로 젊은 날의 땀이 밴, 그에겐 소중한 것이었다.

하지만 녀석에겐 허름한 샌드백으로 보일 뿐이었다. 한데도 샌드백을 운운한 건…….

"무슨 짓이야!"

양 사범이 절름거리며 앞으로 다가가려 했다. 그러자 그 틈에 손으로 잡아 말렸던 워드마저도 따라나서려고 했다.

양 사범은 다시 제자리에 서며 양팔과 등으로 하인즈 워드를 막았다. 워낙에 성질이 불같은 아이였다.

놈들을 어르기 위해선 강하게 맞서는 것도 좋지만 결코 충돌이 일어나면 안 되었다.

그때였다.

짜— 악!

별안간 어린아이들의 주변을 서성이던 마니교도 놈이 이탈리아 계 아이의 따귀를 올려붙였다. 아이는 무서워서 눈도 제대로 못 뜨고 고개를 숙였다.

"아아악!"

하얗게 겁먹은 아이들이 비명을 지르며 양 사범의 주변으로 몰려왔다.

워드가 꿈틀 경련을 일으켰다.

"워드, 가만있어."

그러나 다음 순간 샌드백을 만지던 놈이 언제 칼을 꺼냈는지 무심하게 가죽에 찔러 넣었다.

부우욱!

샌드백을 그어버리자 낡은 가죽은 아가리를 벌렸다.

짧은 순간에 일어난 사태에 양달수의 안색이 황망하게 변했다. 양달수의 분신과도 같은 샌드백이다.

차르르르—

맥없이 하얀 모래가 쏟아지며 바닥에 널브러지더니 쌓여가기 시작했다.

"호호호."

삐이꺽! 삐이꺽!

놈은 샌드백을 그네처럼 밀치더니 괴이하게 웃어대며 즐겨댔다.

오래된 샌드백이 교수형당한 사형수처럼 축 늘어진 채로 속을 쏟아내고 있었다.

쉐에액—

퍽퍽!

"안 돼!"

양 사범이 화급히 말렸다.

하지만 이미 양 사범의 말보다 먼저 쏜살같이 튕겨져 나간 워드의 주먹이 좌우 스트레이트를 연속으로 뻗으며 아이들 곁에 있던 두 놈을 사정없이 짓눌렀다.

"끄흑!"

마치 망치로 못을 박듯 내려친 주먹에 놈들이 마룻바닥에 처박혀 버렸다.

"뭐야!"

칼을 뽑아서 샌드백을 그었던 놈이 놀란 듯이 지켜보다간 금세 다시 거만한 미소를 지었다.

"어린놈이 가소롭게 노는군."

칼날은 날카로웠다. 그것 때문에 녀석의 눈이 번쩍이는 건지, 아니면 눈빛 때문에 칼날이 날카롭게 느껴지는 건지.

씨익.

놈은 흔들리며 맥을 놓고 있는 하얀 모래의 흩날림 속에서 연신 히죽거리고 있었다. 놈은 꼭 미친놈 같았다.

그렇다면 미친놈은 몽둥이로.

다가서던 워드가 녀석과의 사이에 있는 샌드백이 비켜나는 순간,

서너 번의 펀치를 연속으로 놈의 안면에 쏟아 부었다.

빠바박—

아주 간결한 연속음이 칼을 든 마니교도 놈의 안면에서 터져 나왔다.

쿵!

입을 벌린 채로 뒤로 나가떨어진 놈의 얼굴로 당황한 표정이 역력히 나타났다. 하지만 이내 일어나더니 히죽 또 웃었다.

저놈은 아픈 줄도 모르는가. 그게 아니라면 놈은 분명 미친놈이었다.

워드와 녀석 사이에 잠시 공백이 생겼다. 워드는 그 사이를 좁히며 다가갔다.

쉐액―

놈이 칼을 손에 꼬나 쥐고 재빨리 달려들었다.

워드는 흔들리는 샌드백을 놈에게 밀었다.

삐이걱.

천장에 매달린 고리에서 그네 타는 소리가 들렸다.

"어림없다!"

놈이 기민한 척 허리를 숙여 피하곤 회심의 기회를 잡은 듯 자신감에 차서 몸을 일으킬 때,

퍼버버벅!

또다시 무수한 주먹이 놈의 얼굴을 메워 나갔다.

녀석은 비명을 지르지 않았다. 아니, 원래부터 울 줄 모르는 놈 같았다.

어퍼컷이 턱을 걷어 올릴 적에도, 스트레이트에 나가떨어진 후에도 연신 안면이 마비된 듯 웃고 있었다.

자세히 보니 놈은 언청이였다.

쫘당!

녀석이 결국 대 자로 뻗었다.

앞뒤 좌우로 흔들리는 샌드백에서 모래가 떨어지며 그 위에 십자가를 그리고 있었다.

순식간에 찾아온 고요와 정적은 체육관 실내가 침침한 어둠에 휩싸여 가고 있음을 알게 했다.

'이런, 제길.'

워드의 얼굴을 봤다. 양달수는 뭐라고 꾸짖으려 하다가 말았다. 이제 와서 그게 무슨 소용이 있겠는가. 이미 벌어진 일.

"무슨 일이야? 아니, 저놈이?!"

소란을 듣고 바깥에서 뛰어들어 온 마니교도 두 놈이 워드에게 덤벼들었다.

우당탕탕―

"이놈들!!"

양 사범이 놈들을 막았다. 불편해서 기우뚱거리는 걸음에 체중이 쏠렸다. 양 사범은 그걸 이용해 주먹을 한 녀석의 옆구리에 쑤셔 박았다.

퍼억! 퍼억!

뭔가 워드의 주먹과는 무게감이 달랐다. 옆구리를 맞은 놈이 옆으로 휘어진 채 허공에 휘날렸다.

움직이는 상대의 타격점은 좀처럼 잡아내기가 힘든 법이다. 그러나 양달수의 묵직한 힘은 그 모든 걸 무시한 채 파괴하고 있었다.

스슥.

꼬꾸라지는 놈을 쳐다보지도 않고 몸을 돌렸다. 짧게 절름거리며 달려오던 나머지 한 놈의 얼굴을 잡아 세웠다. 정말 억센 손이었다.

버둥버둥.

놈이 발버둥 치며 손을 내저었으나 아랑곳하지 않고 잡고 있던 손을 얼굴에서 떼어내며 반대편 주먹으로 그 자리를 정확히 가격했다.

떠— 억!

솥뚜껑만한 손이었다. 자칫 놈의 얼굴이 주먹으로 교체된 듯이 보였다. 아니, 솥뚜껑으로 바뀐 것 같았다.

“끄흐흑!”

울부짖음같이 끊어지는 숨을 토해내며 두 놈이 버둥거리더니 혼절해 버렸다.

“와아, 사부님! 멋지다!”

주변의 꼬마 아이들이 탄성을 질렀다. 그러나 사태는 그 아이들의 웃음과는 정반대로 흘러가고 있었다.

‘아아, 이게 아닌데……’

급한 대로 일을 막다 보니 자꾸 커지고 있었다. 하지만 이미 엎질러진 물이었다.

머뭇거리는 사이, 그 틈에 아이들을 겁주다 거의 동시에 넘어졌던 두 놈이 일어났다. 그러더니,

“야, 튀자!”

달아나려 했다. 놈들이 도망치면 일이 더 복잡해진다.

“어딜 가!”

퍼벅!

워드가 그중 한 놈의 옆구리를 쳤다.

“꽤애액!”

돼지 멱 따는 외마디 비명을 지르며 녀석이 꼬꾸라졌다.

바깥으로 달아나는 나머지 한 놈을 양 사범이 잡아채려 했다. 한데 아무래도 불편한 몸은 놈을 놓치게 하고 말았다.

놈을 놓친 양 사범은 순간 중심을 잃고는 뒤뚱거리며 링 사이드에 가서 기댔다.

큰일이었다.

"달수!!"

우당탕하는 소리에 강산이 마룻바닥의 덮개를 들추고 밖으로 뛰어나왔다. 부상당한 몸으로 나와서 어쩌겠다고.

"모두 괜찮은가?"

갑자기 바닥에서 피투성이로 나타난 강산의 등장에 몇몇 애들이 놀란 눈을 했다.

다행히 모두 부상을 입거나 봉변을 당한 사람은 없었다. 그러나 이제부터가 문제였다.

"자네, 이렇게 나오면 어쩌나?"

아무래도 사태가 급박하게 돌아갈 것만 같았다.

"일단 모두 아랫동네로 내려가거라."

양 사범은 애들부터 안전하게 피신시키려 했다.

한데 아이들은 울상이 돼서 머뭇거렸다.

마치 영원한 이별이라도 하는 양 울상을 짓는 아이들을 워드가 꾸짖었다.

"니들 얼렁 안 나가!! 야, 네가 데리고 나가!"

결국 워드의 으름장이 있고 나서야 그중 제일 큰 아이가 모두를 인솔하여 데리고 나갔다.

체육관엔 이제 세 명만이 남았다. 하지만 그들도 피해야 했다.

달아난 놈이 일당을 몰고 올라올 것이다.

양달수가 강산을 바라보곤 다시 하인즈 워드에게 눈짓했다.

워드는 그 의미를 알겠다는 듯한 표정이었지만 쉽게 수긍하진 않았다.

"강산이 자네 먼저 피해야겠네."

"무슨 소리야? 자네는?"

"나마저 피하면 이곳은 누가 지키겠나?"

"이 사람아, 지금은 그럴 때가 아니지 않은가."

"어차피 우리 셋이 감당하기엔 어려워 보이네."

"그건 또 무슨 소린가?"

양 사범은 자신의 불편한 몸이 오히려 짐이 된단 소리였다.

그때 워드가 나서며 말했다.

"제가 남겠습니다. 어서들 가십시오."

"안 돼, 워드. 어차피 나는 이곳을 벗어나면 짐만 될 뿐이야. 나 때문에 모두가 위험해져."

강산은 터무니없는 발상이라 생각했다. 부상 정도가 심한 강산도 지금의 양달수에 못지않았던 것이다.

"이 사람, 달수. 짐이 되면 내가 되지 어떻게 자네가 되나."

하지만 양달수의 생각은 완고했다.

"강산이 자넨 할 일이 있는 사람이야. 그러기 위해선 나보다는 워드와 같이 가는 게 모두를 위하는 거야."

뭔가 한인 사회에 불어올 피의 폭풍을 예감하는 듯한 사범의 말이었다. 거기에 대처할 사람은 강산뿐이 없다고 생각했다.

"안 되네. 그러면 같이 가세."

"이곳에서 시간을 끌 수는 없으니 내 걱정 말고 먼저 피하게."

먼저 피하라는 말은 곧 따라오겠다는 말이었다.

그때, 아이들을 데리고 나갔던 아이가 뛰어들어 왔다.

"관장님, 엄청나게 많은 베트남 인들이 몰려 올라오고 있어요!"

아이가 파랗게 질려서 고함쳤다.

"강산이, 얼른 서두르게!"

양 사범이 채근했다.

"사범님 안 가시면 저도 안 갑니다! 저에겐 사범님이 더 중요합니다!"

억지를 쓰듯 하인즈 워드가 말했다.

"이놈아! 내 말을 안 들을 거야!"

"암튼 전 안 간다고요! 가려면 사범님이나 가세요!"

워드는 제법 완강했다.

오히려 양달수 타일러야 할 판이었다.

"워드, 너라면 내 친구를 무사히 이곳을 벗어나게 할 수 있기에, 내가 믿기에 부탁하는 거야. 내 걱정 하지 말고 너의 목숨을 바쳐서라도 내 친구를 지켜줘. 부탁한다, 하인즈 워드."

"저를 믿으신다고요? 저 같은 놈을요?"

"그래, 워드. 지금 최적임자는 너야. 나는 너를 믿는다."

"그렇지만 저는 말썽쟁이이고……."

양달수가 워드의 뒷말을 눈빛으로 막았다.

"아냐, 워드. 너는 말썽쟁이가 아냐. 나는 너를 안다. 너에겐 착하고 순수한 마음이 있다는 것을. 앞으론 어딜 가든 네가 먼저 마음을 열어라. 너의 마음을 먼저 보여주는 거야. 그럼 사람들도 네 친구가 되어줄 거야."

언젠가 워드에게 해주고 싶었던 말이다. 그걸 지금 한 것뿐이다.

"이봐, 달수. 같이 가세."

강산은 마치 이별을 하는 듯한 불길한 기분이 들었다.

하지만 그의 말을 양달수가 막았다.

"더는 말하지 말게, 강산. 자네, 나를 초라하게 만들 셈인가?"

부르르릉! 붕붕!

자동차의 엔진 소리였다. 웅성거리는 소리가 밖에서 들렸다.

"놈들이 뒤로 도망칠지 모르니 뒤를 봉쇄해!"

마니교 놈들의 목소리가 들렸다.

체육관 앞은 길이 가파르고 좁아 차로는 더 이상 진입하지 못한다. 차에서 뛰어내려 밀어닥치는 발자국 소리가 다가오고 있었다.

고개를 숙이고 있던 하인즈 워드가 짐짝으로 막아놨던 뒷문을 열었다. 아이들이 나간 정문으로 나가기엔 이미 늦어 있었다. 더구나 곧 놈들이 밀려들 것이다.

비상문을 열자 환한 불빛이 들어왔다. 길이 가파르게 굽이쳐 내려가고 있었다.

"가게. 내리막 뒷골목이니까. 이 아이를 따라가면 될 거야."

"내가 자네에게 이리 못할 짓을 하다니……."

강산은 고개를 들지 못했다.

"허, 이 친구야. 꼭 마지막 이별이라도 하는 것 같네그려. 난 괜찮아. 어서 가게."

양달수가 웃으며 강산에게 눈을 맞췄다. 빙긋 웃는 양달수의 작은 눈이 유독 맑게 보였다.

"나는 지금 기분이 좋아. 자네에게 뭔가 해주고 있지 않은가. 너무 부담 갖지는 마. 나중에 술이나 한잔 사라구. 하하하!"

양달수가 너털웃음을 터뜨렸다.

"어서 가게. 내 걱정은 말라구."

웃음을 마치곤 그가 강산의 등을 떠밀었다.

강산은 발걸음이 좀처럼 떨어지질 않았다.

"가요, 강산 아저씨."

워드가 강산을 이끌었다.

마지못해 문을 나서다 양달수를 한 번 더 돌아다보았다.

"달수……."

이미 놈들이 들어올 출입문을 향해 돌아서 있던 양달수가 몸을 휙 돌리더니 활짝 웃었다.

"어서 가래두."

하필 이럴 때 그 표정이 세상에 둘도 없이 밝게 느껴지다니…….

그 웃음에 현혹되어 강산은 발길을 돌렸다.

좁다란 길은 힘차게 당겨진 활처럼 유연하게 휘어져 내리고 있었다.

"넌 아직 안 가고 뭐 하고 있는 거냐?"

양 사범은 나중에 들어왔던 아이를 서둘러 내보냈다.

아이가 사라지고 얼마 후 시퍼런 살기를 띤 한 무리의 베트남 인들이 문을 박차고 몰려들어 왔다. 입구를 막아선 검은 그림자들이 뒤엉켜 양 달수에게 밀려왔다.

빛나고 있는 게 있었다. 하이에나를 닮은 개 같은 자들의 눈이었다.

양 사범이 체육관 중간으로 나서며 그들과 맞섰다.

떼를 지어 서 있는 마니고 수하들을 밀쳐 내며 앞으로 나서고 있는 사내가 보였다.

"당돌한 놈이군!"

가무잡잡한 피부에 특히 눈매가 못 써먹게 생긴 놈이었다. 길들여

데리고 다니면 좋을 것 같다는 생각이 들었다. 녀석은 개같이 생긴 게 그럴듯해 보였다. 그자는 바로 나마유성이었다.

"강산이 어딨나?"

개가 말을 하다니. 웃음이 나왔다.

"크크큭."

놈의 질문에 대답 대신 조롱 섞인 미소가 입을 간질이고 있었다.

놈은 양달수의 조소에 기분이 상한 듯했다. 으레 그럴 땐 웃음을 흘리는 게 악인들의 특징이었다.

"클클클, 살고 싶지 않은 모양이군. 이곳에 뒷문이 있나?"

양 사범에게 묻는 듯했지만 놈은 수하들에게 눈짓을 주어 주변을 살피게 했다.

수십 개의 눈동자가 체육관 실내를 분주하게 숡아내고 있었다.

쩔룩쩔룩.

양달수가 눈을 부라리며 다가오는 마니교 녀석들을 상대로 강산이 빠져나간 통로를 등으로 막아섰다.

마니교도들은 더 이상 접근하지 않고 양달수를 둘러쌌다.

"오호라, 그쪽에 문이 또 있었나 보군."

나마유성이 고개를 까닥했다. 그놈의 턱짓에 멈칫거리던 사내들이 바싹 다가섰다.

츠츠츠.

아무래도 조용히 넘어갈 것 같지가 않다.

다리가 불편한 그에게 넓은 공간은 무리가 있었다. 뒤로 성큼 물러서며 좁은 통로를 몸으로 틀어막자 놈들의 살기가 쏟아져 들어왔다.

"따갑구나. 눈 빼버리기 전에 눈들 깔아라."

더 이상 물러설 곳이 없는 양달수가 먼저 준비를 했다.

스스슥.

양 팔뚝을 얼굴에 올려 대고 허리를 구부려 앞으로 적당히 숙였다. 우람한 손과 팔뚝에 의해 그의 몸 전체가 숨어들어 간 듯했다.

양달수의 팔에 난 털들이 살기와 긴장에 전율하며 갈기를 곧추세웠다.

"하, 하……."

나마유성이 헛웃음 소리를 냈다.

"지금 뭐 하자는 건가?"

놈들이 보기에 그 모습은 마치 장난을 치거나, 아니면 지레 겁먹은 몰골처럼 보였다.

그러나 연이어 나오는 양달수의 의외의 말에 놈들에겐 긴장이 다시 흘렀다.

"네놈이 나마유성인가?"

고개를 들지도 않고 하는 말에 나마유성의 얼굴이 의아한 듯 변했다.

"나를 알고 있나?"

"저번에 내 친구를 만났다지? 그리고 보면 넌 운이 좋은 놈이야, 아직까지 살아 숨 쉬는 걸 보니."

"누굴 말하지?"

나마유성은 갑자기 궁금해졌다.

"알 필요 없어, 이 개자식아!"

"이익!"

관심을 드러내다 봉변을 당한 놈의 얼굴에 분노가 들끓었다.

"하하하하!"

그 모양을 즐기는 양달수의 모습에 놈들은 질려 버렸다.

어딘지 어눌해 보이는 자세를 하고 눈도 제대로 들지 못한 채 어정쩡해 보이던 양달수의 이런 행동이 몹시 이해가 되질 않는 듯했다.

"이런 개자식!!"

파악—

화가 나 흥분한 나마유성이 탄력을 실어 공중으로 솟구쳤다. 그대로 내려서며 발뒤꿈치로 양 사범의 등판을 노리곤 내리찍었다.

패에애액—

그때까지도 아무 낌새도 알아채지 못한 양 사범을 보며 나마유성은 회심의 미소를 지었다.

'가랏, 늦은 놈! 네가 지금 왜 내 앞을 막고 있는지 모르겠구나!'

식은 죽 먹기로 여겼다.

"저런, 골로 가겠군!"

잠시 눈만 질끈 감으면 될 것이라 생각했다. 옆에 둘러선 마니교도 모두의 생각이기도 했다.

한데 그 허를 찌르는 일이 눈앞에서 이어졌다.

양 사범의 허리가 뒤로 비틀어지며 성난 황소의 두 뿔 같은 두 주먹이 위로 솟구쳐 올랐다. 주먹은 방심한 채로 떠 있는 놈의 안쪽 허벅지를 파고들었다.

놈은 당황해 급히 손을 뻗어 양 사범의 정수리를 노렸지만 그보다 먼저 짱돌만한 주먹이 가운데 급소를 짓이기고 말았다.

기운 빠진 놈의 손이 양 사범의 머리를 짚고 버둥거렸지만 연이어 올려 친 주먹이 다시 놈의 꼬리뼈에 꽂혔다.

빠아악!!

뚝!

꼬리뼈에서 묵직한 소리에 짧게 튀어나왔다.

"하악!"

녀석이 제대로 비명도 지르지 못하고 사지를 비틀어댔을 땐 다시 준비 중인 여분의 주먹이 길게 뻗쳐 올랐다.

빠각!

"억!!"

솥뚜껑 같은 주먹은 놈의 턱을 쳐서 멀리로 날려 버렸다.

쿠당탕!

불알과 꼬리뼈를 다친 나마유성이 버둥거리며 마룻바닥을 절절 기었다. 특히 꼬리뼈의 충격은 치명적이었다. 양다리의 힘이 빠지며 몸을 가누지 못하고 벌레처럼 바닥을 빙빙 맴돌았다.

"끄흑… 이런 개망신이! 모두 쳐라! 저놈을 잡아서 강산이를 찾어!!"

놈이 지랄을 떨었다.

우르르! 타핫!

퍽! 퍽! 퍽!

무자비한 발길질이 쏟아져 들어왔다. 지난번에 중광을 습격했던 자들이다.

양 사범의 묵직한 얼굴에서 피가 튀었다.

불안정한 중심 때문에 걸음을 옮기는 것을 포기하고 그 모든 충격을 온몸으로 감내해 내며 맞서기로 했다. 하나하나씩 개별적으로 반격에 맞섰다.

빽! 빽! 빽!

벌써 세 놈이 추가로 양달수의 주먹에 바닥에 쓰러졌다.

분명 수십 대를 맞았으면서도 간간이 내지르는 양달수의 주먹에 녀석들은 속수무책이었다. 맞으면 턱이 부서져 너풀너풀 날아가 구석에 처박혔던 것이다.

양달수의 우악스런 그 모습에 모두 질려 버렸다. 두꺼운 팔뚝으로 가린 얼굴을 내보이지도 않고, 고개조차 들지 못하면서도 내뻗는 주먹에 걸린 녀석들은 우직거리는 통증에 꼬꾸라져야만 했다.

황소 같았다. 막바지에 몰려서도 사력을 다하는, 아니, 어쩌면 이제는 죽음 같은 건 염두에도 없어 보였다. 귀에서 피가 흘러나오는지 끈적거리는 느낌이 들었다. 처음과 똑같은 자세. 상처투성이의 그였지만 단단한 두 주먹, 두 개의 뿔에 걸리면 놈들은 여지없이 부서져 버렸다.

그렇지만 양달수는 알고 있다.

눈물이 나오려 하고 있었다. 시야가 점점 뿌예졌다. 분명 땀 때문일 거라고 생각했다.

지긋지긋하게 다가오는 놈들. 무엇인가 정수리에서 뜨끔거렸다.

참았던 거친 숨이 몰아쳐져 나왔다…….

근처에 다가선 어느 놈인가를 집어 던졌다…….

다시 다가오는 놈들, 그 옆의 놈 또……. 허옇게 색이 바래고 있었다.

골목을 따라 한참을 휘어져 내려왔다. 아래에 다다르자 이번엔 조금 더 큰 길이 나왔다. 그 길의 끝에 널찍한 공터가 보였다.

강산은 좀 더 아래를 향해 내려가려 했다. 그런데 이 길은 전혀 모르는 길이 아니었다. 한참을 내려오자 어제저녁 오르던 길과 연결되어 있었다. 상처 입은 몸으로 길을 오르려 생각하자 별로 느낌이 좋지 않았다.

'오지 말았어야 했는데.'

괜한 짓을 했다는 때늦은 후회가 밀려왔다.

그때까지 힐끔거리며 뒤를 돌아보며 내려온 톰슨이 거기서 머뭇거렸다. 워드가 아래를 향해 손짓했다. 샛길이었다. 경사가 급했지만 그만큼 지름길인 듯했다.

하인즈 워드는 더는 내려갈 의사가 없는 듯했다.

"……?!"

강산이 그의 눈을 바라봤다.

"아저씨, 제발… 절 보내주세요."

워드의 눈에는 어떤 순박한 사람이 지닌 간절함이 깃들어 있었다. 말보다 더한 애원. 사람으로서 그걸 거부할 수 없었다. 무슨 자격이 있다고 그를 막겠는가.

"가거라, 워드."

그 소리에 연신 고개를 숙여대더니 하인즈 워드는 가파른 언덕길을 날렵하고 민첩하게 차 올라갔다.

고개를 돌려 아래를 향하려던 강산이 머뭇거렸다.

조직에 관련된 일에서 손을 떼고 평범한 아버지로 은둔하며 살고 싶었던 강산은 갈등하고 있었다.

'다음을 기약하는 미련 때문에 또다시 후회할 일을 만들려는가. 자식이 소중한 사람은 여기도 있지 않은가!'

그는 결심을 굳혔다.

"달수, 내가 가네. 기다리게."

강산에게 두 번이나 같은 후회는 있을 수 없었다. 뒤늦게 오르막 언덕을 뛰었다.

이미 그쪽에도 마니교 놈들이 있었다. 퇴로를 차단하려고 했던 놈들이다.

퍼버벅! 퍽퍽퍽!

앞서 간 날렵한 하인즈 워드는 벌써 막아서는 몇 놈을 꼬꾸라뜨리고는 거의 정상에 다다라 있었다.

워드를 뒤쫓던 놈들이 힐끗 강산을 발견하고 멈춰 섰다. 더는 체육관 쪽으로 쫓을 필요가 없었다. 그들의 목적은 애당초 강산이었다.

"제 발로 나타났군, 종이 호랑이."

강산의 별명이 백두산 호랑이였음을 놈들도 알고 있었다. 은퇴한 그를 두고 그렇게 부른 것.

마니교도들이 아래로 쏟아져 내려왔다. 모두 여섯 명.

강산이 그 사이로 뛰어들었다.

"막는 순간 각오는 돼 있는 걸로 알겠다!"

강산이 경고를 하며 놈들을 유린하기 시작했다. 언덕을 뛰어오르며 흘린 땀에 뻑뻑하던 몸놀림이 유연해지고 있었다.

잠자는 호랑이가 호랑이가 아닌 건 아니지 않은가.

파팡!

강산의 주먹에서 엄청난 타공음이 울렸다. 이제껏 자신을 얽어맸던 고삐에 대한 분노가 들끓어 올랐다. 한 번 줄이 풀어지자 강산은 펄펄 날기 시작했다.

"으아아악!"

그가 지나간 길에는 극악한 고통에 휘둘리는 비명 소리만이 난무했다.

사각!

조금 전에 어느 놈의 칼에 베어진 다리에서 피가 묻어 나왔지만 그건 오히려 지친 잠을 깨우는 촉진제와도 같았다.

힘이 탱천한 강산의 체취에 상대는 위축되기에 충분했다.

그러나 이런 잡놈들을 상대하다 보니 시간이 너무 지체되고 있었다.

"이익! 죽어도 강산이 몸에 붙어서 죽어라!"

강산에게 달라붙은 마니교 놈들은 힘으로 당해낼 수가 없자 싸우기보다는 그를 붙잡고 늘어지기 시작했다.

사방에서 달려드는 놈들이 점점 늘어나고 있었다. 어제저녁 자신을 습격했던 자들보다 훨씬 많았다.

강산은 다리를 붙잡은 놈의 머리통을 후려쳤다. 놈은 땅바닥으로 꺼져 버렸지만 다른 놈이 뒤에서 달라붙더니 몸을 넘어뜨리려고 애썼다.

"거추장스러운 놈, 비켜라!!"

강산의 주먹이 놈의 머리통에 작렬했다.

빠각―

다리를 붙잡은 손에 힘이 빠지며 그대로 땅바닥에 턱을 찧었다.

"지겨운 새끼들!"

몸에 힘을 주어 털어냈지만 끈질기게 다시 놈들이 엉겨붙을 때였다.

"산이!! 괜찮은가!!"

고개를 돌리자 그가 달려오고 있었다. 유중광이었다.

멀리서 사력을 다해 달려오고 있는 중광의 얼굴이 보였다. 자신을 발견하곤 더 박차를 가하는 듯했다.

휘청.

어느 놈이 용을 썼는지 강산의 몸이 흔들렸다.

"귀찮게도 그러는구나!"

뻐억—

확실히 놈들은 강산의 상대가 아니었다. 털끝 하나도 흠집을 못 낼 정도였다.

물러났던 마니교도들이 다시 전열을 가다듬고 일시에 밀려오려 할 때, 중광이 달려들어 사정없이 주먹을 뻗어내었다.

빽!

"악!"

한 놈의 비명 소리에 연연하지 않고 중광이 뛰어올라 합세한 놈들을 온몸으로 밀어냈다.

기우뚱.

"어어어?!"

엄청난 힘에 기울어지는 놈들이 당황했다.

"으아아아앗!!"

중광이 일기가성을 내지르며 놈들을 들어 언덕 아래로 굴려 버렸다.

우당탕탕!!

놈들은 김밥이 돼서 굴렀다.

"중광이, 달수가 위에 있어!"

"알았네!"

그 소리에 강산을 대신해 중광이 언덕 위로 뛰어올랐다. 강산의 부하들이 모습을 드러내고 있었다.

"보스를 보호해라!"

중광의 앞을 놈들이 막아서려 했지만 뒤따라온 박진기가 그걸 용납

하지 않았다. 뒤이어 달려온 샌프란시스코 조직원들이 가세를 하면서 아래쪽의 사태는 역전이 되고 있었다.

"이제 다 끝난 건가? 헉헉!"

언덕을 한숨에 달려온 중광의 입에서 거친 숨소리가 흘러나왔다. 정상 근처에 올라 숨을 몰아쉬고 있는데 짐승처럼 울부짖는 소리가 들려왔다.

"으아아악! 사범님!! 사범님!! 안 돼!!"

"…달수!!"

중광이 문을 박차고 안으로 뛰어들었다.

그곳에는 미친 듯이 마구 주먹을 내치고 있는 워드가 있었다. 이성을 완전히 상실한 모습이었다. 마니교도들은 워드의 광기 배인 주먹에 사색이 되어 있었다.

저러다간 워드도 위험했다. 중광이 워드에게 달려갔다.

한데 달려가려 막 통로를 벗어났을 때쯤 한구석에 넘어져 있는 사람이 보였다.

"다, 달수!!!"

중광의 얼굴이 파리하게 변했다.

"이보게, 달수!"

소스라쳐 그를 얼싸 안았다.

양 달수…….

양 사범은 그렇게 죽어 있었다. 황소의 뿔처럼 두 손을 곧추 세워 머리를 감싸듯 고개를 떨군 채 우직한 황소처럼 주저앉아 두 눈에 피눈물을 흘리고 있었다. 중광은 그 상황을 믿을 수가 없었다.

예리한 물체가 강하게 작용한 듯 치명적인 상처. 목 뒷덜미의 검은 멍이 숨골을 막고 있었다. 쇠 달린 회초리, 유성추가 남긴 흔적이었다.

고개를 들었을 때 막 비틀거리며 앞문을 벗어나고 있는 나마유성이 보였다.

때마침 강산이 들이닥쳤다. 달려온 가속을 멈추지 않고 중광의 모습을 훑어보며 더 맹렬히 바닥을 차고는 한복판으로 뛰어들었다.

강산이 워드의 뒤로 접근해 칼로 찌르려던 놈의 옆구리를 발로 걸어 찼다.

퍼— 억!

강산의 발끝에 차인 놈은 낡은 체육관 벽을 부수고 나갔다.

분노에서 발산되는 엄청난 힘이었다.

양 사범의 피눈물은 강산에게도 억제할 수 없는 분노를 폭발하게 하였다.

중광의 눈엔 아무것도 보이지 않았다. 오직 한 놈. 무대뽀로 앞으로 나서는 중광을 마니교도들이 막으려 했지만 아랑곳하지 않고 밀쳐 내버렸다.

퍽퍽 나가떨어지고 있는 지푸라기 같은 자들.

보기만 해도 사지에서 힘이 빠져 버릴 것 같은 서릿발이 유중광의 안광에 서려 있었다.

체육관 밖으로 나갔을 때, 놈이 부하의 부축을 받아 차를 향해 내려가고 있었다.

"게 섯거라, 이놈!!"

성난 중광이 쩌렁쩌렁한 고함으로 땅을 울리며 뛰어올랐다.

언덕 위에서 도약한 중광은 한참을 날아가고 있었다.

쉐에에에에엑~!!

중광은 앞을 가로막는 마니교도 세 명을 가차없이 격파해 버렸다.
놈들을 짓누르며 뒤에 숨은 나마유성의 머리채를 잡아 던졌다.

뿌드드드득!

놈의 두피에서 뼈 부러지는 소리가 났다. 놈을 허공에 던져 놓고 발
로 배를 걷어찼다.

"죽여야겠다."

여태까지 이렇게 무책임하게 힘을 써본 적이 없었다. 지금은 오직
하나밖에 안 보였다.

바로 그때였다.

끼이이이~ 익!!

콰앙!!

육중한 느낌이 강하게 파고들며 중광의 몸이 허공으로 팅겨졌다. 호
로가 벗겨진 지프가 중광을 박아버린 것이다.

"흐흑!"

중광의 입에서 피가 쏟아졌다.

나마유성이 허겁지겁 지프에 오르려 하고 있었다.

"거기 서!!"

중광은 버둥거리면서도 사력을 다해 쫓았다.

다급해진 놈들이 문을 닫지도 못한 채로 출발하고 있었다.

쏜살같이 옆을 차고 나오는 박진기가 중광을 지나쳐 차를 잡으려 뛰
어들었지만 핸들을 꺾은 차는 그를 팅겨냈다.

펑!

부아앙!!

중광은 내리막길을 차를 따라 달렸다. 그렇지만 차는 점점 멀어지고

있었다. 그래도 중광은 멈추지 않았다. 지금 그가 할 수 있는 최선의
일이었다.

끝내……

두 팔을 휘적거리며 다리가 풀려서 더는 못 가고 휘청거리는 중광의
눈에서 하염없는 눈물이 떨어졌다. 소리도 없이 흐르는 눈물. 분하고
억울해서 흘리는 눈물이었다.

분노가 허탈로 변해 무너져 내렸다. 자리에 주저앉아 버린 중광을
박진기가 부축해 일으키려 했지만 중광은 좀처럼 몸을 가누지 못했다.

양달수를 안아 들고 넋을 놓은 채 체육관을 나오고 있는 워드가 보
였다. 멍한 눈을 한 강산이 더듬거리며 시신을 넘겨 안는 모습에 중광
은 한없이 눈물을 쏟아냈다. 이 사람 달수, 이대로 가긴가…….

샌프란시스코 외곽 한인 공동묘지.

검은 옷차림의 사내들이 주변을 어둡게 하고 있었다. 그걸 닮기라도
하는 듯 하늘이 흐려지고 있었다.

관 위로 국화 송이가 서서히 떨어져 내렸다.

울음을 머금은 떨리는 삽질에 그의 자리가 흙으로 채워져 갈 때쯤
빗방울이 돋아나기 시작했다.

하늘이 그를 데려가는 모습을 보기라도 하려는 양 눈물을 들이마시
며 유중광과 강산은 하염없이 고개를 쳐들고 있었다.

빗물이 세차지길 바랐다. 그래서 감추어진 눈물보다 더 많이 얼굴을
때려주길 바랐다. 아픔보다 더 아프게 때려주길 빌었다. 더 아픈 그런
기억에 그를 잊어버리지 않게끔.

중광이 휘파람을 불었다. 생전에 양달수가 좋아하던 그 노래다.

"달수, 기다리게. 내가 꼭 자네를 데리고 고국으로 돌아가겠네."

강산이 마지막까지 들고 관 위에 던지지 않았던 국화를 무덤 위에 올려놓았다.

"양달수의 복수를 하기 전엔 한국에 돌아가지 않겠네."

아들과 함께 고국으로 돌아가고 싶다던 그가 계획을 수정한 것이다.

"그건 나도 마찬가지일세."

유중광도 역시 묵묵하게 말했다.

혼자 남은 유중광이 양달수의 무덤을 쓸어내렸다.

"달수야, 너 거기 누워서 비 맞으니 기분 더럽겠다. 하하!"

중광은 검은 우산을 무덤에 던져 주고 돌아섰다.

휘파람 소리가 긴 여음을 남기며 무덤가를 맴돌다 사라졌다.

장례식이 끝나고 강산을 본 사람은 아무도 없었다.

특이한 점은 그가 떠나는 날 그 뒤로 내리 퍼붓던 빗속에 샌프란시스코의 모든 조직원이 쫓아갔다는 것.

그건 외형적으로 조직 활동의 정리를 의미해 보이게끔 했다.

귀국을 안 하겠다는 유중광의 전화를 받고 무혁은 화들짝 놀랐다.

'대학사님 말로는 이놈들이 나타날 거라고 했는데 정말인가 보네? 마니교도 이놈들, 용서하지 않겠다!!'

"아, 아니, 중광 형님!! 돌아오지 않으신다면 저는 어쩌란 말입니까? 기다리세요! 중광 형님이 오지 않으시겠다면 제가 갑니다! 미국 갈 비행기표 살 돈 저도 있다구요!!"

무혁은 주먹을 꽉 쥐었다.

마니교도의 위협에서 중광을 그대로 둘 수 없었다.

“오미야, 중광 형님 데리고 오면 그땐 꼭 한국 가서 빵집 차리자.”
“…….”
나오미는 한숨이 절로 나왔다.
아휴휴, 또 기다려야 하는 이 신세.
‘혹시 저거 역마살 아냐? 결혼해서도 저러면 어쩌지……. 흐흑.’

『소림, 프라이드에 가다』 5권으로 이어집니다

FANTASTIC
ORIENTAL
HEROES